Das Buch

Georg, der als Friseur in Washington D. C. zwar gutes Geld verdient, aber auch auf zu großem Fuße lebt, muss in Berlin seinen Onkel beerdigen. Er fliegt in ein hysterisches Deutschland, denn auf der Aftershowparty anlässlich der Preisverleihung des Bruno-Fernsehpreises ist ein Anschlag verübt worden, bei dem drei Menschen sterben. Die Presse und ganz Deutschland stehen Kopf, die Spekulationen, wer hinter dem Anschlag steckt, schießen ins Kraut, Politiker und Polizei versprechen schnelle Aufklärung. Eigentlich wollte Georg darüber nachdenken, wie er seine Finanzen ordnen und der Sopranistin Sofia einen Gefallen tun kann. Doch jetzt wird er in eine Zeit in seinem Leben zurückversetzt, die er für immer aus seinem Kopf verbannen wollte.

Jörg Thadeusz beweist in seinem Buch, dass ein Roman gleichzeitig spannend und witzig sein kann.

Der Autor

Jörg Thadeusz, geboren 1968, zunächst Liegewagenschaffner und Rettungssanitäter, heute Journalist, Moderator und Autor. Für seine Außenreportagen bei »Zimmer frei« erhielt er den Grimme-Preis. Er moderiert die Talkshows »Thadeusz« und »Dickes B.« sowie mehrere Sendungen im RBB-Radio. Bei Kiepenheuer & Witsch erschien von ihm: »Rette mich ein bisschen«, 2003; »Alles schön«, 2004; und 2008 gemeinsam mit Christine Westermann »Aufforderung zum Tanz. Eine Zweiergeschichte«.

Verlag Kiepenheuer & Witsch GmbH & Co. KG,
Bahnhofsvorplatz 1, 50667 Köln

Kontaktadresse nach EU-Produktsicherheitsverordnung:
produktsicherheit@kiwi-verlag.de

1255

Jörg Thadeusz

Die Sopranistin

Roman

Kiepenheuer & Witsch

© 2011, 2012 Verlag Kiepenheuer & Witsch, Köln
Alle Rechte vorbehalten.
Kein Teil des Werkes darf in irgendeiner Form (durch
Fotografie, Mikrofilm oder ein anderes Verfahren) ohne
schriftliche Genehmigung des Verlages reproduziert oder
unter Verwendung elektronischer Systeme verarbeitet,
vervielfältigt oder verbreitet werden.
Umschlaggestaltung: Barbara Thoben, Köln
Umschlagmotiv: © plainpicture/apply pictures;
James Steidl – www.fotolia.com
Gesetzt aus der Dante MT
Satz: Pinkuin Satz und Datentechnik, Berlin
Printed in Germany
ISBN 978-3-462-04399-0

Dieses Buch ist den Vereinigten Staaten von Amerika gewidmet. Dem Land der Freien, der Heimat der Tapferen und der Umgebung der Sesamstraße.

Vor allem aber diesen liebevollen, toleranten und gastfreundlichen Einheimischen:

Brenda Cecil, Hillery Gallasch, Liz Halloran, Alan Levin, Sharahn Thomas, Jackie Northam, Muthoni Muturi, Nell Payne, Andreas Eichin, Don Wright, NGA und aus tiefstem Herzen GA.

This book is inspired by Lawrence L. Pearce and Rudi Genewsky.

```
Washington DC
Whole Foods Supermarkt
15th P Street
10.45 Uhr Ortszeit
```

Glück ist machbar.

Sechs Richtige natürlich nicht. Pferdewetten, Roulette, alles Zufall. Aber das schönste Glück muss niemand dem Schicksal überlassen: Das Glück bei Frauen ist planbar. Georg würde sich niemals als Glückspilz bezeichnen. Ihm fiel nichts einfach so zu. Er machte seine Sache einfach gut.

Wie jetzt. Bei dieser Lis. Mindestens ein Glücksversprechen. So viel stand schon fest. Als sie das Auto in der Tiefgarage parkten, hatte sie Georg geküsst. Ohne Eile. Minutenlang. Alles an ihr duftete. Ihre Bluse nach Waschmittel. Seife hatte Georg gerochen. Das Parfum am Hals. Keine atemberaubende Wolke. Nur ein Hauch. Wie eben Frauen mit Seife, Waschmittel und Parfum umgehen, wenn sie genug Lebenszeit hinter sich haben, um die richtige Dosis für sich herauszufinden.

Gestern Vormittag hatte sie in seinem Laden gestanden und gekichert. Nach zwölf Jahren unter Amerikanern wusste Georg, wie großzügig hier Heiterkeit verschenkt wurde. Während sich der durchschnittliche Deutsche jedes Lächeln so gründlich überlegte, als solle er einem Fremden eine Niere spenden, freuten sich hier viele mitunter völlig grundlos. Wie Lis. Denn die wollte sich plötzlich doch nicht mehr die Haare machen lassen. Bestimmt seinen Preis wert, aber weit über ihrem Budget, hatte sie gesagt und wieder gekichert. Spätestens in diesem Moment war Georg nach Glück zumute gewesen.

Er entschied sich für die Varianten »Kopf« und »Bauch«.

»Ich mache auch Hausbesuche. Ist günstiger«, sagte er und versuchte, es mit ihrem Lächeln aufzunehmen.

»Dann muss es einen schlimmen Haken geben«, erwiderte sie glucksend.

»Stimmt«, sagte er.

Sie überlegte. »Gut«, Lis entließ die Anstrengung des Abwägens aus ihrem Gesicht und machte einem Strahlen Platz. Mit Zähnen, die von dem vielen Fluor im Leitungswasser eben viel weißer waren als die der kalbszähnigen Europäer.

Sie war um vier zum Laden gekommen. Auch wenn sie nicht wissen konnte, wie sehr Georg mit der Abzahlung hinterherhinkte, musste der Mercedes wenigstens einen kleinen guten Eindruck hinterlassen haben. Jetzt standen sie an der Kasse dieses Supermarkts. Hier kauften Menschen ein, die nicht auf Preise guckten. Sondern auf die Produkthinweise. Die in diesem Geschäft nur frohe Botschaften verkündeten. Jedes Stück Käse war zumindest gut gemeint.

Georg würde Lis die Haare machen. Nie zuvor würde ihr jemand so die Haare gewaschen haben. Die richtige Wassertemperatur, das sanfte, aber konsequente Massieren des Kopfes, während sie nicht unbequem in einem Stuhl hing. Sondern komplett lag. Hatte Georg zum ersten Mal in Singapur erlebt und sich gefragt, warum überhaupt noch jemand während der Haarwäsche sitzen musste. Georg konnte keine Blumen mit Namen benennen. Selbst vertrautesten klassischen Musikstücken konnte er nicht den richtigen Komponisten zuordnen. Wenn sein Auto nicht mehr fuhr, war es für ihn so lange kaputt, bis jemand, der niemals er selbst hätte sein können, daran Hand anlegte. Aber Georg konnte Haare schneiden. Er liebte es, selbst das chaotischste Gestrüpp mit geordnet abgesteckten Passés in den Griff zu bekommen. Noch viel mehr liebte er es, wenn sich seine Kundinnen zuerst ungläubig und dann immer erfreuter im Spiegel betrachteten. Weil die Haare plötzlich da waren, wo sie hingehörten. Wenn Georg sie geschnitten hatte, bauschte sich selbst dünnes Haar. Als könnten Haare keck sein, fielen sie nicht mehr matt von oben nach unten. Es sah aus, als würden sie sich in Wellen bewegen oder in Formationen tanzen.

Mit frisch geschnittenem, noch feuchtem Haar sollte Lis an seinem Tisch sitzen, um durch die »Bauch«-Phase in eine abenteuerliche Stimmung zu geraten. Sein Schweinebraten mit Zitronengras war schon so oft ein Erfolg gewesen. Georg war einmal der Gedanke gekommen, aus Dankbarkeit die Patenschaft für ein Schwein auf irgendeinem Bauernhof zu übernehmen. Zitronengras, dekorative Frühlingszwiebeln. Die teure Sojasauce. Also nicht die, die in einem vietnamesischen Dioxinfass angerührt, sondern eher von buddhistischen Mönchen mit irgendwelchen Mantras über Jahre besummt wurde.

Der Kassierer ratschte alles über den Scanner. Mit einer apathischen Langsamkeit, mit der er früher durch die flirrende Hitze seiner äthiopischen Heimat zur Schule gegangen war. Außer gegen den Fraß, den er schon einmal in einem Washingtoner Vorort in einem äthiopischen Restaurant erduldet hatte, hatte Georg nichts gegen Äthiopier. Aber dieser behäbige junge Mann nervte ihn. Ein beflissener Kassierer aus Island hätte ihn in dieser Minute aber genauso genervt. Denn alles lief auf eine Entscheidung zu. Vielleicht würde Lis später am Abend mit nackten Füßen über Georgs Küchenparkett patschen, wieder kichern und dann schon nach ihm riechen. Vielleicht aber auch nicht. Das Schicksal ihrer Begegnung wurde gerade zwischen Maschinen verhandelt. Der Kassencomputer setzte sich mit dem Zentralrechner in Verbindung, der darüber entschied, ob die 113 Dollar, die der Einkauf kosten sollte, zu verantworten waren. Georg wartete auf das »Approved«-Signal, also den virtuellen Segen für den Einkauf und damit die kommende Nacht.

Er wusste, dass er genau 23 Dollar in bar bei sich trug. Er wollte Glück erzeugen, aber Georg musste jetzt leider doch auf den Zufall hoffen.

```
Nationalfriedhof Arlington
13 Uhr Ortszeit
```

»Die Kreditkarte. Diese verdammte Kreditkarte. Ständig schicken sie dir Post. Golfturnier hier, Luxushotel da. Kommen Sie doch, machen Sie doch. Ein bisschen abbuchen, aber ganz viel Spaß haben. Kennst du ja. Und dann verweigern sie dir einen Hunderter. Im Supermarkt, na klasse.«

Georg sah sich um. Er wollte nicht, dass ihn die Leute in der Nähe hörten. Etwa zehn Schritte entfernt stand eine dicke Frau. Höchstens Ende zwanzig. Sie griff unvermittelt nach der Hand des betreten guckenden Mädchens, das neben ihr stand.

Georg murmelte eher, als dass er sprach.

Aber Steve würde ihn trotzdem verstehen. Der verstand ihn immer.

»Immerhin hat sie sich noch zu einem Kaffee einladen lassen«, sagte Georg. Aber gekichert hat sie nicht mehr, dachte er. Stattdessen hat sie in die Dating-Trickkiste gegriffen. So souverän, wie das jede kluge Amerikanerin über dreißig selbstverständlich tat. Sie müsse noch etwas arbeiten. Er solle wirklich nicht böse sein, und er könne jederzeit anrufen. War einfach zu viel Irritation. Dieser Friseur mit dem deutschen Akzent, der Hausbesuche machte. Der zwar schön küsste, aber einem Supermarkt-Kassierer drei verschiedene Kreditkarten reichte, von denen keine akzeptiert wurde. Und der dann noch das Angebot ausschlug, die zehn Schritte zum Geldautomaten zu gehen, um ausreichend Bargeld für Schweinefleisch und Zitronengras zu ziehen. Wahrscheinlich hatte es überhaupt nichts mit Geld zu tun. Die Wandlung ihres Begleiters würde die schöne Lis verschreckt haben. Als auch bei der zweiten Kreditkarte die heuchlerische Bitte auf dem Display erschien: »Bitte setzen Sie sich mit Ihrer Bank in Verbindung«. Da hatte Georg gespürt, wie ihm der feinperlige Schweiß auf der Oberlippe ausgebrochen war. Wahrscheinlich hatte er auch Deutsch gesprochen. Schlimm genug, dass er sich nicht erinnern konnte.

»Ich muss bei meinem Onkel in Deutschland anrufen«, sagte Georg, um es auszusprechen. Erst wenn er es ausgesprochen hatte, war es für ihn auch ein Beschluss. Sein Onkel würde schon wissen, warum der Neffe anrief, da musste er nur Georgs Namen hören. Denn als es zu Weihnachten und zu Onkels Geburtstag einen anderen Anlass gegeben hätte, war kein Anruf von Georg gekommen. Er würde den Ausdruck »kleine Finanzspritze« gebrauchen und hasste sich schon jetzt dafür.

Sein Onkel würde wieder ganz oft »Jajaja« sagen. Als sei der Sohn seines Bruders nur eine seiner Kundinnen. Also eine klassische Wilmersdorfer Witwe. Oder eine Unternehmensberaterin aus einem Büro in Mitte. Irgendeine dieser Frauen eben, die nicht auf Geld achten mussten und sich deswegen bei »Schauerte« frisieren ließen. Kein schriller Prominentenladen. Sondern ein nüchterner, gepflegter Salon am Kurfürstendamm, in dem Profis arbeiteten, die sich durchaus Kunsthandwerker nennen konnten. Und ihren Chef durch die gepfefferten Preise zu einem wohlhabenden Mann gemacht hatten. 39 000 Euro hatte sich Georg in den vergangenen zwei Jahren bei diesem Chef, seinem Onkel, zusammengeliehen.

Mittlerweile fragte ihn sein Onkel nicht mehr, ob er nicht doch nach Deutschland zurückkommen wolle.

»Es sieht alles überhaupt nicht so schlimm aus«, sagte Georg, weil er wusste, Steve würde ihm die Lüge nicht um die Ohren hauen. Eine überschaubare Miete für den Stuhl in diesem Laden in Georgetown. Die Familie Kennedy besaß hier immer noch ein Haus. In dem John F. mit wer-weiß-wie-vielen Frauen geschlafen hatte. Die Clintons, Henry Kissinger und unzählige Multimillionäre brauchten eine Adresse in Georgetown. Den wohl mächtigsten drei Quadratkilometern der Welt. Mit dem Fahrrad dauerte es zehn Minuten bis zum Weißen Haus. Auch wenn niemand, der dort zu tun hatte, tatsächlich mit dem Rad hinfuhr. Sondern mit einer Autokolonne, die durch die Gegend raste, als säßen mit ganz ungünstigen Steroiden gedopte BMW-Fahrer am Steuer. Georg konnte hier bedenkenlos teuer sein und hatte eine treue Stammkundschaft. Er wusste, dass er in manchen Monaten mehr verdiente als einer der Lufthansa-Kapitäne, die den deutschen Schwatz bei einem Washingtoner Friseur zu schätzen wussten. Trotzdem kam er nicht hin. Genau genommen war er schon seit mindestens zwei Monaten pleite. Mit der Miete im Rückstand, das Mobiltelefon konnte nur noch Anrufe empfangen.

Die Champagnernächte. Dieses irrwitzige Boot in Virginia Beach. Oder Georgs Wohnung. Zwei Etagen. Das Panoramafenster an der Vorderfront ging über beide Stockwerke und gab die Aussicht auf das Washington Monument frei. Den weltberühmten Obelisken, den jeder kennt, weil er in so vielen Filmen überflogen wurde.

»Denen ist auch während des Baus das Geld ausgegangen«, sagte Georg laut. Deutsche Gäste freuten sich immer, wenn er erzählen konnte, wie dieses Ding, zu Ehren George Washingtons begonnen, noch zwölf Jahre nach Baubeginn 1848 halbhoch in der Gegend rumstand.

Seinem Onkel hatte er die Geschichte auch erzählt. Als der vor ein paar Jahren das letzte Mal hier gewesen war. Nach Wölfchens Tod und nach dem Herzinfarkt. »Ich muss kürzer treten, mein Junge, ich komm' dich besuchen«, sagte er damals. Um anschließend gleich weiterzuschuften. Damals fiel ihm auf, wie sehr er seinen Onkel mochte. Vor dem deutschen Beamtenwort »Erziehungsberechtigter« gruselte sich Onkel Jupp. Obwohl er für Georg die komplette Verantwortung übernommen hatte. Er war Vater und Mutter und die sonstige Verwandtschaft für Georg, seit dieser zwölf Jahre alt war. Aber auch gleichzeitig nichts von alldem. »Wir leben jetzt zusammen«, hatte Jupp gesagt, »das Wichtigste daran ist, dass uns das Leben Spaß macht. Ich glaube nämlich, wir haben nur eins.« Auch wenn das für den 12-jährigen Georg erst einmal nur Erwachsenensprache war, begann es sehr bald Spaß zu machen. Selbst seine von Jupp zu »nicht lustig« erklärten Zeugnisse sorgten nur für überschaubaren Verdruss. Gemeinsam mit Wölfchen fuhren sie auf dem Nil und zu Skiurlauben ins Salzburger Land. Die komisch guckenden Leute in allen möglichen Frühstücksräumen waren für sie »die Klemmis«. Georg half für eine fürstliche

Entlohnung im Laden. Dort wurde ihm unter anderem von der unvergesslichen Martina nach Feierabend enorm weitergeholfen. An dem Tag, als Georg seine Führerscheinprüfung bestand, überreichte ihm Jupp eine Schirmmütze und weiße Handschuhe. »Ich habe mich immer auf den Tag gefreut, wenn die Taxifahrerei ein Ende haben würde. Vielleicht möchte der Herr Georg sein Dienstfahrzeug in Augenschein nehmen?«

Herr Georg mochte den schneeweißen 190er-Mercedes auf Anhieb. »Was für ein Pornoauto«, meckerte Wölfchen. Zeigte aber im Stil eines englischen Aristokraten selbst dann keine Regung, als Georg in Gegenrichtung auf die Berliner Stadtautobahn fuhr. Zum Glück mitten in der Nacht.

Als Georg seinen Onkel in Washington fragte, wie er es hinbekäme, in seinem löchrigen Schulenglisch überall ein Schwätzchen zu halten, kam zur Antwort: »Junge, ich bin Friseur. Wenn ich eins kann, dann mit Leuten.« Beide respektierten des anderen Tabu. Georg fragte seinen Onkel nicht, wie sehr er Wölfchen vermisste. Sein Onkel wollte nicht über Georgs »Sache« sprechen. War schließlich Vergangenheit. Die japanische Friseurschere, die sein Onkel ihm damals mitbrachte, glänzte heute noch wie am ersten Tag. Mindestens 500 Euro wert. Jedes Haar, das mit dieser Schere gekürzt wurde, glaubte Georg juchzen zu hören.

Jetzt nahm er den einzigen Gegenstand aus der Tasche, den er ebenso akkurat in Ehren hielt. Seit 17 Jahren. Ein Zippo-Benzinfeuerzeug. Mit dem Emblem des 75. Regiments der US-Armee, den US-Rangers.

Georg zündete sich die Zigarette an. Er rauchte nur, wenn er Steve besuchte.

»Jetzt eine Zigarette, und alles wäre gut«, hatte Steve damals gesagt. Georg genoss jeden einzelnen Zug mit der Ruhe dieses oft erprobten Rituals. Er drückte die Zigarette im Aschenbecher hinter Steves Grabstein aus. Jedes Jahr am 4. Oktober leerte Georg den Aschenbecher. Dann verbrannte er die Zigaretten in dem Grill auf seiner Terrasse. Dazu hämmerten die Spin Doctors ihren größten Hit »Two Princes«. Die Nachbarn mussten den Eindruck haben,

Georg kehrte immer am 4. Oktober für exakt vier Minuten und 17 Sekunden in die Aufsässigkeit seiner Pubertät zurück. Dabei checkte er mit dem Song in seinen Albtraum ein.

Wie immer sprach Georg zum Abschied monoton ein ›Vaterunser‹ vor sich hin. Dabei blickte er auf die Inschrift des Grabsteins: »Steve Zeibert, Sergeant, US Army Rangers, 1968–1993«.

**Botschaft der
Bundesrepublik Deutschland
Washington DC
17 Uhr Ortszeit**

»Das war wunderschön«, der Mann war Sofia nach draußen gefolgt. Sie rauchte eine Zigarette. Um sie herum standen Männer in Anzügen und Frauen in Kostümen. Alle lächelten ihr zu, wenn Sofia einem kurzen Blickkontakt mit ihnen ausgesetzt war. Dabei machten sie ein wissendes Gesicht. »Aha, die Sängerin raucht also, bestimmt nicht gut für die Stimme«, so was überlegten sie wahrscheinlich.

Der Mann stand immer noch vor ihr. So, so, dachte Sofia, wunderschön. Sie erwartete beinahe, dass er im nächsten Moment zu hecheln oder zu jaulen anfing. Weil er doch was Gutes, nämlich ein Kompliment gemacht hatte. Dafür gab es doch eine Belohnung.

»Was meinen Sie mit wunderschön? Mit welchen wunderschönen Momenten, die Sie schon erlebt haben, würden Sie es vergleichen?« Sofia lächelte ihn an. Ihr Lächeln war die Belohnung für die Belohnung. Sie überließ nichts dem Zufall. Generell nicht. Die Lippen leicht öffnen, die Mundwinkel ein klitzekleines Stückchen hochziehen, die komplette Gesichtsmuskulatur entspannen, so hatte sie es vor dem Spiegel geübt.

Der Mann war aber offenbar auch kein Anfänger.

Er verschränkte die Arme vor der Brust und kratzte sich mit dem Daumen an seinem starken Kinn. Seine sehr muskulösen Oberarme spannten den Stoff des Anzugs.

»So wunderschön wie das erste Mal auf dem Surfbrett stehen zu bleiben und den Wind in den Segeln zu spüren, ohne gleich wieder zu kentern. So wunderschön. Oder ist Ihnen das zu schnöde?«, fragte er.

Sofia schüttelte den Kopf.

»Nein«, sagte sie, »das ist vielmehr ... wunderschön.«

Beide lachten.

»Sie treiben viel Sport, oder?«, fragte Sofia und zeigte auf seine Arme.

»Ich rudere. Hier auf dem Fluss. Fünfmal die Woche. Um sechs Uhr morgens. Sie wissen doch, die Amerikaner machen keine halben Sachen.«

»Stimmt«, nickte Sofia und versuchte, zwischen den unzähligen Kippen im großen Aschenbecher eine Stelle zu finden, wo sie ihre Zigarette ausdrücken konnte, »650 000 Tote im Irak sind keine halbe Sache.«

»Die Amerikaner sagen, wir Deutschen seien ›blunt‹. Also manchmal zu geradeheraus. Eine weniger schmeichelhafte Übersetzung von ›blunt‹ ist stumpf«, antwortete der Mann in einem deutlich anderen Ton.

»Natürlich«, Sofia ärgerte sich unmittelbar über ihre Unkontrolliertheit, »und Ihre wunderschönen Surferlebnisse haben Sie auch hier?«

Der Mann erzählte von einem Ort an der Küste, der Sofia nicht interessierte. Garantiert ein Karrierediplomat. Die rahmengenähten Schuhe, selbstverständlich dezent. Der teuer fallende, anthrazitfarbene Anzug, das perfekt sitzende weiße Hemd, die für jeden Anlass taugliche dunkelblaue Krawatte, alles angemessen, unauffällig,

»Happy End«, hätte ihre Mutter ausgerufen, wenn sie Sofia jetzt hätte sehen können. Ihre Tochter neben »einem Bild von einem Mann«. Das wäre die Vokabel ihrer Mutter für Männer wie diesen Ruderer gewesen.

Selbst ihre Tochter hätte ihr ausnahmsweise keinen Anlass zum Nörgeln gegeben. Das Kleid umschmeichelte Sofias Silhouette. Die silbrig schimmernden Pailletten hatten Sofias sparsame Bewegungen auf der Bühne wie etwas unwirklich Quecksilbriges aussehen lassen. Selbst ihr Haar, nach Meinung ihrer neidischen Mutter »ein Gottesgeschenk«, war in Bestform gebracht worden. Der Botschafter, um einen generös-professionellen Eindruck bemüht, hatte einen deutschen Friseur kommen lassen. Offenbar ein Ortsansässiger, der Sofia mit routiniert abgespulten Komplimenten überzogen und dabei merkwürdig abwesend gewirkt hatte.

Alles war perfekt gelaufen. Für diese Leute. In dieser Umgebung. Mitten drin, im Feindesland. Genau wie sie es geplant hatten. Eine Sängerin, fernab der A-Liga, sang deutsche Lieder für eine Gemeinde von Auslandsdeutschen, die Langeweile gewohnt waren. Sofia hatte durchaus bemerkt, wie Frauenhände nach den Händen ihrer Männer griffen, als sie »Kein schöner Land« sang. Deren Reflexe eben. Rührten sich an sich selbst. Weil sie weit weg einem Land einen Luxusdienst erwiesen, das sie nicht kannten. Und nicht kennen wollten. Sonst hätten sie sich nicht das Auswärtige Amt als Arbeitgeber ausgesucht. Sondern wären wenigstens im Auftrag einer humanitären Organisation unterwegs. Um die richtige Welt zu sehen. Nicht immer Botschaftsgärten. Sondern immer wieder die Vorhölle, im Süden, Westen oder Osten.

Auch wenn Sofia auf Schwierigkeiten vorbereitet war, sollte es am liebsten so weitergehen. Die Ausreise morgen war eine echte Hürde. In Wien waren sie sich einig gewesen; selbst wenn es die Amis gerne anders sahen, funktionierte ihre Grenzkontrolle kaum wie die perfekte Orwell'sche Überwachung.

Sie war ruhig. Würde aber wieder nicht gut schlafen können. Der Druck. Die Anspannung hatte sie schon seit Wochen nicht mehr verlassen. Die Verantwortung für die ganze Sache. Die sie nicht ›Operation‹ nennen konnte, weil das die Kindskopfsprache ihres Bruders war.

»Haben Sie etwas dagegen, wenn wir noch etwas bei ›Kein schöner Land‹ bleiben?«, fragte er.

Lieber nicht, dachte Sofia. Es gab für Sofia wirklich gute Gründe, dieses Land zu hassen, das sie vorhin so souverän besungen hatte. Dieses geldgeile, waffenhandelnde, Menschen verschleißende Deutschland. Dieser Diplomat war aber für eine wirkliche Analyse der denkbar falsche Gesprächspartner.

»Sie sprechen in Rätseln«, antwortete sie und ermunterte ihn wieder mit diesem Lächeln, auf das er so zuverlässig reagierte.

»Heißt es nicht: ›Wo wir uns finden, wohl unter Linden, zur Abendzeit‹?«, fragte er.

»Ja, und?«

»Ich kenne in der Nähe ein Restaurant. Neben der Terrasse steht ein Baum. Leider bin ich ein botanischer Laie. Aber wenn Sie jetzt mitfahren, können wir uns dort finden«, er zog die Hemdmanschetten aus den Anzugärmeln hervor. Er ist dann so weit, dachte Sofia.

Er ist von der anderen Seite. Er ist ein Lakai. Er sitzt hier, oder woanders, und denkt lieber nichts. Zweifelt nicht, fragt nicht. Über Kleiderordnungen macht er sich wahrscheinlich Gedanken. Über dezente Schuhe und über den nächsten klitzekleinen Kriecher in seiner erbärmlichen Karriere, die er wahrscheinlich als echte Vorwärtsbewegung wahrnimmt.

Aber ihr gefielen seine Arme. Er war vordergründig sympathisch. Wenn sie sich in Acht nahm, also ausreichend verkleidet blieb, konnte sie in seiner Gesellschaft kaum einen Fehler machen.

»Wir tun einfach so«, sagte sie.

»Wir tun wie?«, fragte er.

»Als wäre der Baum eine Linde«, antwortete Sofia.

```
Deutschlandfunk
Informationen am Morgen
7.20 Uhr
```

Moderator: In Berlin sitzen seit gestern Menschen beieinander, die vor allem nachdenken. Oder die über das sprechen, worüber sie in der vergangenen Zeit nachgedacht haben. Philosophen von europäischen Universitäten, aber auch nur philosophisch und politisch Interessierte treffen sich in den Räumen der Volksbühne. Die passenderweise am Rosa-Luxemburg-Platz beheimatet ist. Es geht um eine Denkrichtung, eine Weltanschauung, die sich eigentlich selbst undenkbar gemacht hat, es geht um den Kommunismus. »Idee des Kommunismus. Philosophie und Kunst« heißt die dreitägige Veranstaltung.

Mit dabei ist auch Privatdozent Dr. Joachim Langfranz, Historiker, mit dem Schwerpunkt Geschichte der Arbeiterbewegung. Er war unter anderem wissenschaftlicher Berater bei der Entwicklung des Programms der Linkspartei. Mit ihm bin ich jetzt verbunden.

Guten Morgen, Herr Langfranz.

Langfranz: Guten Morgen, Herr Heinlein.

Moderator: Ein unter dem Jubel der Welt untergegangenes System. Dreißig Millionen Tote durch Stalinismus, Maoismus oder auch Steinzeitkommunismus der Roten Khmer in Kambodscha. Kann es sein, dass der Kommunismus so etwas wie der Dracula der Ideologien ist? Er steht also immer wieder auf, wenn es dunkel wird?

Langfranz: Ach, wissen Sie, das ist dieser Populismus. Es fehlt ja nicht an Vereinfachungen, um Alternativen zu unserem herrschenden System zu diskreditieren. Deswegen bin ich froh, dass wir uns in Berlin mit Leuten treffen, denen Denkverbote schlicht zu trist sind.

Moderator: Aber hat sich der Kommunismus, oder seine Vorstufe, also der real existierende Sozialimus, nicht selbst diskreditiert? Braucht es, bei den eindeutigen Zahlen, wirklich noch eine Vereinfachung?

Langfranz: Sie können es auch andersherum lesen: Was hat denn gesiegt? Wer gibt denn den Ton an? Möchten Sie wirklich das hohe Lied der parlamentarischen Demokratie singen, wenn diese süße Melodie doch ständig von den Medusenklängen der internationalen Finanzwirtschaft übertönt wird? Verelendung. Perverse Anhäufung von Kapital, nur um der Anhäufung willen. Nennen Sie mir doch ein aktuelles Phänomen der kapitalistischen Wirklichkeit, das Marx vor 150 Jahren nicht völlig richtig prognostiziert hätte. Reicht denn Ihre Fantasie nicht aus, um sich vorzustellen, wie Hedgefonds-Manager Ludwig Erhard auslachen?

Moderator: Aber die Fantasie von Karl Marx hat nicht ausgereicht, um sich ein staatliches Gebilde vorzustellen, das 400 Milliarden Euro aufbringt, um diejenigen zu unterstützen, die vom Wettbewerb ausgeschlossen sind. Oder habe ich das Kapitel über soziale Marktwirtschaft im »Kapital« überlesen?

Langfranz: Sie kommen doch nicht drum rum, Sie müssen doch die Realitäten anerkennen. Millionen Kinder leben unter der Armutsgrenze. Während andere in diesem Land, oder in der gesamten westlichen Welt, einen Reichtum verwalten, dessen Ziffer Sie nur mit Mühe korrekt hinschreiben könnten. Gleichzeitig werden Kriege geführt, die im Irak, aber auch in Afghanistan, Verteilungskämpfe sind. Unterschichtsangehörige, die von jedem relevanten gesellschaftlichen Aufstieg qua Geburt abgeschnitten sind, sterben auf kahlen afghanischen Hügeln für die perversen Privilegien einer dekadenten US-Elite. So sieht es doch aus. Das ist der amerikanische Albtraum, den wir mindestens in Teilen mitträumen.

Moderator: Das alles besprechen Sie in der Berliner Volksbühne, also keine zehn Minuten vom ehemaligen Todesstreifen entfernt. Oder hat es den auch nicht gegeben?

Langfranz: Es ist doch ganz klar, dass es niemanden gibt, der die DDR wiederhaben will. Aber diese plumpen Horrorgeschichten nutzen doch auch niemandem. Sie stützen nur Denkverbote.

Ist es nur Fortschritt, wenn wir bald mit Algen heizen und Flugzeuge mit Solarenergie fliegen? Oder bedeutet Fortschritt nicht vor allem, dass man mit dem Status quo niemals nur zufrieden sein kann? Selbst Demokratieenthusiasten sprechen doch häufig vom kleineren Übel. Wer sagt, dass sich das Übel nicht wenigstens verkleinern lässt?

Moderator: Wer entscheidet denn, wann das kleinere Übel gefunden ist? Und wird es dann, in sozialistischer Tradition, von einer ungewählten Minderheit als neues Staatsprinzip angeordnet?

Langfranz: Wissen Sie, das ist Polemik. Daran beteilige ich mich als Wissenschaftler nur höchst ungern. Die Gedanken sind zum Glück frei, und Pol Pot ist tot. Das müsste sich doch auch bis zum Deutschlandfunk rumgesprochen haben.

Moderator: Dann können wir uns als Fazit dieses Gesprächs auf die bekannte christliche Losung einigen: Der Mensch denkt, Gott lenkt?

Langfranz: Damit können Sie sich beruhigen, wenn Ihnen danach ist. Ich denke, und ich denke gern. Dabei ist mir als Atheist jeder Aberglaube schlicht hinderlich. Aber ich darf Sie vielleicht mit einem bestens bekannten Marx-Zitat durchrütteln: Radikal sein, heißt, die Sache an der Wurzel packen. Das versuchen wir in den nächsten drei in diesem Sinne radikalen Tagen. Mindestens in Gedanken und vor allem im Austausch.

Moderator: Vielen Dank für dieses Gespräch.

```
Berlin
Vor dem Obi-Baumarkt in
Niederschönhausen
12.30 Uhr
```

Fünf Minuten. Eher weniger. In höchstens fünf Minuten musste Carlo die Sache klarmachen.

Seine Chefin, diese schlimme, schlimme Frau, hatte eine halbe Stunde Mittagspause genehmigt. Sie rechnete damit, dass er und sein Kollege Hauke in der Nähe ein Brötchen kaufen würden.

Stattdessen hatte die Fahrt zu diesem Baumarkt durch die halbe Stadt 35 Minuten gedauert. »Siehst du das, siehst du das? Die frisst uns auf. Ohne Betäubung frisst die uns auf«, hatte Hauke gerufen, während sie an den Baustellen vorbeigefahren waren, vor denen sich der Verkehr in die Gegenrichtung staute. Genau in diese Richtung würden sie gleich zurückfahren müssen.

Noch einmal mindestens 40 Minuten. Sie würden viel zu spät im Theater des Westens ankommen. Es gab dort für sie nichts zu tun.

Ihre Einsatzpläne standen fest. Lange bevor die ersten Gäste dieses Fernsehpreises eintrafen, würden sie die Kollegen, also die Schutzmänner im ›grünen Ehrenkleid‹, auf ihre Positionen geschickt haben. Die zivil gekleideten Kriminalbeamten der Abteilung Staatsschutz, Hauke Wendel und Carlo Sand, würden sich dann in die Einsatzleitung setzen und dem Ende der Veranstaltung entgegendämmern. Insbesondere der Kriminalbeamte Carlo Sand würde sich so unauffällig wie möglich verhalten. Denn der letzte Ausraster seiner Chefin lag keine zwölf Stunden zurück. Carlo hatte beim Ausparken einen Sprengstoffhund der Kollegen angefahren. Er sei nicht nur der König der Idioten, er sei eine Schande für die Berliner Polizei. Ein Volltrottel. Ein Beweis dafür, wie wenig Zeit der Auswahlkommission für die Einstellung von Kommissaranwärtern heutzutage bleibt. Marie Tillmann war für ihre endlosen Schimpfkaskaden bekannt. Wegen ihres extremistischen Temperaments wurde sie in Anlehnung an den Talibanführer Mullah Omar intern Oma Mullah genannt. Seit Hauke bei einem sterbenslangweiligen Vortrag genau an der Stelle aufgewacht war, als der referierende BND-Heini ein Foto von Mullah Omar gezeigt hatte.

Der Spitzname war aber für den sehr, sehr internen Gebrauch bestimmt. Denn genau wie den Taliban war der Polizeirätin Tillmann jeder Anflug von Humor fremd.

Viel mehr als das Geschrei seiner Chefin war Carlo aber das Jaulen des verletzten Hundes an die Nieren gegangen. Er hatte sich bei dem Staffelführer danach erkundigt, was das Tier gerne fraß. Heute Morgen hatte Carlo schon um kurz nach sieben mit anderthalb Kilo Rinderfilet an der Halle gestanden, in der die Elitehunde logierten. Ramses würde es schon wieder recht gut gehen, hatte der Kollege von der Hundestaffel versichert.

Hauke stoppte das Auto in der Nähe des Eingangs auf einem Behindertenparkplatz. In Berlin Polizist zu sein bedeutete zwar ein Armutsgelübde, aber eben auch freie Parkplatzwahl auf jedem Quadratmeter des Stadtgebiets.

Hauke sah geradeaus, nestelte eine Zigarette aus dem Päckchen, zündete sie an und drehte dann den Kopf zu Carlo:

»Wir haben echt wenig Zeit, aber du sollst es auch nicht versauen. Was machst du jetzt gleich nicht, Carlo?«

»Ich presse nicht die Lippen aufeinander, wenn ich vor ihr stehe.«

»Richtig«, Hauke pustete Rauch aus, »weiter?«

»Ich stelle mich nicht mit Nachnamen vor und sage schon gar nicht, was ich immer sage, wenn ich meinen Nachnamen nenne. Weil es nicht lustig ist.«

Hauke nickte.

»Sondern ich sage … ich sage zu ihr …«, Carlo haute mit seiner großen Faust auf das Armaturenbrett. Dann nahm er einen Zettel aus der Tasche und las vor.

»Ich bin Carlo und ich habe am Sonnabend zwei Karten für die ›Schöne Party‹ von Radio Eins. Möchten Sie mich vielleicht begleiten?«

Hauke legte die Stirn auf das Lenkrad.

»Du holst nicht den Zettel raus. Du holst unter keinen Umständen den Zettel raus, verstehst du? Und warum möchtest du die Frau siezen?«

»Weil ich sie nicht kenne.«

»Aber du hast doch mit ihr gesprochen, als du die neue Toilette gekauft hast.«

»Na ja, was heißt gesprochen«, murmelte Carlo.

»Gesprochen heißt reden. Ihr habt geredet und gelächelt und geredet und dann wieder gelächelt. Hoffe ich. Hoffe ich sogar sehr. Deswegen sitzen wir jetzt hier, verlieren deswegen unseren Job und arbeiten dann bald für fast drei Euro die Stunde bei einem Wachdienst. Statt schon für deine jämmerliche Zukunft zu sparen, hast du aber gerade eben noch 50 Euro für diesen Blumenstrauß ausgegeben.«

»Soll ich mit einem Stiefmütterchen bei ihr aufkreuzen?«

»Geh da jetzt rein, Carlo.« Hauke klang gereizt.

»Vielleicht ist es doch keine so gute Idee.«

»Geh da jetzt rein, verdammt noch mal«, schrie Hauke.

»Schrei mich nicht an«, schrie Carlo zurück.

»Gut, dann heule ich jetzt einfach«, antwortete Hauke tonlos und warf die Zigarette aus dem Auto. Eine ältere Frau missbilligte das offenbar. Hauke bedeutete ihr mit einer Handbewegung, sie möge einfach weitergehen.

Carlo zog die Krawatte noch enger um den Hals. Auch wenn es ein teurer und sorgfältig ausgewählter Schlips war, wirkte er um Carlos massiven Hals wie ein Schnürsenkel.

»Wie sehe ich aus?«, fragte er. Die ungesunde Färbung seines Gesichts konnte selbst der Wohlmeinendste nicht als leichte Röte beschreiben.

»Unterdurchschnittlich«, sagte Hauke, während er ihn ansah und nickte, »aber deine inneren Werte sind liebenswert. Carlo, sei mir nicht böse, wenn ich auf deinen Gefühlen herumtrample. Aber meinst du nicht, du solltest jetzt einfach losgehen? Ich habe nämlich das Gefühl, ich spüre schon die Kälte der Elektroden, die Oma Mullah an meinem Sack befestigt.«

Carlo griff den Blumenstrauß vom Rücksitz, öffnete die Tür,

stieg aus dem Auto aus. Wie immer in einer Art Zeitlupe. Als er sich zu seiner vollen Größe von 1,99 Meter aufgerichtet hatte, zog er das Jackett straff, schloss die Autotür und winkte Hauke noch einmal zu. Der wiederholte die Handbewegung, mit der er schon die Passantin zur Eile getrieben hatte. Nur noch eindringlicher.

Als er durch die Lichtschrankentür des Baumarktes getreten war, blieb Carlo kurz stehen und atmete tief durch. Er wählte eins, das er sich für die schlimmsten Situationen aufbewahrt hatte:

Der Sänger auf die Bühne trat,
Schlicht, ohne sich zu rühmen.
Ein Hauch von Bier und Fleischsalat
Verlor sich in Parfümen.

Der Sänger sang das hohe C,
Der Beifall wuchs und tobte.
Die Dame in der Loge B
Stand auf und garderobte.

Schon besser. Schade, dass er sich bei Ringelnatz nicht mehr bedanken konnte. Mit Frau Baute, die ihn gegen das Stottern auf die Gedichte gebracht hatte, traf er sich spätestens in der Vorweihnachtszeit immer zum Essen. Frau Baute würde aber heute auch nicht helfen.

Carlo stellte sich an die Theke, die ein großes Schild als ›Information‹ ausgab. Hinter dem Tresen lehnte ein junger Mann, der ignorierte, dass jemand ein Anliegen hatte. Was wahrscheinlich alle Baumarkt-Mitarbeiter auf der Welt während ihrer Ausbildung lernten.

»Hallo«, rief Carlo etwas zu laut.

Jetzt sah ihn der junge Mann an. Er trug ein Nasenpiercing, und aus dem Kragen des Polohemds mit dem Logo des Baumarkts lugte eine offenbar großflächige Tätowierung hervor.

»Ja?«, fragte er. Carlo wusste, dass man ihm die Jahre im Boxsport an dem äußerst ungerade verlaufenden Nasenbein und den kleinen Narben unter den Augen ansah. Er hatte sich schon oft das glatte Gesicht anderer 32-Jähriger gewünscht. Heute könnte seine Visage aber die ganze Angelegenheit vielleicht beschleunigen.

»Ich möchte Frau Patscher sprechen«, sagte Carlo etwas schrill.

»Was hat die denn verbrochen?«, fragte der Mann.

»Ruf sie durch.« Carlo zeigte auf das Mikrofon.

»Wieso?«, fragte der Mann.

»Weil ich es dir sage«, kaum war es ausgesprochen, ärgerte sich Carlo bereits über seine Unbeherrschtheit.

Nachdem der Mann Katinka ausgerufen hatte, wendete er sich sofort von Carlo ab. Griff zu einem Aktenordner, aus dem er gewiss nichts Neues erfahren konnte.

Carlo sah sich um. Einen Kachelofen sollte er kaufen. Legte ihm jedenfalls das übergroße Angebotsschild nahe. Mit einem durchgestrichenen Preis und dem kleinkindhohen »Nur 999 Euro« genau in Sichthöhe. Niemals. Kommt gar nicht in Frage, dachte Carlo. Er erinnerte sich an die Schmerzen in den Armen, als ihm kürzlich beim Umzug einer Kollegin die Aufgabe zugefallen war, den altertümlichen Herd aus dem vierten Stock herunterzutragen.

Jetzt sah Carlo, wie sich aus dem Hintergrund eine Frau näherte. Sie war es. Kein Zweifel. Der gerade Gang, die tolle Figur, die selbst in dem orangefarbenen Kurzkittel zu erkennen war. Ich könnte die Blumen einfach hinlegen und abhauen, dachte Carlo. Ich hau einfach ab. Aber dann sieht sie mich fliehen. Und ich sitze Samstagabend wieder nur vor dem Computer.

Katinka war jetzt am Tresen angekommen und sah den Gepiercten fragend an. Der erwiderte ihren Blick nur kurz, zeigte auf Carlo und las dann weiter in dem WichtigWichtig-Aktenordner.

Katinka nickte Carlo zu und sagte: »Guten Tag.« Kein Anzeichen, dass sie ihn wiedererkannte.

»Guten Tag«, echote Carlo, hielt den Blumenstrauß so ungünstig hoch, dass er ihn sich beinahe ins Gesicht drückte.

»Mein Name ist Sand. Sand wie Eimer«, hörte sich Carlo sagen. Die Nicht-Formulierung.

Unmittelbar überkam ihn dieses K.-o.-Gefühl. Wie damals. Als er bei der Bezirksmeisterschaft auf seine Deckung aufpassen sollte und dieser drahtige Serbe schon mit seiner ersten Links-Rechts-Links-Kombination durchgekommen war.

»Mist, Mist, Mist!«, entfuhr es Carlo. Er presste die Lippen zusammen und schloss die Augen.

Damit war es ihm unmöglich zu sehen, wie Katinka Patscher lächelte.

```
Berlin
Theater des Westens
16 Uhr
```

Natürlich war es kein glücklicher Tag im eigentlichen Sinn.

Kein Tag, an dem Hanna von der Sonne geweckt wurde – und da war dann auch schon der Mann, der eigentlich im Werbefernsehen lebt, mit dem Milchkaffee in der Hand.

Es war so ein ›Korken-Tag‹. Dieser Tag müsste sich lösen, damit Champagner floss. Im Wortsinn. Denn am ganz späten Abend dieses Tages würde Hanna mit ihren Kolleginnen Nadia und Isa sehr viel Prickelwasser trinken. Aber durch einen Mann, den sie sich übrigens überhaupt nicht mit einer Champagnerflöte in der Hand vorstellen konnte, würde auch spätestens der morgige Tag etwas Feinperliges bekommen.

Vorhin hatte sie Fabian kurz gesehen. Er hatte etwas nervös gewirkt. Aber sie kannten sich auch erst knapp zwei Wochen. War für Hanna ein Kompliment, wenn ein Mann ihretwegen so aufgeregt war.

Momentan saß der Korken noch reichlich fest, in diesem Dienstag.

Nadia und Isa überlegten, wie sie die Leiche von Friedrich von Hogenwarth entsorgen würden. Dabei saßen sie, bereits im kleinen Schwarzen, aber noch mit Turnschuhen, rauchend vor dem Theater.

In drei Stunden würde hier die »Bruno«-Preisverleihung beginnen. Ein großer Fernsehsender und ein ebenfalls großer Zeitungsverlag vergaben diesen Preis. Ohne Nadia, Isa und vor allem Hanna würde sich aber keine große Preis-Show, sondern ein Fiasko ereignen. Die drei wussten jedes Detail über diesen Abend. Welcher Chefredakteur beim Dinner nach der Verleihung neben welcher Schauspielerin sitzen musste. Welches Fabrikat die Limousine haben musste, die Mariah Carey vom Flughafen abholte. Und von welcher Seite der Wagen auf dem Vorfeld an den Privatjet heranfahren durfte. Nadia, Isa und Hanna arbeiteten bereits zum dritten Mal für diesen Preis. Vier Monate lang, üppig bezahlt, mit einem etwa 1,75 großen Nachteil: Friedrich von Hogenwarth, ihrem Chef. Er bekam ein Vermögen von den Veranstaltern, damit er den »Bruno« als größtmögliche Funkel-Preisverleihung aufmotzte. Niemand mochte ihn. Bei der Party nach der Verleihung im vergangenen Jahr hatte ein Sportreporter Hanna ins Ohr geraunt: »Auf den würde ich nicht mal pissen, wenn er brennt.«

Von Hogenwarth war generell zu laut, egomanisch und vulgär.

Also wie geschaffen für den Teil der Medienbranche, in dem er bisher gearbeitet hatte. Als sogenannter Krisenreporter für RTL, ohne von den ihn umgebenden Konflikten einen Schimmer zu haben. Als »Witwenschüttler« belästigte er die Angehörigen von Unglücksopfern. Wurde mit seinen schmierigen Filmchen einem Millionenpublikum bekannt. Seine große Stunde schlug dann bei einem Prominenten-Magazin des Senders. Denn von Hogenwarth konnte es immer so aussehen lassen, als sei er mit jedem möglichen Hollywood-Star bestens befreundet. Zumindest die RTL-Zuschauer kauften ihm diese Geschichten ab. Von seinen unzähligen Begegnungen war ein spektakuläres Adressbuch übrig geblieben. Das nutzte ihm heute, da er nicht mehr für das Fernsehen, sondern als »Event-Manager« arbeitete. Für dieses Buch zahlten die »Bruno«-Veranstalter. Nicht weil ihnen in den vergangenen drei Jahren eine einzige liebenswerte Eigenschaft an Hogenwarth aufgefallen wäre.

»Soll ich dir ein Brötchen holen?«, fragte Isa. Sie verarbeitete Stress durch Essen und suchte einen Vorwand, um sich selbst mindestens zwei weitere Brötchen kaufen zu gehen.

Hanna überlegte. Musste sich mit der Entscheidung aber nicht weiter Mühe geben. Denn Hogenwarth stach durch die Tür, die auf den Hinterhof führte. Stolperte über ein Kabel und schnauzte dem am Boden knienden Bühnentechniker, der es gerade zu befestigen versuchte, ein »Dummes Arschloch« zu.

In der Woche vor der Veranstaltung nannte Hanna ihn eigentlich nur noch »den Patienten«. Sein Zustand war offensichtlich besorgniserregend. Blass, beinahe fahl. Hektische Flecken, gelbsüchtig leuchtende Augen und diese Speichelkrusten an den Mundwinkeln. Er fuchtelte mit der zittrigen Hand und zeigte auf jede von ihnen.

»Was hab ich euch gesagt?«, brüllte er schon los, als er noch mindestens fünf Schritte entfernt stand.

»Ich habe euch gesagt, dass ich diesen Fahrer nicht will. Diesen kahlrasierten Porno-Ossi mit seinem Fotzenbärtchen. Der holt mir nicht die Ami-Presswurst vom Flughafen ab. Die dreht doch durch, die Alte. Die setzt sich gleich wieder in ihren Scheiß-Flieger, und wer gibt mir dann die 95 000 Euro, wer denn? Ihr etwa?«

Ungeschickt versuchte er sich mit zittrigen Fingern einen weiteren Zigarillo aus der Box zu nesteln. Hanna half ihm und steckte ihn ihm in den Mund. Hogenwarth roch bereits säuerlich.

Nadia, die ihn eine Handbreit überragte, hatte ihr Gesicht bereits zur Faust geballt. Der »Porno-Ossi« war ihr Cousin aus Stuttgart, dem sie diesen Job besorgt hatte. Weil Hanna vermeiden wollte, dass Nadia auf den letzten Metern noch einen schlimmen Fehler machte, wechselte sie schnell das Thema.

»Mir ist eine Lösung für das Nina-Hagen-Problem eingefallen«, vor allem in Hogenwarths Gegenwart bemühte sie sich, leise und ruhig zu sprechen. Denn die kleinste Schrillheit oder erkennbare Aufgeregtheit ihrerseits würde ihn unmittelbar aus der Schiene springen lassen.

Nina Hagen war ihm, wie alle anderen Künstler, völlig egal. Aber Hogenwarth wusste, welche Schwierigkeiten diese Frau machen konnte. Besonders wenn sie mit Menschen zu tun bekam, die sie als Nicht-Künstler, also Dienstboten, wahrnahm.

»Wer Nina Hagen zu ihrer Garderobe führt und diesen schwierigen Tee aufbrüht, nach dem sie ausdrücklichst verlangt, der darf Sascha betreuen«, Hanna grinste. Fabian erinnerte sie durchaus an Sascha. Braune Augen, sportliche Figur, ein mitreißendes Lachen, List im Blick. War nur etwas größer und selbstverständlich schüchterner als ein seit Jahren erfolgreicher Musiker.

Hogenwarth winkte ab, warf den Zigarillo auf den Boden. Sein

Versuch, das Ding mit einem Tritt zu löschen, misslang. Im Weggehen schnauzte er, es seien nur noch drei Stunden und sie sollten sich alle, verdammt noch mal, konzentrieren.

Erst als er durch die Tür verschwand, entspannten sich Nadias Gesichtszüge.

»Ich hasse diesen Typen«, sagte sie, »und ich hasse diesen Tag.«

```
Washington DC
Dulles Airport
12 Uhr Ortszeit
```

Der Flug würde erst in mehr als vier Stunden starten. Viel zu früh, dachte Sofia. Viel zu früh aufgewacht und viel zu früh am Flughafen.

Der Diplomat hatte selbstverständlich einen guten Wein ausgesucht. Anschließend einen noch besseren. Wenn diese Jungs über den wirklichen Zustand der Welt schon nichts lernen, dann aber doch wenigstens, wo die besten Genüsse wuchsen. Schon nach ein paar Minuten in diesem Lokal bot er ihr das Du und seinen Vornamen an. Jakob. Es gab weit und breit keinen Baum, auch keine Linde. Allerdings einen beachtlichen Ausblick auf den Fluss.

Noch drei Passagiere, dann würde Sofia bei der Vorkontrolle ihren Reisepass und das Ticket vorzeigen müssen.

Das war die kleinste Hürde. Denn ihre Dokumente waren echt. Bis Sonntag würde es sie noch als Sofia Pahl geben. Wenn bis dahin alles klappte. Keine Minute länger hätte sie im Bett bleiben können. Die Gedanken daran, was bei ihrer Ausreise schieflaufen konnte oder was, während sie im Flugzeug saß, vielleicht in Berlin misslang, legten sich wie ein Stein auf ihre Brust.

»Wie geht es uns denn heute? Wollen Sie uns wirklich schon verlassen, schöne Frau?« Der Mann in dem weißen Uniformhemd mit den wuchtigen Aufnähern, die ihn als Mitarbeiter des Amtes für Homeland Security auswiesen, hätte ihr Großvater sein können. Wenn Sofias Großvater Pakistani oder Inder gewesen wäre.

»Leider«, anwortete Sofia und stellte ihm die obligatorische Gegenfrage, wie es ihm gehe.

»Es schmerzt mich, ›goodbye‹ sagen zu müssen. Aber ich wünsche Ihnen eine gute Reise«, der schlanke ältere Mann lächelte kurz über das ganze Gesicht und nickte dann dem Mann hinter ihr auffordernd zu.

Sofia ging auf das Röntgengerät und den Personendetektor zu. Ein schwarzer Mann, halb so alt und doppelt so groß wie der südasiatische Opa, stand vor dem Fließband.

»Nehmen Sie Ihren Computer aus der Tasche. Alle Flüssigkeiten und metallischen Gegenstände müssen sichtbar in die Box gelegt werden. Bitte ziehen Sie Ihre Schuhe aus. Das ist eine Bestimmung der Regierung der Vereinigten Staaten von Amerika.«

Wahrscheinlich wachte er manchmal nachts auf und sprach diesen Text vor sich hin, wenn er auf die Toilette ging, dachte Sofia. Er sprach kein einziges Wort aus, als sei es für ihn von Bedeutung. Ihre Tasche legte sie in eine der bereitstehenden Schüsseln. Sie nahm die Armbanduhr ab, zog den Gürtel aus dem Rock und packte die Sachen zur Tasche in die Schüssel. Jetzt musste sie die Schuhe ausziehen. Schon wieder ein Flüchtigkeitsfehler. Wie besprochen hatte sie sich in die Uniform einer Geschäftsfrau gepackt. Kostüm, Pferdeschwanz, dezentes Make-up, sogar eine Perlenkette hing um ihren Hals. Nur die Strumpfhose hatte sie vergessen. Auch wenn Washington auf dem Breitengrad von Neapel lag, war das im Spätwinter auffällig.

Sofia zog die Pumps aus und sah sich um, ob noch eine andere Frau barfüßig umherging. Niemand. Ohne eine weitere Reaktion zu zeigen, schob sie die Schüssel auf das Band und sah sie auf den Schlund des Gerätes zufahren.

Sollte sie gleich jemand auf das kleine Päckchen ansprechen, würde sie sagen, dass es sich um ein Geschenk für ihre Großmutter handelte. Sie würde hinzufügen, dass die ältere Dame auf dem außen aufgeklebten Bild ihre Oma sei. Für den Fall, dass die Grenzer von ihr verlangten, das Päckchen zu öffnen, würde sie vortäuschen, ihr sei etwas übel. Sie sei schwanger, würde sie sagen. Einen halben Tag Proben in Wien hatte es gebraucht, damit die Übelkeitsgeste nicht wie Bauerntheater aussah. Der Ohnmachtsanfall war noch schwieriger. In den YouTube-Videos, die sie angesehen hatten, fielen die Ohnmächtigen einfach um. Ungebremst.

Die blonde stämmige Frau, die auf der anderen Seite des türrahmenartigen Detektors stand, taxierte Sofia. Sah auf ihre Füße.

Als sie den Blick wieder hob, meinte Sofia etwas Missbilligendes aus ihrem Gesichtsausdruck lesen zu können.

Der Detektor blieb still. Die Blonde verlor sofort das Interesse an ihr. Sofia stellte sich an das Band, das ihre Tasche bringen sollte.

Der Mann, der das Röntgengerät bediente, sah konzentriert auf den Monitor, der das Innenleben von Sofias Tasche zeigte. Er rief der Blonden etwas zu. Danach brachen beide sofort in Lachen aus. Sofia spürte die Neigung, von einem Fuß auf den anderen zu wechseln, wollte die Spannung in irgendeinem Gezappel entladen. Sie erinnerte sich aber an das ›Drehbuch‹: Ruhe ausstrahlen. Keine Nervosität erkennen lassen. »Ich bin schwanger«, murmelte sie in ihrem tadellosen britischen Englisch vor sich hin. Der Monitormann betätigte den Mechanismus, der das Band anrollen ließ. Die Schüssel mit der Tasche und den Schuhen kam auf sie zu. Sie griff nach ihren Schuhen, warf sie auf den Boden und stieg hinein. Dann nahm sie die Tasche und drehte sich um. Als sie bereits zwei Schritte gegangen war, hörte sie den Ruf. »Hey, Stopp!«, rief die Blonde.

Sofia schloss die Augen, bevor sie sich zu ihr umdrehte. Mir geht es nicht gut, ich bin schwanger, würde sie sagen. Ich fühle mich schlecht, weil ich schwanger bin. Als sie die Sicherheitsbeamtin wieder ansah, grinste die und warf ihr einen kleinen Beutel zu. »Du holst dir den Tod, Schätzchen«, mehr sagte sie nicht.

Füßlinge, wie zur Anprobe in Schuhgeschäften, hatte ihr die Frau gegeben. Sofia nickte. »Thank you so much«, wollte sie sagen. Aber ihr Mund war zu trocken. Sie nickte noch deutlicher, hängte sich die Tasche über die Schulter und ging in Richtung ihres Abfluggates. Jetzt kam der vergleichsweise einfache Teil. Sie musste einen Mitreisenden finden, der Omas Geschenk für sie nach Berlin brachte.

```
Radio
WDR 1 Live
18.20 Uhr
```

Moderatorin Sabine Heinrich: Leute, ihr müsst es nicht mehr versuchen. Selbst wenn ihr superschnell den Smoking bügeln könnt, oder was ganz unwiderstehlich rotes Kniekurzes gereinigt im Schrank hängen habt: Ihr schafft das nicht mehr. Ihr kommt nicht mehr zum »Bruno« in Berlin. Wer davon noch nie was gehört hat: Das ist ein Fernsehpreis, und da versammeln sich so viele Prominente, dass man allein mit dem Parfum, das da heute Abend aufgetragen wird, ein kanadisches Dorf einen Winter lang heizen könnte. Da drohen euch die schlimmstmöglichen Fernsehnasen. Deswegen ist es gut, dass ihr da nicht sein müsst. Anders 1Live-Reporter Bamdad Esmaili. Der muss da nämlich auf Mariah Carey warten. Ist die schon angekommen, Bamdad?

Reporter Bamdad: Ja, gerade eben.

Sabine: Bamdad, hat dir schon mal einer gesagt, dass Reporter Fragen nicht nur mit »Ja« oder »Nein« beantworten sollen?

Bamdad: Nee, klar. Ich bin nur noch ganz betäubt. Die ist nämlich ziemlich nah an mir vorbeigegangen und hat sogar was in mein Mikrofon gesagt. Bevor wir uns anhören, was sie gesagt hat, muss ich erklären, dass wir hier aus Sicherheitsgründen »Bruno«-Ausweise mit Bild und Namen tragen müssen. Also, hier der O-Ton von Mariah Carey:

»Oh, I love it so much. Berlin is absolutely great. And you've got a funny name. Called like some bubblegum, or what is it?«

Sabine: Wow, Bamdad, das ist ja toll. Mariah Carey findet deinen Namen doof.

Bamdad: Sie hat mit mir ein Gespräch angefangen, oder wo hattest du deine Ohren? Ich glaube, da wäre was drin gewesen, meine liebe Sabine. Allerdings habe ich während meines Gastjahres in Minnesota Eichhörnchen gesehen, die größer waren als diese Frau. Es gab übrigens einen kleinen Eklat. Frau Carey wollte wohl nicht in das Auto steigen, das ihr die Veranstalter geschickt hatten. Das soll wohl, so sagen das hier die Pressetanten von der Plattenfirma, mit dem Fahrer zu tun haben. Ein kurzbeiniger Typ mit einem tatsächlich unglaublichen Riesenschnäuzer. Rumänischer Menschenhändler, wenn du mich fragst. Dann hat aber wohl einer von Mariahs Bodyguards den Schlüssel bekommen und rauscht jetzt mit der Zwergin durch Berlin.

Sabine: Geht ja auch bald los, oder?

Bamdad: Die haben da wohl schon im Flugzeug Maske gemacht. Damit Mariah hübsch genug ist und nicht allein in der Ecke stehen muss. Oder sich vielleicht sogar Mike Krüger in sie verliebt.

Sabine: Stimmt, der ist ja auch da.

Bamdad: Und alle anderen auch. Til Schweiger, Matthias Schweighöfer, Christian Ulmen auf der Positivseite. Und dann eben auch die anderen aus dem Reich des Bösen. Vielleicht kann ich es schon mal ankündigen: Ich werde heute mit Katharina Wackernagel nach Hause gehen. Sie weiß es nur noch nicht.

Sabine: Die gilt aber als Frau mit Geschmack.

Bamdad: Gut, dann frage ich eine von ProSieben.

Sabine: Viel Spaß, Bamdad, vor allem aber weiblicherseits ganz viel Barmherzigkeit wünsche ich dir persönlich.

```
Lufthansa-Flug LH 415
Washington-Frankfurt
45 Minuten nach Abflug
```

Georg unterschied das Glück nach Größe.

Am heutigen Tag konnte es für ihn nur ein kleines Glück geben.

Aber das hatte sich zumindest schon dreimal gezeigt.

Zuerst am Meilen-Telefon der Lufthansa. Eine Frau Silber war dran. Georg merkte sich immer alle Namen. Eine Friseur-Tugend.

Name der Kundin nicht vergessen und sich wenigstens annähernd erinnern, wie sie gern die Haare hat.

Frau Silber hatte Georg mit seinen Meilen auf diesem Flug untergebracht. Sogar Business-Klasse. Wozu auf den Meilen sitzen, wenn er keinen Schimmer hatte, ob er überhaupt so bald zurück konnte. Nach der Nachricht heute Vormittag war klar gewesen, dass er nach Deutschland musste. Genauso klar war aber auch: Er konnte die Reise nicht bezahlen. Dieser Rabatt-Flug war also eine Art Rettung. Auch wenn Georg sich davor gruselte, in Berlin anzukommen. Nicht zu viel dran denken. Lieber an das zweite kleine Glück erinnern.

Den Taxifahrer vom »Washington Flyer Cab«. Ein Mann aus Eritrea. Hatte vier Jahre in Hamburg gelebt. Er sang für Georg »O Tannenbaum«. »Wie gruun sind deine Blatter«, schmetterte er mit einer eigentlich befremdlichen Jungmädchenstimme. Zwischendurch klang es, als würde der Mann Schnalzlaute in das Weihnachtslied einbauen.

»Ich liebe Deutschland«, rief der Taxifahrer irgendwann unvermittelt. Georg bekam es schon mit der Angst zu tun. Denn der Mann wiederholte die einzige ihm bekannte Strophe sehr oft. Was, wenn er in eine Art Trance fällt und dann das passiert, was Georg schon seit Jahren fürchtete. Nämlich zwischen diesen riesengroßen Autos, in den meistens nur eine kleine, ausgemergelte Mutti Mitte dreißig saß, zermalmt zu werden.

Aber sein Fahrer war hellwach: »Ich liebe Deutschland.«

Ich auch. Vor allem aus der weiten Ferne, dachte Georg.

Glück Nummer drei:

Nach der Kontrolle der Bordkarte am Abfluggate wartete ein junger Mann in einem amtlich wirkenden Hemd.

Er zeigte auf Georgs Mineralwasserflasche:

»Können Sie mir die bitte für eine Probe geben?«

»Klar«, antwortete Georg. Der junge Mann griff zu einem Teststreifen, und Georg überlegte, ob er noch aus einer Flasche trinken konnte, die ein Fremder mit Einmalhandschuhen angefasst hatte. Wahrscheinlich nicht.

»Und was sagt Ihnen das jetzt?«, fragte Georg.

»Sie können froh sein, Sir. Sie sind nicht schwanger«, grinste der junge Mann.

Den Start hatte Georg gut hinbekommen. In den ersten Minuten nach dem Abheben musste er die Augen geschlossen halten. Häuserdächer aus einer Höhe, in der noch Ziegel oder andere Strukturen zu erkennen waren, konnte er immer noch nicht ertragen.

»Geht nicht alles auf einmal, nur nichts überstürzen«, hatte sein Psychiater, Dr. Halloran, immer gesagt. Bevor Georg vor drei Jahren die Behandlung bei ihm abbrach. Ohne das Gefühl zu haben, etwas zu überstürzen.

In der Reiseflughöhe sah Georg gern aus dem Fenster. Zumal sie soeben New York überflogen und sich Manhattan zeigte. Wie eine junge Frau, die sich vor dem ersten Sonnenbad eines Sommers allen möglichen Enthaarungsmühen unterzogen hat und nun wirklich angestarrt werden möchte. So demonstrativ strahlend lag die berühmte Insel dort unten.

Es tippte auf Georgs Schulter.

Seine Sitznachbarin.

»Sie erkennen mich nicht wieder, oder?«, fragte sie.

Georg hatte sich die Gesprächseröffnung »Woher kennen wir

uns?« regelrecht aberzogen. Total verboten. Vor allem im Kontakt mit sehr attraktiven Frauen. Manche, die er einem unguten Reflex folgend so angesprochen hatte, hatten ihn gut genug kennengelernt, um ihn nicht mehr kennen zu wollen.

Georg war sich sicher, diese Frau getroffen und appetitlich gefunden zu haben. Aber er wusste nicht, wann. Oder in welchem Zusammenhang.

»Sie waren in einem meiner Seminare«, sagte Georg.

»Nein. Aber welches Seminar soll das gewesen sein?«, fragte sie.

Georg zeigte auf die Füßlinge, die sie trug.

»Ich gebe Seminare für Frauen, die unter der Lust ihrer Männer leiden. Sie haben viel dazugelernt. Diese abgefressenen Socken sind sehr abregend. Gut gemacht.«

»Als wir uns das letzte Mal gesehen haben, haben Sie mich eine ›Fabelschönheit‹ genannt.«

»Das sind Sie ja auch«, Georg sprach höchstens halblaut, »aber die Socken sind trotzdem schlimm.«

»Ich habe kalte Füße. Erzählen Sie mir eine Geschichte, die mich wärmt. Friseure haben doch immer für jede Situation eine Geschichte«, sie fuhr ihren Sitz etwas weiter zurück. Um noch bequemer zu sitzen.

»Sie haben gestern in der Botschaft gesungen, oder?«, fragte Georg.

Sie nickte und fragte: »Warum fliegen Sie nach Deutschland?«

Georg überlegte, ob es nicht zu heftig war, ihr die Wahrheit zu sagen. Bisher hatte er mit niemandem darüber gesprochen. Genau genommen sprach er nie mit anderen Menschen über Angelegenheiten, die ihn wirklich angingen. Stattdessen flirtete er. Oder plapperte auf seine Kunden auf eine Weise ein, wie die es von ihm erwarteten. Er wollte unter keinen Umständen bemitleidet werden. Auch von dieser schönen Frau nicht.

»Ich fliege zur Beerdigung meines Onkels«, sagte Georg.

»Sind Sie traurig?«, sie klang neugierig, nicht mitleidig.

Georg zuckte unentschlossen mit den Achseln.

»Und Sie?«, fragte er. »Wenn Sie doch auch in Amerika schön singen können, warum fliegen Sie nach Deutschland zurück?«

»Zum Glück nicht wegen einer Beerdigung«, sagte Sofia und strich ihm sachte über den Arm. Das ist weniger als die halbe Wahrheit, dachte sie.

```
Berlin-Wedding
Grüntaler Straße 7
21.45 Uhr
```

»Der ist doch ganz cool, der Typ«, Anne Randebrock tauchte den Löffel wieder in ihre Hühnersuppe. Dabei behielt sie den Fernsehschirm im Blick. Soeben wurde Lothar Büge für einen Dokumentarfilm über Geckos ausgezeichnet.

»Wie Sie sich vorstellen können, meine Damen und Herren, ist es mir eine große Ehre, diesen Preis anzunehmen. In 21 Jahren als politischer Journalist bin ich nie so hoch ausgezeichnet worden. Sie werden mir aber bitte verzeihen, wenn ich Ihnen gestehe, dass dieser Preis für mich mit einem Makel behaftet ist«, der Mann auf der Mattscheibe ließ eine Kunstpause entstehen.

Anne hatte nur mitbekommen, dass dieser Mann, der unter ihren Studienfreunden als verknöcherter Rechter galt, in irgendeinen Skandal verwickelt gewesen war.

Büge setzte seine Dankesrede fort: »Es ist mir nicht gelungen, diesem Tier auch nur ein einziges Wort zu entlocken. Noch nicht einmal eine wortkarge Widerrede. Nach so vielen Jahren im Frage-und-Antwort-Gewitter muss das schmerzhaft sein. Ich danke Ihnen dennoch sehr herzlich.« Im Saal setzte Applaus ein. Der Mann lächelte eher gequält.

»So richtig freut der sich aber nicht«, Anne wandte sich zu ihrem Vater um. Der drehte eine teure Zigarre in der Hand. Er wusste um das strikte Rauchverbot in der Wohngemeinschaft seiner Tochter und roch deswegen nur gelegentlich an der daumendicken Griffins aus der Dominikanischen Republik.

Er schätzte Lothar Büge. Hatte ihn dreimal getroffen. Als er von Büge interviewt worden war, war Joachim Randebrock sogar in schwere See geraten. Darüber hatte er sich sehr geärgert, allerdings das Können des Mannes anerkennen müssen. Und dessen tadellose Manieren.

»Das ist auch kein Wunder«, sagte Randebrock zu seiner Tochter, »dem ist auch übel mitgespielt worden. Er hat den Ministerpräsidenten aus Baden-Württemberg hart rangenommen. Als Konservativer einen CDU-Mann in die Zange zu nehmen gilt als Fahnenflucht. Die haben ihn im Rundfunkrat abgesägt.«

Anne nickte. Randebrock hoffte, nicht das Tor zu einer politischen Diskussion aufgestoßen zu haben. Nach nichts war ihm weniger zumute. Schlimmer könnte höchstens sein, wenn seine Tochter ihm wieder einmal in aller Schärfe darlegte, warum er die Familie ruiniert hatte.

»Warst du nicht auch mal bei dem?«, fragte Anne.

»Doch. Ja. Und ich habe keine gute Figur gemacht«, antwortete er.

»Konntest du nicht unterbringen, warum man Deutschland nur durch soziale Kälte wettbewerbsfähig machen kann? Oder warum die Migranten alle faul und die Hartz-IV-Empfänger alle doof sind?«

»Anne, aus dir spricht das Fieber«, er roch wieder an seiner Zigarre.

»Vergiss es, Papa. Auch wenn du weiter guckst wie ein getretener Dackel. Du wirst dieses Stinkteil hier nicht anstecken. Ich bin sehr dagegen und vor allem sehr krank.« Sie stellte den Suppenteller auf den Tisch neben sich, nahm ein Papiertaschentuch und schnäuzte sich. Sehr demonstrativ, wie ihr Vater fand.

»Du könntest allein wohnen, das weißt du«, sagte er kleinlaut.

»Ich habe etwa 52 Grad Körpertemperatur. Aber auf die Diskussion, dass mir mein Deutschlands-Bestverdiener-Vater eine Schnösel-Wohnung mit Arschloch-Aufzug in Mitte kauft, hätte ich auch ohne Fieber kein Bock, klar?«

Randebrock nickte. Eigentlich wollte er noch besprechen, was er mit seinem alten Freund John vorgestern in New York überlegt hatte. Wie toll es doch wäre, wenn Anne an seinem Institut ein, zwei Semester verbringen könnte. Aber weil er um die Zerbrechlichkeit der Situation wusste und so müde war, dass er am liebsten gefragt hätte, ob er vielleicht bleiben dürfe, sah er wieder auf den Fernseher.

»Da ist Mama«, sagte Anne scheinbar unbewegt.

Randebrock nickte.

»Sie sieht toll aus«, kicherte seine Tochter in einem von der Erkältung verstopft klingenden Ton.

»Er aber auch«, Randebrock zeigte auf den Verleger, mit dem seine Frau seit etwa einem Jahr schlief. Und in dessen Begleitung sie zu den öffentlichen Anlässen ging, die Randebrock schon immer nicht gemocht hatte.

»Ich bin sicher, dass er keine so gute Hühnersuppe kann wie du, Papa«, Anne streckte ihre Hand aus, und er ergriff sie.

»Möchtest du hierbleiben? Dein süßer kleiner Leibwächter darf bei mir schlafen«, lachte sie ihn frech an.

»Das habe ich nicht gehört, Tochter. Hätte ich es gehört, müsste ich über den schlechten Einfluss deiner Mutter sprechen«, raunte Randebrock.

Im Fernsehen stammelte ein Schauspieler, den Randebrock nicht zuordnen konnte, er wisse nicht, was er sagen solle, weil ihn der Preis so ›krass‹ überraschen würde.

Seine Tochter zog den Bademantel etwas fester zu und die Decke höher.

»Du siehst übrigens schlimmer aus als ich, Papa. Es ist sehr süß, dass du vorbeigekommen bist. Aber du solltest dich jetzt zu deinem Bett fahren lassen.«

Randebrock nickte. Er steckte die Zigarre in die Brusttasche seines maßgeschneiderten Hemdes. Dann stand er auf und küsste seine Tochter auf die Wange.

»Das hättest du nicht tun dürfen«, sagte sie, »denn wenn du dich erkältest, dann hustet die deutsche Wirtschaft. Das weißt du doch«, wieder lächelte sie ihn frech an.

Er küsste sie noch einmal auf die Stirn.

»Ich liebe dich«, sagte er.

»Ich dich nicht«, antwortete sie. Ein routiniertes Spiel, seit sie ihm in einer außerordentlich hitzigen Diskussion ›amerikanische Oberflächlichkeit‹ vorgeworfen hatte. Die sich insbesondere darin ausdrücke, dass er ständig sagte, er würde sie lieben.

Als er in der Tür stand, hob er noch einmal kurz die Hand.

»Und noch was, Paps. Egal, wo du ihn versteckt hast, nimm den Briefumschlag mit dem Geld bitte wieder mit.«

Randebrock nickte. Entschied aber, das Kuvert unter ihrer Computertastatur nebenan liegen zu lassen.

Vor der Wohnungstür saß sein Bodyguard Nick und las in irgendeiner Krimi-Schwarte.

»Wir gehen«, sagte Randebrock schroff. Schroffer als sonst. Randebrock mochte Nick. Nur heute Abend für einen unbeherrschten väterlichen Moment nicht so sehr.

Berlin
Theater des Westens
Nach 23 Uhr

Der Autoschlüssel schien in Hannas Hand immer wärmer zu werden.

»Ich habe keinen Führerschein«, hatte sie ihrem Chef immer wieder gesagt. An einem »Bruno«-Abend verstand er viele Dinge erst nach der sechsten oder siebten Wiederholung. Aber auch dieses Wissen nutzte ihr nichts. Es gab auch immer Dinge, die er nicht verstehen wollte. Ein Problem loswerden, das wollte er.

»Seid jetzt mal bitte professionell«, zischte er so schrill, als würde er sich um die Hexenrolle in einem Kinderhörspiel bewerben, »ein Preisträger möchte seinen Wagen umgeparkt haben, und deswegen parkst du den jetzt um. Oder findest, verfickt noch mal, irgendeine Knalltüte, die das Ding für dich umparkt!«

Als sie vor dem Ungetüm von Auto stand, einem Q7, wie die Heckaufschrift verriet, verließ Hanna jeder Mut.

Wahrscheinlich zeigten auch die vergangenen Nächte schlicht Wirkung. Acht Stunden Schlaf in drei Tagen. Ihr Selbstmitleid konnte sich nicht zu voller Entfaltung aufstülpen, weil die Nacht vor zwei Tagen eine Fabian-Nacht gewesen war. Schön unprofessionell. Allerdings würde sie Fabian fragen müssen, was für eigenartige Pflanzen er da mit seinen Kollegen herbeigeschleppt hatte.

Von den Zierbäumchen ging ein sehr unangenehmer Gestank aus. Die Band, deren Bühne von stinkenden Kübeln umrahmt war, konnte sich aber nicht laut beklagen. Denn Hanna wusste, dass der verhinderte Jazz-Trompeter Hogenwarth vor allem Musiker fantastisch bezahlte.

Nach der gescheiterten Umpark-Mission in der Tiefgarage suchte Hanna nach dem Mann, dem der Wagen gehörte. Zum Glück kannte sie sein Gesicht sehr genau. Sie hatte ihre Diplomarbeit in Publizistik über ihn geschrieben.

Wie bei einem sehr langsamen Kameraschwenk ließ sie ihren Blick über das Partygeschehen wandern. Wegen dieses Festes waren schließlich alle hier. Am Tresen, wo der Champagner-Sponsor sein Produkt ausschenkte, als wäre es eine mit Pulver angerührte Brause, stand ein Schauspieler der Prominenz-Kategorie A. Ganz oben. Wegen seiner Rollen in US-Filmen. In denen spielte er zwar nur Nazis oder anderweitig Verrückte. Aber er lebte in Los Angeles und gab dort in regelmäßigen Abständen Interviews, in denen er sich als Hollywood-Eingeweihter gefiel und ansonsten traditionelle familiäre Werte pries. Hanna hatte ihm die Laudatio auf eine Preisträgerin des heutigen Abends geschrieben. Darin ließ sie ihn süßlichste Dankesformeln in Richtung seiner Gattin sprechen, »ohne die das alles gar nicht möglich wäre«. Zum Glück war die Angesprochene in Amerika geblieben. Sonst wäre es dem großen Mimen in diesem Moment nur schwer möglich gewesen, den intensiven Zungenkuss mit der vollbusigen Mittzwanzigerin fortzusetzen.

Auf der Tanzfläche äfften zwei junge Männer die Musiker nach. So begabungsfrei, wie sie die Hauptrollen in einem gefeierten Jugendfilm gespielt hatten. Der große Name ihrer Mutter schützte sie vor allzu kritischen Rezensionen. Die beiden prosteten sich mit ihren Bierflaschen zu, schlugen die Flaschen zusammen und bekleckerten dabei eine tanzende Frau. Dabei war die Arme mit der erschütternd fehlgeschlagenen Auswahl ihres Kleides schon gestraft genug.

Hanna ging an der Tanzfläche vorbei und nickte dem Moderator einer Fernsehtalentshow zu. Mit diesem Mann hatte sie telefoniert, weil er sich sein Erscheinen mit einem üppigen Honorar bezahlen lassen wollte. Hanna hatte ihn von dieser Idee abgebracht, dabei aber auf die Kraftausdrücke verzichtet, die von Hogenwarth ausgestoßen hatte, als sie ihn von den Wünschen des grotesk schlanken Fernsehmannes unterrichtete.

Sie hatte sich durch einige Wolkenschichten aus Parfum-Schweiß-Dunst gearbeitet, als sie den Mann sah, den sie suchte.

Lothar Büge rührte an einem Stehtisch in einer Tasse Kaffee. Er war allein und wirkte versunken.

»Guten Abend, Herr Büge«, sagte sie. Ihr Strahlen war zwar geübt, aber in diesem Fall ehrlich. Als sie ihre Arbeit über Büge schrieb, vertröstete sie ihren damaligen Freund abends manchmal mit dem Satz »Ich bin noch mit Onkel Lothar verabredet«.

Büge schrak auf, offenbar aus Gedanken gerissen.

»Es tut mir sehr leid, aber ich konnte Ihren Wagen nicht umparken«, sagte sie.

»Aber warum hätten Sie das denn nur tun sollen?«, fragte Büge, offenbar aufrichtig überrascht.

»Mein Chef hat mir den Schlüssel gegeben«, sie hielt ihm das elektronische Klötzchen hin.

»Um Gottes willen«, sagte Büge, »dieses Ungeheuer hat den ganzen Abend überschattet. Weil unser guter alter Mercedes ein Fahrzeug mit Geschmack ist, hat er einen Schaden vorgetäuscht, um uns nicht hierhin fahren zu müssen. Daraufhin habe ich mir dieses Riesending von einem Kameramann ausgeliehen. Meine Frau war nur noch in Sorge, dass kein Schaden entsteht, der uns am Ende ruiniert. Darüber sind wir in einen kleinlichen Streit geraten, und jetzt ist sie abgerauscht. Ohne dass ich mich für meinen aufgebrachten Ton entschuldigen konnte. Hätten wir doch nur ein Taxi genommen.«

Hanna wusste nicht, was sie zu den Turbulenzen des Ehepaares Büge sagen sollte.

»Aber jetzt sind Sie ja da. Vielleicht sind Sie vom Schicksal als versöhnlicher Wink an einem grässlichen Abend gemeint. Ich weiß nicht, ob man gute Feen nach ihrem Namen fragen darf. Würden Sie mir Ihren trotzdem verraten?«

»Hanna. Hanna Karelius. Ich bin ein großer Fan Ihrer Arbeit.«

»Sagen Sie das bitte nicht. Sie sollen nicht im Dienste der Eitelkeit eines ausgemusterten Fernsehheinis lügen müssen. Darf ich Ihnen etwas zu trinken holen?«

»Trinke ich allein?«, fragte Hanna und deutete auf die Kaffeetasse.

»So sehr ausgemustert bin ich nicht, dass ich mir das Vergnügen nehmen lassen würde, mit Ihnen anzustoßen, Frau Karelius. Also: Was sollen wir trinken? Sie entscheiden, und ich mache mich auf den Weg.«

Er sollte nicht den Eindruck bekommen, sie würde sich über ihn lustig machen. Deswegen amüsierte sich Hanna über seine pompöse Art nur im Stillen. Freute sich aber auch darüber, dass sich diese sehr vertraute Stimme, die zu ihr bisher immer aus einem anderen Universum geschwappt war, an sie persönlich richtete.

»Sie treffen zu können, muss ich mit Champagner feiern«, sagte sie.

Er schüttelte lächelnd den Kopf, weil ihm selbstverständlich nicht entging, dass sie seinen Tonfall unabsichtlich nachahmte.

»Ich lasse Sie gewiss nicht lange warten«, sagte er und ging los.

Er ist auf eine altmodische Weise attraktiv. Schlank, für seine Gegner wahrscheinlich aufreizend ungebeugt. Mit einem federnden Schritt, wie ein deutlich jüngerer Mann, dachte Hanna. Während Lothar Büge die letzten Schritte seines Lebens in Richtung Champagner-Bar ging. Es blitzte, und Hanna wurde unmittelbar zu Boden geworfen.

ARD-Morgenmagazin
7.05 Uhr

Wettermoderatorin Jennifer: *(sehr hübsch, sehr jung, mit bedrückter Miene)*: Das Wetter passt zu der Tragödie in Berlin. Kein Vorfrühlingstag, sondern immer noch Spätwinter, mit Höchsttemperaturen um die vier Grad in der Hauptstadt und gelegentlichem Schneegriesel. Im restlichen Deutschland ist es nicht groß anders. Am wärmsten wird es mit 7 bis 9 Grad in der Kölner Bucht. Der Nordwesten muss ab dem Mittag mit lang anhaltendem Regen rechnen. Damit weiter zu dir, Lars.

Moderator Lars Fender: Danke, Jennifer. Die ARD berichtet seit dem späten Abend aus dem Theater des Westens in Berlin. Mittlerweile wissen wir, dass bei der Party nach der »Bruno«-Verleihung um 23.18 Uhr ein Sprengsatz explodierte, der mindestens drei Menschen getötet und mehr als 250 verletzt hat. Auch wir hier in Köln sind alle sehr, sehr betroffen. Denn unter den Opfern des Anschlages ist ein geschätzter Kollege, der Fernsehjournalist und Tierfilmer Lothar Büge.
 Wir sind jetzt in Berlin verbunden mit der Kriminalrätin Marie Tillmann. Sie ist die Leiterin des Polizeieinsatzes rund um die »Bruno«-Verleihung und hat jetzt die Ermittlungen übernommen. Guten Morgen, Frau Tillmann.

Marie Tillmann: Guten Morgen.

Lars Fender: Wissen Sie schon genauer, was dort gestern Abend passiert ist?

Marie Tillmann: Wir wissen, dass wahrscheinlich zwei Sprengsätze in unmittelbarer Folge explodiert sind. Das hat sich in dem

Hauptsaal der Veranstaltung ereignet. Wie Sie schon sagten, wissen wir, dass drei Menschen diese Explosionen nicht überlebt haben. Die teilweise schweren Verletzungen sind nicht alle auf die Wirkung der Sprengsätze zurückzuführen. Sondern sie sind teilweise in der direkt nach dem Anschlag einsetzenden Flucht durch andere Fliehende verursacht worden.

Lars Fender: Was wissen Sie über die Täter?

Marie Tillmann: Die Täter sind in der Lage gewesen, sich diesen Sprengstoff zu besorgen. Der allerdings in einigen Teilen Osteuropas nicht schwer zu beschaffen ist. Wie man diesen Sprengstoff zündet, weiß jeder Rekrut in jeder beliebigen europäischen Armee nach drei Wochen Ausbildung. Aber auch ohne militärische Kenntnisse lässt sich da vieles im Internet nachlesen.

Lars Fender: Aber woher diese Täter stammen, darüber können Sie nichts sagen? Es gibt Aussagen von Experten, der Anschlag würde ganz klar die Handschrift von Al-Qaida tragen.

Marie Tillmann: Wir ermitteln in jede Richtung. Aber sich keine acht Stunden nach einem solchen Ereignis auf Grundlage von Spekulationen auf irgendwelche Täter festzulegen wäre völlig unseriös.

Lars Fender: Können Sie denn ausschließen, dass es sich um einen islamistischen Anschlag handelt? Schließlich gibt es auch in Berlin mehrere Zellen radikaler Muslime.

Marie Tillmann: Ich schließe gar nichts aus. Allerdings bin ich oft überrascht, wie weit uns Journalisten manchmal voraus sind. Gemeinsam mit den zuständigen Beamten von anderen Behörden haben wir jede Moschee mindestens einmal besucht, ich könnte Ihnen aber trotzdem nicht sagen, wo ich genau nach Islamisten suchen soll. Zumal die einen gewissen Hang zum konspirativen Handeln haben.

Lars Fender: Was ist denn aus Ihrer Sicht das größere polizeiliche Versäumnis: dass es überhaupt zu diesem Anschlag kommen konnte, oder dass Sie immer noch völlig im Dunkeln tappen, was die Urheber dieses Attentats angeht?

Marie Tillmann: Ich habe nicht gesagt, dass wir im Dunkeln tappen. Sondern dass ich zu diesem Zeitpunkt noch nicht öffentlich sagen kann, was wir bisher ermittelt haben. Sollte es polizeiliche Versäumnisse in der Vorbereitung gegeben haben, bin ich dafür als Einsatzleiterin persönlich verantwortlich und werde diese Verantwortung auch übernehmen. Jetzt wünsche ich Ihnen einen guten Tag.

Lars Fender: Na ja. Das war aus Berlin die Einsatzleiterin des Landeskriminalamts, Marie Tillmann. Vielen Dank für das Gespräch.

Frankfurt Airport
8.30 Uhr

Es roch gut. Nicht wie am Meer. Aber vertraut gut. Nach Deutschland. Fand Georg. Wie roch Deutschland eigentlich? Seine Sitznachbarin, diese Sofia, würde das jetzt wahrscheinlich wissen wollen. Immer wenn er begonnen hatte, von sich zu erzählen, was er eben so von sich erzählte, hatte sie die Reißzwecke an den Ballon gehalten. Jedenfalls kam es ihm nach einiger Zeit so vor, als wären ihr seine Sätze viel zu luftig.

Was meinen Sie mit der besseren Stimmung in den USA? Warum ist Friseur ein toller Beruf, ist der nicht viel zu schlecht bezahlt? Warum sollten die Deutschen auf ihre Autos, ihre Werkzeugmaschinen und das funktionierende Gepäcksystem am Münchner Flughafen stolz sein? An der Stelle war sie besonders streng geworden. Ob er denn glaube, alle Deutschen hätten mit diesen technischen Errungenschaften zu tun. Und ob es nicht viel wahrscheinlicher wäre, dass nur eine kleine Gruppe von der Erfindung profitieren würde. Nach einer Weile fühlte sich Georg im Wortsinn überfragt. Anstrengend. Einfach nur anstrengend hatte er diese Spitzfindigkeiten gefunden. Schließlich war er jetzt schon so lange unter Amerikanern. Bei Zufallsbekanntschaften bauten die Amis generell Brücken, suchten Schnittmengen, blieben selbst bei Themen, die keine zwei Meinungen zuließen, ungeheuer diplomatisch.

Vor einigen Monaten hatte Georg neben einem Mann aus Illinois im Flugzeug gesessen. Mit der zwanghaften Behutsamkeit, mit der eine Katze den Kontakt mit fließendem Wasser meidet, kam sein amerikanischer Zufallsbekannter dann auf einen Punkt zu sprechen, der ihn wirklich umtrieb. »Wie oft duscht man in Deutschland?«, fragte er zu Georgs Verblüffung. Hintergrund war: Der Gastschüler aus Bochum, den er mit seiner Frau aufgenommen hatte, duschte nur einmal in der Woche und roch aus Sicht seiner amerikanischen Gasteltern problematisch. »Meine Frau und ich fragen uns, ob wir dieses Thema deutlich ansprechen können. Oder ob das nur an uns liegt und die Sache in Deutschland eigentlich ganz normal ist. Auch wegen des ganzen Wassers. Hat Deutschland eigentlich auch mit Wassermangel zu kämpfen? Ich habe da mal in den Nachrichten gehört, dass es in Spanien große Probleme gibt«, sagte der Amerikaner.

Georg erklärte dem Mann, ein würziger Eigengeruch sei kein Ausdruck deutscher Lebensart. In Sachen Hygiene gäbe es keine Unterschiede. Wasser sei genug da. Für alle. Schwein, Schwein, Schwein hätte dieser Bochumer genannt werden müssen. Und Punkt.

Dieser Sofia hätte auch dieses Gespräch nicht gefallen. Das Fehlen jedweder freundlichen Verbindlichkeit gefiel Georg so gut an ihr. Auch weil ihm diese Schroffheit beinahe wieder neu war. So lange war er schon nicht mehr aus Amerika rausgekommen. Selbstverständlich hätte ihn der rabiate Zug gestört, wenn sie weniger schön gewesen wäre.

»Wie sieht sie aus, wenn sie oben ist?«, hatte Steve immer gefragt. Damals. Ständig lagen sie mit Frauen im Bett. Den allerschönsten. Den unersättlichsten. Hätten sie sich damals über ihre tatsächlich gemachten Erfahrungen ausgetauscht, wäre das Gespräch schnell beendet gewesen. Aber in der Fantasie ging es drunter und drüber, ständig und immer. Eben weil die Situation nicht danach aussah, als könnten sie jemals wieder unter einer Frau liegen. Für Steve war es tatsächlich beim Träumen geblieben.

Sofia würde ganz fein schwitzen. Ihre Brust würde widerständig wippen. Alles an ihr hatte so stramm gewirkt. Eine Leistungssportlerin könnte sie sein. Sie hatte ihm den Weg abgeschnitten, als er beginnen wollte, über ihre beinahe einschüchternde Figur zu sprechen. »Jaja, ich weiß schon. Sie dachten immer, Sopranistinnen müssten voluminös sein und Brüste haben wie ein Vorzelt. Können wir das nicht besprechen, oder fehlt Ihnen dann was?«, sagte sie. Lächelte aber dabei. Mit ihrem schönen Mund.

Wäre sie noch kühner oder sogar unverschämter geworden,

hätte Georg ihr Paket nicht eingesteckt. Er sollte irgendjemanden anrufen, und der würde es dann ihrer Oma bringen. Mehr konnte Georg aus ihren Anweisungen nicht verstehen. Irgendwann hatte sich der Rotwein bemerkbar gemacht. Und die Tageszeit. Oder besser: die Washingtoner Nachtzeit.

In Berlin wäre er noch eine Stunde zerrütteter. So konnte er wohl kaum vor die Belegschaft seines Onkels treten. Georgs neue Belegschaft. Oder vielleicht gerade doch?

Rot gerändert Augen, kraftlose Haare, graues Gesicht. Der Tod seines Onkels ist für Georg wohl doch mehr als nur unpraktisch, könnten Einzelne bemerken. Ohne dass er darüber viele Worte verlieren müsste.

Was sollte er überhaupt sagen? Wahrscheinlich irgendwas Amerikanisches. You can do so much. Was nichts anderes bedeutete als »Alles Kacke«.

Auch Quatsch. Er war für die Angestellten im Laden seines Onkels sowieso nur »der Ami«. Der unsympathische Nichtsnutz. Der Mann, dessen Name auf den Urkunden und Auszeichnungen stand. Die sein Onkel Jahr um Jahr an der Wand hinter der Rezeption hängen ließ, weil es nach seiner Meinung dem Geschäft nutzte. Sein Onkel. Der letzte Statthalter der Schauerte-Friseurfamilie. Dynastisch kam danach nur noch nichts mehr. Oder fast nichts, nämlich Georg.

Im Hallenbad hatten sie ihn gefunden. Eingeschlossen in seiner Umkleidekabine. »Es war alles so wahnsinnig ordentlich, haben die Leute vom Krankenwagen gesagt«, hatte der Friseur Lars gelacht, als er Georg am Telefon über den Tod seines Onkels informierte. Nach dem Lachen weinte er sofort weiter. Das Deo neben dem Duschgel neben der Bodylotion. In einer Reihe. So wird es auf der Ablage der Kabine gestanden haben. Das Hemd wird gebügelt gewesen sein. So geschickt eingerollt, dass es sich glatt über dem trainierten Körper des 64-jährigen Friseurmeisters Josef genannt Jupp Schauerte entfaltet hätte. Ehe das geschehen konnte, stellte sein Herz die Arbeit ein. Das beste, das größte, das wärmste Herz, das Georg kannte.

Er musste irgendwas sagen. Denn sie würden sich nicht in der Sicherheit des Ladens wiedersehen, sondern auf der Trauerfeier.

Vielleicht muss ich nicht hin, überlegte Georg. Sarg, Sarg, Sarg, schnarrte die Sirene in seinem Kopf. Denk an was Gutes, befahl er sich. Freu dich, damit das Schnarren aufhört. Lars. Auf Lars freute sich Georg. Ein Künstler. Und eine Sonne. Der spätestens am Freitag gegen Mittag einen Anlass erfand, um eine Flasche Schampus zu öffnen. »In drei Jahren ist wieder Sonnenfinsternis«, rief er gern, wenn der Korken ploppte. Bei seinem letzten Besuch vor mehr als zwei Jahren hatte Lars eine Flasche zu Ehren von Georg geöffnet. »Na dann Prost«, murmelte die Mehrheit bedeckt.

Paula hatte damals frei. Hundertprozentig würde die bei der Trauerfeier sein. Mit einem großen Hut. Sie wird so stimmig, so angemessen, aber auch so modisch angezogen sein, wie es ein Society-Bild in der »Gala« verlangte. Allerdings würde wieder kein »Gala«-Fotograf kommen. Sie hatte keinen Fußballprofi klargemacht, somit auch keine Aussicht auf eine Fernsehsendung. Sie hatte mal einem Friseurneffen ein Kind anzuhängen versucht, bevor der sich nach Amerika davonstahl. »Ein gutes Mädchen«, hatte sein Onkel immer wiederholt. Nicht nur und immer gut, wusste sein Neffe Georg.

Er war nicht zum Zähneputzen gekommen und stand deswegen jetzt mit der Flasche Bourbon vor der Kassiererin des Duty-Free-Shops. Sie verlangte nach der Bordkarte und schnatzte sofort los:

»Auf einem Flug nach Berlin können Sie nicht zollfrei einkaufen.«

»Dann kaufe ich eben einfach so ein«, antwortete Georg matt.

»Das kostet dann aber so viel wie im Laden.« Die Frau ließ an ihrer Gereiztheit keinen Zweifel.

»Wenn Sie zu uns in den Laden kommen, schütte ich Ihnen einen Bourbon ein. Und dann noch einen. Nicht nur zollfrei, sondern richtig geschenkt. Fliegen Sie nach Berlin. Kommen Sie zu Friseur Schauerte, das ist der Laden von ...«, Georg stockte und wollte es nicht, setzte noch mal an, »... das ist ein feiner Laden ... das ist der Laden von ...«. Georg biss sich auf die Unterlippe. Er atmete tief durch, war aber machtlos gegen die Tränen, die ihm über die Wangen zu laufen begannen.

Die Frau sah ihn an und sprach ganz sanft:
»Na, wem gehört denn der Laden?«
Meinem Onkel Jupp, dachte Georg.
Sagte aber nichts. Schüttelte nur den Kopf.

Er ließ den Fünfzig-Euro-Schein für die 39,90-Euro-Flasche einfach liegen. Vielleicht trank diese unbekannte Frau von dem restlichen Geld ein Glas Sekt auf Jupp. Georg wusste, dem hätte das gefallen.

Berlin
Urban-Krankenhaus Kreuzberg
8.30 Uhr

Kriminalkommissar Carlo Sand kauerte auf einer Besucherbank vor der Intensivstation und schlief. Sein Jackett hatte sich weit geöffnet. Die etwa zwanzig anderen Wartenden um ihn herum konnten die Waffe in seinem Schulterholster deutlich erkennen. Eine Krankenschwester trat an den schlafenden Polizisten heran.
Sie tippte leicht mit ihrer Fußspitze an seinen Schuh. Carlo Sand schreckte auf.
»Sie können jetzt rein«, sagte sie.
Carlo schmatzte kurz dem Schlaf nach und rieb sich das Gesicht. Er nickte.
»Oder möchten Sie vorher einen Kaffee?«
Carlo sah die Schwester an, schloss die Augen und nickte noch einmal viel deutlicher.
Auf dem Tresen des Schwesternzimmers stand eine moderne vollautomatische Kaffeemaschine, die Carlo den Kaffee direkt in einen großen Becher brühte. Auf dem Becher war eine große Diddl-Maus zu erkennen. In der Sprechblase darüber stand zu lesen: »Ich hab dich sooo lieb.«
Carlos unterer Rücken schmerzte. Er hatte eine berühmte Fernsehmoderatorin auf den Schultern aus dem Gebäude getragen. Die betrunkene Frau war recht leicht gewesen, hatte sich aber auf den Rücken seines Mantels erbrochen. Außerdem hatte Carlo auf Geheiß eines Notarztes ein Bein und einen abgetrennten Fuß, der noch in einem hochhackigen Schuh steckte, verpackt und zu einem Rettungswagen gebracht.
»Sie waren in diesem Theater, oder?«, fragte die Schwester.
»Ja«, antwortete Carlo.
»Schlimm?«

»Totales Chaos«, Carlo nahm einen Schluck aus der Diddl-Maus-Tasse.

»Wie geht es der Frau?«, fragte er.

Die Schwester zuckte mit den Achseln.

»Sie bekommt ein Beruhigungsmittel und ist dementsprechend sediert. Schürfwunden. Sie hatte einen Splitter im Oberschenkel, der sich leicht entfernen ließ. Die Haare waren stark angesengt. Um sehen zu können, ob sie auch am Kopf verletzt ist, mussten wir sie ihr abrasieren. Außerdem hat sie vielfache Prellungen, wahrscheinlich ist sie gestürzt ...«

»Einer der Toten ist auf sie geworfen worden. Der Mann war deutlich schwerer als sie«, sagte Carlo. Er wusste, dass es der Körper von Lothar Büge war. Leider hatte er auch gesehen, wie unbekannt das bekannte Gesicht des Fernsehmoderators geworden war.

Unpassenderweise musste Carlo grinsen. Denn er würde am Samstagabend mit Katinka zur RadioEins-Party gehen. »Klar komme ich mit, Herr Eimer«, war ihre Antwort gewesen. Im Baumarkt. Wo er nach seinem inneren Zeitgefühl vor einer Woche den Blumenstrauß vorbeigebracht hatte, dabei war er vor weniger als 24 Stunden dort gewesen. Dann kam die Abreibung von Oma Mullah. Während der er zum ersten Mal bemerkt hatte, wie sich Speichel in ihren Mundwinkeln festsetzte, wenn sie ausführlicher tobte. Fünf Stunden lang hatten Hauke und er den Hinterhof bewachen müssen. Carlo konnte das alles nichts anhaben, denn der Ausflug hatte sich für ihn gelohnt. Hauke jammerte dagegen wie ein orientalisches Klageweib. Über die Kälte. Über Oma Mullah. Über die Scheiß-Polizei im Allgemeinen. Als sie die Explosion hörten, kam von Hauke der goldene Satz: »Na hoppla, die haben wenigstens Spaß da drinnen.«

»Was gibt's da zu lachen?«, fragte die Schwester.

»Nichts«, antwortete Carlo und nickte fragend in Richtung Krankenzimmer.

Carlo klopfte zwar, trat aber ein, ohne die Antwort abzuwarten.

Er rief sofort »Guten Morgen«. Der Gruß geriet ihm etwas zu laut. Die Aufregung. Die Frau hatte Schreckliches erlebt. Er würde aber keinen Trost spenden können. Er stand bei seiner Chefin derartig tief im Minus, dass er sich jetzt keinen Fehler erlauben durfte, wenn er sich nicht wirklich bald im Streifenwagen wiederfinden wollte. Dafür war der Kampf um den Platz beim LKA aber zu hart gewesen. Außerdem war sich Carlo sicher, ein guter Vernehmer zu sein, wenigstens wenn es sprachlich bei ihm einigermaßen lief. Ohne allzu viel Ringelnatz.

»Polizei?«, fragte Hanna.

Carlo nickte. Ärgerte sich aber auch ein wenig, weil er schlicht nicht wusste, wo an ihm eigentlich der Satz »Ich bin von der Schmiere« geschrieben stand.

»Sie sind Hanna Karelius, richtig?«

Sie nickte. Carlo zeigte auf einen Stuhl neben ihrem Bett. Wieder nickte sie, er setzte sich.

»Mein Name ist Sand ... wie ... Sand, ich bin vom LKA«, stotterte Carlo und zeigte seinen Ausweis reflexhaft vor.

Er glaubte ein leichtes Lächeln in Hannas Gesicht zu erkennen.

»Wie geht es Ihnen?«

»Sie haben mir die Haare abgeschnitten.«

»Aber die wachsen wieder.« Kaum ausgesprochen, da schauderte Carlo schon vor der Muttihaftigkeit dieses Satzes.

»Zu diesem Thema sind Sie vielleicht nicht der richtige Gesprächspartner«, Hanna spielte auf Carlos Schädel an. Seine verbliebenen Resthaare waren auf drei Millimeter gestutzt. Immerhin war ihr müder Ton einer gewissen Lebhaftigkeit gewichen.

»Da haben Sie sicher recht«, Carlo zog einen Notizblock aus der Tasche.

Fragte, was er fragen musste. Hanna Karelius, 29 Jahre alt, ledig, als Honorarkraft bei der Veranstaltungsagentur »HogenHappening« beschäftigt. Ihr Chef war also Friedrich von Hogenwarth.

»Den Namen habe ich schon mal gehört«, sagte Carlo beiläufig, während er die Details notierte.

»Ach ja«, fragte sie, »in welchem Zusammenhang?«

»Er stand ...«, jetzt erst fiel Carlo ein, dass er den Namen auf der Opferliste gelesen hatte. Bei den drei Todesopfern. Davon konnte sie noch nichts wissen.

Hauke wickelte soeben die Identifizierung der Toten ab. Nichts, worum ihn Carlo eigentlich beneidete. Hätte er sich selbst nicht in diese schlimme Sackgasse gefahren. Er klappte den Notizblock zu.

»Es tut mir leid, Frau Karelius. Es tut mir wirklich leid«, Carlo rieb sich die Nasenwurzel, »aber Herr von Hogenwarth ist unter den Opfern. Er lebt nicht mehr, ist also sozusagen tot.« Mann, Mann, Carlo, schrie er sich unhörbar selbst an. Es war immer das Gleiche. Er behielt auf dem Schießstand die Nerven. Traf selbst dann noch, wenn sie um ihn herum den Lärm eines Maschinengewehrs simulierten. Wenn es in der Ausbildung juristisch wurde, war er der Einzige im Kurs, der noch was verstand. Aber immer, wenn er aufgeregt war, begann er Quatsch zu erzählen. Er formulierte Unfug. »Sozusagen tot«, welcher Mensch, der nicht eine richtige Macke hat, sagte so was?

»Wer noch?«, fragte sie. Der Tod ihres Chefs löste bei ihr keine unmittelbar sichtbare Reaktion aus. Sie sah Carlo jetzt direkt in die Augen. Wie schön du bist, dachte Carlo. Sprach es zum Glück nicht aus. Denn er hatte es mit einem traumatisierten Attentatsopfer zu tun, das die Namen der Toten hören wollte.

Carlo wich ihrem Blick aus, indem er sich vornüberbeugte. Er rieb sich die Hände, als wolle er sich selbst ermahnen, mal etwas gegen seine trockene Haut zu unternehmen.

»Eine Person ist noch nicht identifiziert. Der dritte Tote ist der Fernsehmoderator Lothar Büge«, dessen toter Körper dich vor Schlimmerem bewahrt hat. Dachte sich Carlo dazu.

Sie zog die Decke etwas höher und sah wieder geradeaus.

»Dann konnte er sich nicht mehr bei seiner Frau entschuldigen«, sagte sie. Ihr Blick verhängte sich.

»Für was entschuldigen? Was meinen Sie?«

»Die beiden hatten sich gestritten. Sie ist nach Hause gefahren. Und er hat sich über sich selbst geärgert und wollte sich bei ihr entschuldigen. Sobald er wieder zu Hause ist«, die erste Träne lief ihr über die Wange.

Aus einem Impuls heraus legte Carlo seine Schaufelhand auf ihre. Im nächsten Moment fürchtete er, Hanna könne das als Belästigung auffassen, und wollte sie möglichst unauffällig zurückziehen. Aber sie umfasste stattdessen seine Hand mit ihren kühlen Fingern.

»Ich habe noch eine Frage, Frau Karelius«, Carlo sprach leiser, weil er fürchtete, mit einem lauteren Ton die Situation zu zerstören.

»Die Kollegen haben vor wenigen Wochen im Zusammenhang mit einem angezündeten Auto in Neukölln die Personalien eines Mannes festgestellt«, Carlo hielt kurz inne. Sie sah ihn an und zuckte mit den Schultern ein unausgesprochenes »na und?«.

»Dieser Mann hat Ihre Adresse als seinen Wohnort angegeben. Kennen Sie einen Fabian Rensmann?«

Hanna schüttelte den Kopf, biss sich dann auf die Unterlippe und schüttelte erneut den Kopf.

»Kennen? Was heißt kennen?«

»Wohnt Herr Rensmann bei Ihnen?«

»Nein. Natürlich nicht. Das wüsste ich doch wohl. Aber was hat das mit gestern zu tun?«, Hanna war jetzt sehr aufgebracht.

»In welchem Verhältnis stehen Sie denn dann zu Herrn Rensmann?«

»Wieso Verhältnis? Ich kenne den Mann doch kaum.«

»Streben Sie denn an, oder haben Sie in der jüngeren Vergangenheit angestrebt, Herrn Rensmann besser kennenzulernen?«

»Nein. Ich strebe an, bald wieder Haare zu haben. Wenn Sie mich schon nach meinen privaten Sehnsüchten fragen. Aber ich bin nicht sicher, ob ich Sie auch ansonsten an meiner Wunschwelt teilhaben lassen möchte. Müssen Sie nicht weiter? Kann doch nicht sein, dass ihr Bu… Polizisten nichts anderes zu tun habt, als in Krankenhäusern rumzulungern. Nach so einem Ding.«

Carlo stand auf. Er nestelte eine Visitenkarte aus dem Schutzumschlag um seinen Notizblock.

»Wir Bullen brauchen Ihre Hilfe. Insbesondere nach so einem Ding. Wenn Ihnen irgendwas einfällt, melden Sie sich bitte. Wenn sich Herr Rensmann meldet, sagen Sie ihm, dass wir ihn gerne sprechen möchten. Er kann die Telefonnummer wählen, die dort angegeben steht«, sagte er leise, aber deutlich.

Auf dem Flur winkte er der Kaffee-Krankenschwester zu und bewegte sich Richtung Ausgang. In der Akte waren Bilder, die

Kollegen vom Verfassungsschutz vor zehn Tagen gemacht hatten. Auf denen küsste Fabian Rensmann eine Frau. Mit Haaren ist sie beinahe unerträglich schön, dachte Carlo.

Washington DC
Swann Street NW
6.15 Uhr Ortszeit

Zach bog in die Swann Street ein. Seine Straße.
Wo er so gern und so schön wohnte wie noch nie in seinem Leben.
53 Minuten hatte die Runde gedauert. Wie immer. Wenn er am Abend zuvor getrunken hatte, konnten es schon mal 55 Minuten werden. Noch langsamer durfte er allerdings nicht laufen. Denn in zwei Wochen war er zum alljährlichen Fitnesstest einbestellt.
Ein Beamter des FBI mit Zachs Einsatzgebiet musste die 9,6 Kilometer in 48 Minuten laufen. Auch wenn er, wie Zach, schon 42 Jahre alt war. Dieser dämliche Test war Zach aber im Moment eher egal. Er freute sich auf den Lachs im Kühlschrank. Mit drei Eiern. Oder vier. Weil es heute Morgen auf der gesamten Strecke nicht nur kalt gewesen war, sondern aus allen Richtungen schneidend geweht hatte.
Er winkte Nell über die Straße zu. Sie war auf dem Weg zur Arbeit und trug offensichtlich einen neuen Mantel. Jedenfalls hatte ihn Zach noch nicht gesehen: »Guten Morgen, du Rose Michigans. Ein fantastisches Rot, du siehst schon wieder noch schöner aus.«
Sie hob den Daumen hoch und rief zurück: »Und das um kurz nach sechs, mein Prinz. Wenn du willst, bekommst du heute Abend Champagner«, sie warf ihm eine Kusshand zu und stieg sofort in ihr Auto, ohne eine Antwort abzuwarten. Kein Wunder, auf Nell kamen mindestens 50 Minuten Berufsverkehr zu.
Zach und sie sahen sich mindestens an zwei Abenden in der Woche, er war zu jeder Tages- und Nachtzeit willkommen. Bester Freund, beste Freundin, hieß das wohl. Beide waren alt genug, um zu wissen, dass nicht alles einen Namen brauchte.
»Erschrick nicht, der Hässliche ist schon da«, raunte ihm sein

Nachbar Isaac zu. Wie immer fegte Isaac den vier Männerschritte breiten Bürgersteig. Kein Haus in der Swann Street war breiter. Aber jedes hatte einen eigenen Treppenaufgang. Mindestens vier Stufen. Als Isaac vor 42 Jahren eingezogen war, hatte die Straße noch auf der schwarzen Seite der gedachten Linie gelegen, die Washington DC damals nach Rassen getrennt hatte.

Isaac kannte alle, wusste vieles über die Swann Street und ihre Bewohner.

Er tratschte nicht, hielt sich aber mit seinen 81 Jahren auch nicht mehr lange mit Höflichkeiten auf. »Du bist leider sehr hässlich, mein Sohn, Gott schütze dein Herz«, so hatte Isaacs Begrüßung gelautet, als er Zachs Partner, Jarius, vor Jahren zum ersten Mal vor dem Haus getroffen hatte.

Drei Nasenbeinbrüche, erworben bei dem vergeblichen Versuch, Profi-Footballer zu werden. Zusammengewachsene Augenbrauen und ein immer vorwurfsvoll gekrauster Mund. Jarius wunderte sich mitunter selbst, warum er für seine wunderschöne Gattin Rosalie auch nach 22 Jahren noch das unbestrittene ›Sweetheart‹ war. Von einem anderen Schwarzen, noch dazu einem respektablen Senior wie Isaac, konnte Jarius den Spitznamen »der Hässliche« klaglos akzeptieren.

»Hallo, Notruf, hallo, 911, da ist ein unbefugter Schwarzer in meiner Wohnung, bitte kommen Sie schnell«, rief Zach in seine Wohnung, als er an der Tür die Laufschuhe auszog.

»Genau, kommen Sie schnell«, rief Jarius zurück, »ich habe gerade Zigaretten gefunden, die ganz komisch riechen und sehr verboten sind.« Jarius winkte ihm gehässig grinsend von der Küchentheke aus zu.

Zach schloss die Haustür hinter sich. Er ging auf die Küche zu, hob die Hand zum Gruß und zuckte beinahe gleichzeitig fragend mit den Achseln.

Jarius stellte ihm ein großes Glas Orangensaft auf den Tresen. Dann schüttete er sich selbst einen Becher Kaffee ein. Es zischte, als er aus einer kleinen Schüssel gerührte Eier in die Pfanne goss.

Jarius hatte zwei Teller bereitgestellt. Zach sah auf eine Geschenkschachtel, die mit einer großen Schleife umwickelt war, und begann Vorfreude zu entwickeln.

»Ist es das, was ich glaube, das es ist?«, fragte er.

Jarius rührte die Eier in der Pfanne mit Bedacht und nickte ausdrucksstark.

»O ja«, brummte er, »und ich möchte, dass du gleich meine Frau anrufst und dich bei ihr für die fabelhaften Cupcakes bedankst. Aber noch viel wichtiger: Ich möchte, dass du ihr versicherst, dass ich die Dinger nicht angerührt habe. Weil die ja für ihren Zach sind.« Die letzten Worte brummte Jarius bedrohlich.

»Du solltest dem Herrn jede Minute danken, dass diese Frau sich nicht für das Leben entschieden hat, das sie verdient. Sondern sich stattdessen in Barmherzigkeit an deiner Seite aufopfert.«

»Und du, Sohn Davids, solltest nicht am frühen Morgen den Namen des Herrn im Munde führen. Ich will ja keine alten Sachen aufwärmen, aber Jesus Christus hat keinen Selbstmord begangen. Geh duschen, Zach.«

Wenige Minuten später kam Zach die Treppe aus dem Obergeschoss herunter. Jarius hatte seine 110 Kilo auf einen der Barhocker gewuchtet und blätterte in Papieren, um die es gleich gehen würde. Er hatte sogar eine Blume zwischen die Teller gestellt, auf denen das Ei dampfte.

»Ich muss bald los, oder?«, fragte Zach.

Jarius zerschnitt so sachte ein Toast, als hätte er seine Frühstücksmanieren im Salon einer Geld atmenden Neu-England-Familie gelernt. Er nickte.

»Wohin?«, fragte Zach und nahm zuerst nur eine Gurkenscheibe.

»Wien«, antwortete Jarius.

»Kommst du mit?«

»Natürlich nicht, Mann.«

Die Aufgabe war also nicht wichtig genug, um mit Jarius einen ranghöheren Beamten mitreisen zu lassen. Andererseits gab es offenbar Gründe, die es notwendig erscheinen ließen, jemanden aus der Zentrale über den Atlantik zu schicken.

Zach suchte den Tisch nach dem Lachs ab. Konnte ihn aber nicht entdecken.

»Hörst du mir zu?«, fragte Jarius.

»Klar«, antwortete Zach.

Jarius schob seinen Teller vorsichtig zur Seite. Er schlug die Akte auf und nahm ein Foto in die Hand.

»Man glaubt es kaum, aber diesen Pfeifen von der Grenzkontrolle ist tatsächlich etwas aufgefallen. Eine Frau ist am Donnerstag vergangener Woche hier eingereist«, er legte das Bild einer gut aussehenden jungen Frau auf den Tisch.

»Wer ist das?«, fragte Zach.

Jarius legte den Finger an die Lippen.

»Hör mir einfach zu, okay? Du sollst die Zusammenhänge verstehen und dich nicht einfach auf eine schicke Sause nach Deutschland freuen.«

»Du meinst Österreich. Wien ist Österreich, Bruder.«

Jarius zog missbilligend die Stirn kraus.

»Du bist ein Stück Weißbrot, wir können keine Brüder sein. Das habe ich dir schon oft gesagt. Diese Frau hat bei der Einreise deutsche Papiere vorgelegt. Deswegen kann es sein, dass dich dein Abenteuer auch nach Deutschland führt, verstanden?«

Zach nahm jetzt das Rührei in Angriff. Er bedeutete Jarius weiterzusprechen.

»Diese deutsche Frau hatte einen Marker von unseren guten Bekannten von der CIA. Denn es gibt eine Fotoserie von ihr. Da ist zu sehen, wie sie in Wien Leute trifft, die wir nicht leiden können und die uns nicht mögen. Sie saß schon mindestens zweimal mit Mahmut El-Kebir am Tisch. Der Mann sagt dir was?«

Zach nickte. Mahmut El-Kebir, Jemenit. Eine Art Ausstatter des Terrorismus. Dem Anschein nach kein Überzeugungstäter. Sondern ein Geschäftsmann ohne Gewissen. Der schon mehrmals Individuen mit Waffen und Sprengstoff versorgt hatte, die im Auftrag von islamistischen Zellen handelten. Zum Glück war er anfällig für Überheblichkeit. Die Beobachtung durch die CIA hat er entweder nicht bemerkt oder wissentlich ignoriert. Die Agenten aus Langley versprachen sich von El-Kebir, dass er sie zu europäischen Drahtziehern der fundamentalistischen Szene führen würde.

»Die wollen diesen Typen. Aber was wollen wir von der Frau?«, fragte Zach.

»Sie war in den USA. Sie ist gestern Nachmittag ausgereist, ohne dass sie jemand was gefragt hat.«

»Warum eigentlich nicht?«

»Weil bei der Grenzkontrolle der Marker zwar aufgefallen ist, aber dann ja immer noch eine Menge bräsiger Grenzkontrolleure mit der Sache zu tun haben. Und die noch viel behämmerteren Chefs der Grenzkontrolleure. Immerhin hat irgendein wacher Geist in der vergangenen Nacht noch mal genauer hingesehen. Wir wollen beide Augen zudrücken und das als Erfolg verbuchen. Außerdem kommst du ja jetzt ins Spiel und verwandelst das Ganze in einen Triumph für uns«, Jarius lächelte und schob Zach die Akte zu.

»Was wollte die Frau hier?«

»Super-Frage, Zach. Genau die richtige Frage, du Wunderkind. Deswegen können wir, deswegen müssen wir jemanden wie dich losschicken.« Jarius schob den Teller noch weiter beiseite. Er würde seine Portion nicht zu Ende essen, und das ließ bei Zach eine gewisse Nervosität aufkommen. Wäre sein Freund so unbekümmert, wie er rüberzukommen versuchte, hätte er niemals auch nur einen Krümel eines selbst zubereiteten Rühreis stehen lassen.

»Wir wissen nicht, was diese Frau hier wollte. Aber wenn sie sich mit Leuten wie El-Kebir trifft, dann ist sie kein liebes Mädchen. Außerdem hat sie auch sonst einen ganz schlechten Männergeschmack«, Jarius legte zwei weitere Fotos auf den Tisch. Offenbar dasselbe Treffen, aber eine andere Perspektive. Zach beugte sich über den Tisch, um den Mann neben der deutschen Frau besser erkennen zu können. Als er genug gesehen hatte, lehnte er sich wieder zurück.

Jarius nickte ihm zu.

»Das ist dieser Typ, den uns die Blackwater-Jungs als das ›kalte Schwein‹ beschrieben haben«, sagte Zach.

»Richtig«, Jarius kratzte sich am Kopf.

»Jules Beneviste. Eigentlich Deutscher. Durfte sich aber, wie immer bei denen, nach seiner Zeit bei der französischen Fremdenlegion einen neuen Namen plus entsprechender Identität aussuchen. Du erinnerst dich, dass wir mit dem Militärattaché der

Franzosen über diesen Mann gesprochen haben. Die Legion war froh, ihn los zu sein. Und bei denen muss man erst mal als grausam auffallen. Dann hat er sich arabischen Menschenfreunden angedient. War als Ausbilder bei der sudanesischen Armee. Und hat im Irak einem der Blackwater-Leute die Eier abgeknipst. Die CIA glaubt, dass er als Honorarkraft für El-Kebir arbeitet. Ein ganz fieses Früchtchen«, Jarius lockerte die Krawatte.

»Und den soll ich fragen, ob er Lust hat, sich den amerikanischen Strafverfolgungsbehörden für ein zwangloses Interview zur Verfügung zu stellen? Ist es das, was du willst, Jarius?«

Zach spürte, dass ihm wärmer geworden war, als dass es sich mit einfachem Nachschwitzen hätte erklären lassen.

Langsam, langsam, bedeutete ihm Jarius mit der rechten Hand, die schon in viele Gesichter geschlagen hatte.

»Wenn es nach mir geht, dann hast du mit diesem Typen überhaupt nichts zu tun. Denn der ist nicht in die Vereinigten Staaten eingereist. Du sollst dich darum kümmern, was diese Frau hier bei uns wollte. Die CIA-Leute wissen wohl sogar, wo sie in Wien wohnt. Wir können denen nicht einfach das Feld überlassen. Weil die uns wieder nur sagen, was sie uns unbedingt sagen müssen. Du machst einen »Hallo, uns gibt es übrigens auch noch«-Besuch in Wien. Der Sektionschef in Wien heißt Tyler Fitch. Nach allem, was ich höre, ist der kein komplettes Langley-Arschloch. Sondern beinahe in der Zeit nach dem Kalten Krieg angekommen. Stell dir vor, du wärst Diplomat. So stelle ich mir jedenfalls deinen Auftritt vor. Hallo, mein Name ist Zach Lipschitz. Ich kann toll Deutsch, weil die Liebe meines Lebens Deutsche ist und deswegen heute mit einem Australier auf den Bermudas wohnt«, Jarius prustete.

»Du bist kein begabter Komiker. Überhaupt gar nicht begabt«, Zach zog es vor, wieder in seinem Rührei zu stochern.

Jarius fasste sich: »Außerdem wollte ich mal gucken, was ihr hier so macht. Und wenn du dabei rauskriegen solltest, dass die junge Frau hier, in Gottes eigenem Land, etwas Problematisches ausgeheckt hat, dann müssen wir weiter überlegen. So wünsche ich mir das.« Jarius atmete tief aus und musste nicht mehr sagen, wie schwer er sich das in der Realität vorstellen konnte.

»Und schlimmstenfalls vernascht mich das ›kalte Schwein‹, und die CIA-Leute kratzen sich am Kopf: Lipschitz? Ein Herr Lipschitz ist uns nicht bekannt. Richtig, Jarius?«

Jarius zuckte mit den Achseln. Zach nahm noch eine Gabel von dem Rührei. Spülte es mit einem kräftigen Schluck Orangensaft herunter.

Nach einer kleinen Weile brach Jarius das Schweigen.

»Du musst mich oft anrufen. Wir können jetzt auch skypen, ohne dass uns sofort ein Computerkind zuguckt.«

Zach nickte.

»Und du musst auf dich aufpassen. Mir bist du egal. Aber meine Frau ist der Meinung, ich sei verpflichtet, auf dich aufzupassen.«

Um das erneut einsetzende Schweigen zu übertönen, schaltete Zach das Radio ein. Ein beflissen klingender Mann des öffentlich-rechtlichen Radios gab bekannt, auf dem Capitol Beltway würden die Autos Stoßstange an Stoßstange stehen. Dann leitete er zur Wettervorhersage über und kündigte Nieselregen an.

»Ich esse den Rest mit Lachs«, sagte Zach.

Jarius schüttelte den Kopf: »Hab ich weggeworfen. Roch zu stark nach Fisch.«

»Rosalie wird sehr enttäuscht sein, wenn sie hört, dass du mir nur einen Cupcake übrig gelassen hast«, sagte Zach.

»Das wagst du nicht«, murmelte Jarius.

»United Airlines?«, fragte Zach.

»Glück gehabt. Andrews Air Force Base. In anderthalb Stunden. Irgendwelche Leute vom Verteidigungsministerium müssen ganz dringend ihre europäischen Freundinnen besuchen. Die nehmen dich in ihrem schönen Flugzeug mit.«

Zach nahm noch einen Schluck aus dem Kaffeebecher und stapelte dann die Teller aufeinander.

»Der Rückflug ist Montag«, sagte Jarius.

»United Airlines?«, fragte Zach noch einmal.

»Du kannst dich mit meinen Meilen upgraden«, lächelte Jarius hämisch, »das klappt sogar manchmal.«

»Du bist sehr hässlich, Bruder«, Zach grinste ihn an.

»Du bist bitte vorsichtig«, antwortete Jarius, »ich will nämlich nicht hässlich und auch noch traurig sein müssen.«

```
Berlin
U-Bahn-Linie U3
Zwischen Onkel-Toms-Hütte und
Wittenbergplatz
14.30 Uhr
```

Es würde bestimmt im Verlauf des Tages besser werden.

Aber momentan ging es Georg nicht gut.

Er hätte ein Taxi nehmen sollen. War sehr spät dran. Um Viertel nach drei sollte die Trauerfeier auf dem Friedhof an der Bergmannstraße in Kreuzberg beginnen. Die entfernten Bekannten und Kunden würden sich wundern, warum sich denn der Schauerte in Kreuzberg begraben ließ. Georg wusste, dass auf dem Friedhof Jupps Lebensmann begraben lag. Wolf-Dieter Thelen, kurz »Wölfchen«. In den Siebzigern nach Berlin gekommen. »Kurz vor der Silberhochzeit«, wie Jupp sagte, also im 24. Jahr ihrer Verbindung, war Wölfchen auf dem Mehringdamm von einem bekifften LKW-Fahrer überfahren worden und hatte sich nicht mehr erholt. Statt bei Wölfchens Beerdigung die Hand seines Onkels zu halten, hatte Georg damals sturzbetrunken auf den Pool-Möbeln einer Malerin aus Venezuela gelegen. In einem stinkreichen Vorort von Washington. Er ließ sich von ihr mit »Wölfchen« anreden und drei Tage lang im Arm halten. Der wunderbare Wolf-Dieter und sein alberner Übermut. »Soll ich dir lieber ein Toast broten oder ein Gemüse auflaufen?«, hatte er Georg so oft gefragt, wenn er von der Schule gekommen war.

Jetzt war Georg übel. Die ganze Nacht Rotwein, am Morgen Bourbon, dann in der Badewanne in der Zehlendorfer Wohnung von Onkel Jupp ein erbärmlicher Filterkaffee. Ohne Milch. Denn die im Kühlschrank war wohl vor Trauer sauer geworden. Von dieser Mischung musste jedem schlecht werden. Dazu nur eine Viertelstunde Schlaf. Auf dem Sofa, während die Badewanne volllief. Zum Glück klingelte das Telefon. Eine junge Frau mit einem verschlafen klingenden Akzent führte eine Umfrage zum Thema Neu- oder Gebrauchtreifen durch.

Es war nicht der Wein und auch nicht der Kaffee. Nichts davon trieb Georg jetzt den Schweiß auf die Stirn. Kein guter Jogging-Fahrrad-Tennis-Hurra-ich-bewege-mich-Schweiß. Sondern der kalte. Der, der sagte: »Du bist nicht gesund. Irgendwas an dir ist krank. Was machst du, wenn es gar nicht der Körper ist?«

Georg kannte diese Schweißausbrüche. Als Nächstes würde ihm die Zunge trocken werden. Aber die Studentin neben ihm, die in Dahlem-Dorf eingestiegen war und unmittelbar ein sehr gelehrt aussehendes Buch herausgeholt hatte, die würde ihn erst in der nächsten Stufe bemerken. Dann würde er keuchen und sich schlimmstenfalls in die Hose pinkeln.

Georg hätte nicht zu diesem Bildschirm sehen dürfen. Das »Berliner Nachrichtenfenster« auf dem verfluchten Waggon-Monitor. Er sah eine Art Dia-Show. Zeitungsbilder, schnell hintereinander. Leute rannten und drängten. Er sah Feuer. Er sah, wie Menschen die Münder zu Schreien geformt hatten. Feuerwehrleute mit Helmen rannten. Georg wandte sofort seinen Blick ab. Zu spät. Viel zu spät. Jetzt auch noch die Bänke. Schon als er einstieg, war ihm die Stellung der Sitzbänke aufgefallen. Keine Vierergruppenbänke. Sondern lange Sitzreihen. Man saß sich gegenüber. Keiner trug geschnürte Stiefel. Es klapperten keine Karabinerhaken, es roch nicht nach Waffenöl. Nur er würde gleich nach Angst stinken. Nur er allein. Aber es wackelte, wie es damals gewackelt hatte. Draußen war nichts zu sehen. Draußen gab es gar nicht. Bis sich alle aufstellten. Für den Sprung musste es das Draußen wieder geben. Gleich. Georg musste hier raus. Er würde nie wieder springen. Georg atmete jetzt durch den Mund. Die Studentin neben ihm war eine dünne junge Frau. Kein Ruß im Gesicht, kein Kinnriemen. Georg atmete durch den Mund, schloss die Augen. Er öffnete sie wieder, und ihm gegenüber saßen Stiefel und Gewehre und Köpfe mit Helmen. Es wackelte, es war heiß, »Just go ahead now«, schrie die Sonnenbrille. »Just go ahead now«, schrien die »Two Princes«. Georg holte tief Luft, spannte jeden Muskel an.

Ich muss springen. Ich springe, gleich springe ich, atmen, just go ahead now. Go ahead, ich springe. Ein Ruck, die Türen öffneten sich und Georg sprang, obwohl über der Tür noch das rote Licht leuchtete.

Georg flog nicht, sondern schlug sofort auf. Er rollte sich ab. Blieb liegen. Sah um ihn herum Schuhe. Hörte Stimmen, die brummten.

Kichern. Er schloss die Augen. Hinter ihm ein melodiöser Dreiklang. Die U3 fuhr weiter. Stille.

Georg drehte sich auf den Rücken, setzte sich auf. Atmete tief durch.

»Na, ham' wa' bei der Konfirmation einen zu viel jetrunken?«, hörte er zu seiner Rechten.

Georg blickte auf einen Zollstock in der Seitentasche einer Arbeitshose.

Eine Hand streckte sich ihm entgegen.

Er sah zuerst geradeaus, ergriff die Hand und stand auf.

Ungelenk. Wie immer danach, fühlten sich seine Muskeln so fest an wie die Wade nach einem nächtlichen Krampf im Bett.

Georg musste jetzt seinem Helfer ins Gesicht sehen.

Listige Augen, ein leicht lächelnder Mund, »Tischlerei Schablowsky« stand vorn auf der Latzhose.

»Und?«, fragte der Mann, offenbar ehrlich besorgt.

Georg zuckte mit den Achseln, dann klopfte er sich die Hosenbeine seines schwarzen Anzugs ab. Während er sich bückte, spürte er, wie der etwas zu enge Mantel aus dem Schrank von Onkel Jupp über den Schultern spannte.

»Ich bin wohl gestolpert«, Georg sprach sehr leise.

»Ja«, sagte der Mann und klopfte ihm leicht auf die Schulter, »und vorher haste der Kati Witt mal zeigen wollen, wie der Doppel-Axel aus der U3 geht.«

Der Mann legte den Kopf leicht schräg, entschied sich dann aber wohl gegen weitere Fragen. Er nahm einen Bohrmaschinenkoffer und einen Jutebeutel hoch.

»Ick hab meine Werkstatt in Spuckweite. Da kann ick auch n' Kaffee machen«, sagte er.

»Das ist sehr nett von Ihnen. Aber ich komme klar. Sehr

herzlichen Dank, ich wertschätze das, ich meine vielen lieben Dank.«

War ihm bei seinem letzten Besuch schon passiert. Dass er Befremden auslöste, weil er sehr geläufige Ami-Floskeln wie »I appreciate that« wörtlich in seine Muttersprache rückübersetzte.

Der Mann nickte ihm zu.

»Meine Wertschätzung haste ooch, du Vogel.« Der Mann lächelte ihn entspannter an, legte die Hand an eine imaginäre Hutkrempe und ging.

Georg wartete einen Moment und setzte sich dann auf die Bank. In einiger Entfernung ging eine Seniorin sehr vorsichtig die Treppe herunter. Auf der anderen Seite des Bahnsteigs bewegte sich ein Teenager scheinbar ferngesteuert. Die Steuerbefehle kamen von dem übergroßen Kopfhörer, den der Junge auf dem Kopf trug.

»Rüdesheimer Platz«, erkannte er auf dem Stationsschild.

In vier Minuten würde die nächste U3 Richtung Wittenbergplatz kommen. Er war vorhin schon spät dran gewesen. Jetzt würde er mit Sicherheit zu spät zur Trauerfeier kommen. Vor allem wusste er: Es könnte gleich wieder passieren. An einem Tag wie diesem. »Es wird Ihr Dämon, wenn Sie nicht aufpassen«, hatte sein Therapeut Dr. Halloran gesagt.

Georg nahm sein Mobiltelefon aus der Manteltasche. »No service«, mahnte ihn das Display. Als Abschiedsgeschenk aus den Vereinigten Staaten hatte ihm sein Anbieter den Anschluss komplett gesperrt. Onkel Jupp hatte seine eigenen Dämonen gehabt. Vor allem eine Abneigung gegen Särge. Georg stand auf und ging Richtung Treppe. In einer Straße in der Nähe war das Café, in dem Georg sich immer »ausgeruht« hatte, wenn ihm der Unterricht an seinem Gymnasium zu anstrengend erschienen war. Nach einem Elternsprechtag, an dem seine Klassenlehrerin den erziehungsberechtigten Jupp mit ihrer »Ich mache mir Sorgen«-Rede allzu sehr genervt hatte, waren sie hier gemeinsam eingekehrt.

»Hier gefällt's mir auch besser als bei dem Drachen«, hatte Jupp gesagt.

Als Georg aus der U-Bahn-Station trat, schlug er gegen den beißenden Wind den Mantelkragen hoch. Das half kaum. Onkel Jupp würde heute nicht in das Café kommen. Aber er ist dort mehr als in dieser Kiste in der Kreuzberger Trauerhalle, dachte Georg.

Informationswelle Bayern 5
16.10 Uhr

Moderatorin: In ganz Deutschland gibt es heute nur ein Thema: der Anschlag auf die Feier nach der Verleihung des Fernsehpreises »Bruno« in Berlin. Drei Tote, mindestens zehn Menschen in kritischem Zustand. Mehr als einhundert Personen, die das Krankenhaus bisher nicht verlassen konnten. Die Generalbundesanwaltschaft hat die Ermittlungen heute übernommen, womit aus Behördensicht offenbar feststeht, dass es sich tatsächlich um einen Anschlag gehandelt hat.
Ich bin jetzt verbunden mit dem Terrorexperten Dr. Bertram Schafmeister. Er arbeitet für die Wochenzeitung »Die Zeit« und ist Autor des Buches »Die Väter der Porzellankiste – Über die Politik der unheilvollen Ahnung«. Herr Schafmeister, erkennen Sie in diesem Anschlag eine Handschrift, die auf die Urheber schließen lässt?

Schafmeister: Verzeihen Sie mir, wenn das jetzt womöglich spitzfindig klingt. Aber für mich ist es mehr als das. Bei den Recherchen für mein Buch habe ich herauszufinden versucht, woher eigentlich die Annahme kommt, ein terroristischer Akt würde eine charakteristische Handschrift tragen. Wie ein Kunstwerk. Wenn ein Mann mit einem Kleinlastwagen in ein amerikanisches Lager in Afghanistan rast, seine Ladung zur Explosion bringt und »Allahu akbar« ruft, dann können wir recht sicher sein, dass es sich um die Tat eines Islamisten handelt. Wenn aber, wie gestern, ein Sprengsatz in einem mit Menschen gefüllten Raum explodiert, dann erkenne ich, dass dahinter Menschen mit mörderischen Absichten stecken. Nicht mehr und nicht weniger.

Moderatorin: Dann fragen wir einfacher: Wer war das?

Schafmeister: Keine Ahnung.

Moderatorin: Der SPD-Innenminister Schily hat es beschworen, sein CDU-Amtsnachfolger Schäuble nicht weniger, und auch der jetzige hat es häufig wiederholt: Deutschland ist in Gefahr, steht im Fadenkreuz des internationalen Terrorismus. Ist es nicht am wahrscheinlichsten, dass es sich um die Tat von islamischen Fundamentalisten handelt, die die Afghanistan-Kriegspartei Deutschland in ihrer Hauptstadt treffen wollten?

Schafmeister: Es gibt seit Jahren Drohgebärden von dieser Seite. Wir hatten die Sauerland-Gruppe. Diese obskuren Dilettanten, die dann vor Gericht alles ausgeplappert haben, was sie sich an Unsinn zusammengereimt hatten. Ich bin sicher, die Polizei wird in diese Richtung ermitteln. Wird sich mit den Experten auch des Verfassungsschutzes zusammensetzen, die die Szene der demokratiefeindlichen und womöglich sogar gewaltbereiten Muslime seit Jahren beobachten. Das ist allerdings auch der Punkt, der mich zurückhaltend sein lässt: Die Sicherheitsorgane haben hier in Deutschland ihre Arbeit schon seit Jahren, wenn nicht Jahrzehnten sorgfältiger erledigt als beispielsweise die Briten. Die nach der Londoner Attacke im Juli 2005 erst einmal im Dunkeln tappten.

Moderatorin: Welche Tätergruppen kämen denn sonst in Betracht?

Schafmeister: In Deutschland leben achtzig Millionen Menschen. Da ist schon schlicht aufgrund der Statistik davon auszugehen, dass es eine beträchtliche Anzahl von Wahnsinnigen und Spinnern gibt, denen Schlimmstes zuzutrauen ist. Wir können dann auch noch über den Begriff »Terrorismus« eine, wie ich finde, dringend nötige Diskussion führen. In einigen Gebieten dieser Republik ist es einem dunkelhäutigen Menschen nicht zu raten, nach Einbruch der Dunkelheit an irgendwelchen Haltestellen allein auf den Bus zu warten. Was ist das? Ist das nur nicht gut, oder ist das erfolgreicher Terror?

Moderatorin: Das verstehe ich als Hinweis auf einen rechtsextremistischen Hintergrund.

Schafmeister: Sehen Sie: Bei Ihnen in München hat 1980 ein Mann einen Sprengsatz auf dem Oktoberfest explodieren lassen. Ein Einzeltäter, hieß es am Abschluss der Ermittlungen, mit Namen Gundolf Köhler. Glauben wir nicht, haben Leute gesagt, zu denen unter anderem die spätere Bundesjustizministerin Herta Däubler-Gmelin gehörte. Das war eine rechtsextremistische Tat, so lautete deren Meinung. Wehrsportgruppe Hoffmann, sagten die einen. Italienische Neonazis, sagten andere. Darüber können wir heute viel geheimnissen und spekulieren. Fest steht: Bei diesen Spekulationen wird es bleiben. Denn die letzten verwertbaren Beweisstücke sind 1997 vernichtet worden. Leider ist in den vergangenen dreißig Jahren kein Bekennerbrief aufgetaucht, wo unter einem Hakenkreuz geschrieben stand: Wir haben 1980 in München dreizehn Menschen getötet, Heil Hitler.

Moderatorin: Heißt das, Sie glauben nicht an akkurate Ermittlungen?

Schafmeister: Ich glaube nicht, sondern ich weiß, dass die Ermittler unter einem abwegigen Druck stehen. Denn sie haben es mit einer hysterischen Öffentlichkeit zu tun. Auch 1980 wollte das schockierte Deutschland möglichst schnell einen Schuldigen präsentiert bekommen. Aber heute kommt der Ruf viel lauter. »Spiegel Online« kennt den Täter und kennt ihn nicht und kennt ihn wieder. Im dreistündigen Takt. Ein Profilneurotiker stellt bei Facebook ein Bekenner-Posting ein. Die Fernsehleute beben vor Erregung, Sie im Radio wollen melden, melden, melden. Kommt nicht genug, dann muss es doch jemanden geben, den man mit der Schuldtafel um den Hals durchs Dorf treiben kann. Wenn sich heute ein leitender Polizist hinstellt und sagt: Gebt uns eine Woche Zeit, was passiert denn dann? In sieben Tagen werden heute unzählige Verschwörungstheorien nicht nur entwickelt, sondern auch wirksam verbreitet. Niemand hat eine Woche Zeit. Während wir reden, schließt die Spurensicherung in Berlin gerade mal ihre

Arbeit am Tatort ab. Wenn überhaupt. Nicht weil die lahmarschig sind. Sondern weil die mehr liefern müssen als nur die nächste Meldung.

Moderatorin: Dann möchte ich Sie der Vollständigkeit halber aber auch fragen, für wie wahrscheinlich Sie einen linksextremistischen Hintergrund halten.

Schafmeister: Es gibt Linksextremisten in Deutschland, überhaupt keine Frage. Auch gewaltbereite Individuen. Das sind aber nicht zwangsläufig diejenigen, die am 1. Mai in Berlin Schlägereien mit der Polizei suchen. Und die dort von der Polizei gefilmt werden. Oder von denen Fingerabdrücke in die Datenbanken der Behörden gelangen. Das sind mitunter nur besonders impertinente Flegel. Randalbrüder auf der Suche nach einem Ausnahmeerlebnis am Feiertag. Und wir haben durch unzählige Dokumentationen, durch die mitunter sogar ekelhaft romantische Aufbereitung der RAF-Geschichte ein Bild im Kopf, wie Linksextremismus aussieht. Dabei sprechen wir allerdings von einem Phänomen der Siebzigerjahre. Wenn heute ein Terrorist des deutschen Herbstes irgendwo auftaucht, sehen wir einen Senioren. Der vor mehr als dreißig Jahren Pistolen im Bund einer Hose trug, die er heute gewiss nicht mehr anziehen kann.

Ein überzeugter Antikapitalist könnte heute auch Cyberterrorist werden und Konzerne hacken. Aber auch Bomben zünden, selbstverständlich. Fakt ist: Es gibt Leute, die zu der Überzeugung gelangt sind, dass es überzeugende Argumente für den Weg der todbringenden Gewalt gibt. Ich kenne das. Ich habe darüber ein Buch geschrieben, aber ich muss Ihnen ehrlich sagen: Es erschüttert mich trotzdem.

Moderatorin: Herr Schafmeister, ich danke Ihnen für Ihre Zeit.

Schafmeister: Ja. Danke für die Gelegenheit.

```
Wien
Währinger Str. 79
Gegen 18 Uhr
```

Ben wusste, wie man Anzüge trägt.

Torben nicht. Er saß, wie er eben auch immer in seinen Kapuzenpullovern kauerte. Die Schulterpolster der Jacke schoben sich hoch, als sei er ein Eishockeyspieler auf der Bank. Der Krawattenknoten hatte sich unter den rechten Hemdkragen verschoben. Sofia wusste nicht, ob Ben auch den Ton ihres Vaters im Ohr hatte. Wenn er mit dem immer gleichen Rigorismus die bürgerlichen Regeln der Wohlanständigkeit in die Luft stanzte:

»Für den Mann gibt es die Farben Braun, Grau und Blau. Schwarz ist für besondere Gelegenheiten. Alles andere sind keine Farben, sondern Ausrutscher.«

Auch wenn er sich vielleicht nicht wörtlich erinnerte, so war es Ben ganz offensichtlich in Fleisch und Blut übergegangen. Bei ihm war nichts verschoben. Er saß auf dem unteren Saum seines anthrazitfarbenen Jacketts, der Stoff straffte sich also auch im Sitzen. Aber auch wenn Torben kostümiert wirkte, die Verkleidung hatte funktioniert. Wenigstens das. Für das modische Einschätzungsvermögen eines Autobahnbullen hatte es gereicht. Drei Geschäftsmänner in einer Limousine, sollte der denken. Keiner hatte Anstoß genommen.

Fast alle saßen wieder um den fiesen Tisch der uneingerichteten Wohnung versammelt.

»Ich möchte es noch mal durchgehen«, sagte Sofia.

Sie hatte am Nachmittag eine Stunde geschlafen. Wie immer in den vergangenen Wochen war es ihr vorgekommen, als müsse sie um das Aufwachen kämpfen. Sie war im tiefen Wasser und musste kräftig mit den Beinen treten, um wieder dahin zu kommen, wo sie Licht sah.

Es wunderte sie, aber während des Fluges war sie entspannt gewesen. Von diesem Mann neben ihr war etwas Beruhigendes oder wenigstens Erheiterndes ausgegangen. War letztlich romantisierender Schabernack. Sie befand sich mitten in der wichtigsten Woche ihrer 29-jährigen Existenz.

»Also«, sagte sie, »das Auto hat dieser Typ, nennen wir ihn Zahid, an der ausgemachten Stelle an euch übergeben.«

Torben nickte, war aber mit seinen Gedanken sichtlich woanders. Wahrscheinlich im Bett.

»Um es kurz zu machen«, ihr Bruder lallte leicht und sprach, wie immer, wenn er betrunken und bekifft war, breitbeinig, »dieser Typ, nennen wir ihn Teppichflieger, hat uns das Auto hingestellt, wir sind eingestiegen und haben das Navi um 11 Minuten geschlagen. Wir waren nämlich in genau sieben Stunden wieder hier, im wunderschönen Wien.«

Er schnaufte und zog an dem Joint, den er in der Hand hielt.

»Wir haben das Auto an der vorgesehenen Stelle geparkt. Dort wartete wieder einer, nennen wir ihn Sarazene«, Ben kicherte blöde, »von dem wir uns mit einem flotten ›Salam aleikum‹ verabschiedet haben. Mit unseren Aktenköfferchen sind wir dann mit der U-Bahn nach Hause gefahren, rabimmel, rabammel, rabumm.«

»Und dann hast du dich besoffen?« Sofia klang ruhig und kühl.

»Dann hat sich der Vati, wie jeder andere Vati nach getaner Arbeit, ein Bierchen gegönnt. Was spricht dagegen, Schwesterherz?«

Sofia ignorierte die Frage: »Wo ist Jules?«

»Der wollte ein paar Schritte gehen. Nachdem er so viel, so viel ... gesessen hat.«

Ihr Bruder war die Karikatur eines Betrunkenen und setzte nach:

»Außerdem schien er recht durstig zu sein«, er lachte feist in Torbens Richtung. Der lächelte leicht zurück, bemerkte aber wohl, dass Übermut momentan deplatziert war.

Sofia schloss kurz die Augen.

»Und der weiß natürlich, dass ihm niemand folgt. Der hat hinten Augen. Der muss sich nicht daran halten, was wir so klar, so ganz, ganz klar abgemacht haben. Nämlich dass jeder sich hier in diesem Haus zusammenkrempelt. Weil wir keinem österreichischen Wachtmeister Dimpfelmoser die Gelegenheit zu einem Zufallstreffer geben wollen. Das war doch echt klar. Und wieso gilt das für deinen neuen Blutsbruder nicht?«

Ben nahm einen tiefen Zug, behielt den Rauch im Mund und entließ ihn langsam mit geschlossenen Augen.

»Er wollte bald wieder zurück sein«, warf Torben ein.

Sofia nickte. Sie spürte, sie war kurz davor, sich in Rage zu reden. Wollte das aber vermeiden.

»Gut, sprechen wir über das Wichtigere. Was war da los in Berlin? Warum ist das schiefgelaufen?«

Schweigen. Ben schüttete sich Wodka nach. »Zipfer« stand auf dem Bierglas, aus dem er trank. Torben drehte ein kleines Gerät in der Hand, das aussah wie ein MP3-Player. Vermutlich aber wieder viel mehr konnte.

»Der Libanese hat nicht die Zünder geliefert, die Jules wollte. Die wir bekommen haben, konnten wir nicht genau einstellen. Sondern mussten über den Daumen peilen. Und da haben wir uns wohl mit der Zeit etwas vertan«, sagte Torben, ohne Sofia anzusehen.

Ben zeigte mit dem Joint auf Sofia. Damit wollte er deutliche Worte einleiten. Und sah nicht, wie ähnlich er damit ihrem Vater war. Ihrem gemeinsamen Scheiß-Vater. Wenn er da saß, an einem beliebigen Abend der Woche. Mit dem Manschettenhemd und den teuren Manschettenknöpfen. Den Zigarillo in der Hand, der immer wieder vorschnellte, wenn er gestikulierte. Wenn die Dinge so waren, wie sie waren, weil er es so sagte. Oder wenn er eine Leistungsbilanz zog: »Was kannst du denn, Sofia? Häh? Außer schön singen? Was kannst du sonst noch? Du bist intelligenter als dein behämmerter Bruder, aber was hast du da bisher draus gemacht? Was denn? Plakate bemalen und vor irgendeiner Firma dummes Zeug brüllen. Ist das unsere Familie? Ist das Pahl-Stil? Glaubst du, davon bezahlen sich deine Roben, dein Motorroller, deine Sprachkurse in Salamanca?«

Ben hatte das Jackett abgelegt und saß jetzt im Hemd da. Mit den Manschetten. Aber es waren nicht nur die Manschetten. Es war die Art, wie er jetzt sprach. Zu laut und zu besoffen. Sie hätte am liebsten reingeschlagen.

»Was ist denn schiefgelaufen, Schwester? Wir wollten, dass auf der Veranstaltung Scheiße spritzt. Und genau das ist passiert. Gut, da haben Leute im Weg gestanden. Aber wer sieht denn unsere Toten? Wer hat denn wegen unserer Toten die Zeitung vollgeschrieben, wer denn, Sofia?«

Igitt, dachte sie. ›Unsere Toten‹. Pathos wie in einem U2-Nordirland-Song, wo in einem kalifornischen Aufnahmestudio zwischen Sushi und Chicken Vindaloo mal eben der gestorbenen Brüder in Derry gedacht wird.

Sofia legte die Hände übereinander. Sie musste nicht singen. Aber sie merkte, dass sie es machte wie an der Akademie. Sie atmete in ihre Körpermitte, Stütze nannten das die Sänger.

»Was unterscheidet uns denn, wenn wir willkürlich töten? Was ist dann noch anders als bei denen? Wir führen keinen Guerilla-Krieg. Wir machen hier nicht RAF reloaded. Wir setzen in dieser Woche ein starkes Zeichen. Wir schaffen ein einziges Mal Gerechtigkeit. Und hoffen, dass das in Serie geht. Oder wenigstens die Sehnsucht nach dem Guten. Wie viel Mal haben wir das besprochen? Hundertmal? Tausendmal? Einmal dieses Schwein plattmachen, diesen Verbrecher, den eine Mehrheit schon als Verbecher erkannt hat. Um die Frage aufzubringen, warum wir uns die anderen Verbrecher gefallen lassen müssen. Oder was man gegen die tun kann. Darum geht es. Das ist die Idee. Kein Blutrausch. Kein Andreas-Baader-Geballer, nur um zu ballern. Und damit auch kein jahrelanges Leben im Untergrund. Eine Ouvertüre. Einmal richtig hinlangen. Das ist nicht mein Plan, Freunde. Das ist unser Plan. Oder besser: Das war unser Plan: Jetzt haben wir drei ungeplante Tote.«

Niemand antwortete. Torben sah geradeaus. Ben rieb sich an der Nase. Als er den Joint aus dem Mund nahm, wippte der Tüte ein Speichelfaden nach.

Auch das Funkgerät war ruhig. Darüber konnte sich Denise am Gespräch beteiligen. Sie saß in der Erdgeschosswohnung und überwachte auf zwei Computermonitoren die Bilder, die die Videokameras lieferten. Von der Straße und dem Treppenhaus, wo Torben die Kameras installiert hatte.

Ben machte eine Handbewegung.

»Was soll dieses Abwinken? Ist das schon dein Diskussionsbeitrag, oder was?«, mittlerweile war Sofia sehr laut.

»Pass mal auf«, murmelte er und wurde dann auch rasch lauter, »jetzt pass mal auf. Wir haben mitten reingehauen. In diese Ansammlung von Hackfressen, mit ihren Champagnerkübeln und ihrem dummen Gequatsche und ihrem ganzen Geld. Klar, wir wollten eigentlich nur Kacke spritzen lassen. Aber welchen Unschuldigen soll es denn getroffen haben? Wer ist denn, wenn du dir mal begriffliche Klarheit verschaffst, überhaupt als ziviles Opfer zu sehen? Dieser Hassprediger vom Fernsehen? Der zwischen Kinderleichen in Afghanistan die Freiheit Deutschlands verteidigt sehen will und das Millionen Unterprivilegierten vor den Geräten ungestraft eintrichtern darf? Soll ich wegen dem an der Lauterkeit meiner Motive zweifeln? Weil es dieses Schwein nicht mehr gibt?«

Er wollte wohl noch weiter reden. Sofia spülte es die Magensäure hoch. Sie registrierte, wie er die Sprechweise der Angeklagten zu imitieren versuchte, die er auf den Tondokumenten der Stammheim-Prozesse gehört hatte. Wie kümmerlich, dachte sie. Und gleichzeitig ekelte es sie an, wie sie beinahe ihrem Vater recht gab: »dein behämmerter Bruder«.

Ben setzte wieder an, wollte weitersprechen, aber Sofia schnitt ihm das Wort ab. Sie schrie immerhin nicht mehr, klang wieder kühler.

»Ich brauch das jetzt nicht. Was du mit deinem neuen Freund ab Montag veranstaltest, in welches Django-Land ihr dann einreitet, das ist ganz allein eure Sache. Aber das hier«, sie klopfte mit dem Zeigefinger auf die Tischplatte, »das hier ist unser Projekt. Hast du dir in deiner porös gekifften Birne mal überlegt, was das für uns heißt? Kannst du dir den Druck vorstellen, den die Bullen jetzt entfalten? Weißt du, was das für Freitag bedeuten kann?«

Ihr Bruder wollte schon wieder ansetzen, als es aus dem Funkgerät knisterte.

»Jules kommt. Ihr müsst die Tür klarmachen«, sagte Denise mit einer Stimme, die klang, als käme sie aus dem All.

Torben schien froh zu sein, einen Grund zu haben, um vom

Tisch aufzustehen. Er zog den Nagelteppich von der Wohnungstür. Außerdem sicherte er die von ihm konzipierte Anlage, die im Fall eines Sturms durch die Polizei mehrere Nebelkerzen in Serie zünden würde.

Sofia stand auf: »Wir können auch morgen alles Weitere besprechen«, sagte sie mehr zu sich selbst. Nach einer Begegnung mit Jules war ihr wirklich nicht zumute.

Ben schraubte wieder den Verschluss von der Wodkaflasche.

Sofia ging in ihr Zimmer und zog sich aus.

Unter der Dusche fiel ihr ein, dass sie morgen zu dem Typen aus dem Flugzeug Kontakt aufnehmen musste. Fabian musste das Paket in Berlin zu den Libanesen bringen. Außerdem hatte sie vergessen, nach Fabian zu fragen.

Als sie sich abgetrocknet hatte, zog sie den Trainingsanzug an, in dem sie schlief. Die Schuhe stellte sie in Griffweite neben die Matratze.

Dann kontrollierte sie, ob ihr Revolver gesichert war.

Als sie das Licht ausgeschaltet hatte, klopfte es an der Tür.

»Nein«, rief sie.

Die Tür wurde geöffnet.

»Da habe ich wohl das andere Wort für ›Ja‹ gehört«, sagte Jules und schloss die Tür hinter sich. Er schaltete das Hauptlicht ein. Eine nackte Glühbirne an der Decke. Unangenehm grell.

»Haben wir denn eine gute Reise gehabt? Aus dem Land des großen Satans?«

Sie setzte sich im Bett auf und sah ihn nicht an. Blickte zur anderen Seite. Zu den Fenstern mit den heruntergezogenen Rollos. Auf denen Bärchen und kleine Elefanten nach außen signalisierten, hier würden Kinder friedlich und unschuldig schlafen. Manchmal kamen Sofia Anweisungen für den Umgang mit Hunden in den Kopf, wenn sie mit Jules zu tun hatte. »Nicht in die Augen sehen, das reizt das Tier.«

»Was willst du?«, fragte sie.

»Ein bisschen plaudern«, er öffnete bereits seine Hose. Sie kannte das Bild. Das Messer, das mit zwei Klettbändern an seinem Unterschenkel befestigt war. Die Narbe, die sich fast über den gesamten linken Oberschenkel erstreckte. Als das, was gleich geschehen würde, noch mit ihrem Einvernehmen passiert war, hatte sie an der Narbe entlanggestrichen. Dafür hatte er sie geohrfeigt.

»Dein Bruder sagte mir, dir hätte unser Erfolg in der vergangenen Nacht nicht richtig Freude gemacht. Jedenfalls nicht so, wie wir es alle erwartet haben«, wie immer, wenn er lächelte, zogen sich feine Fältchen wie ein kunstvolles Gespinst über sein Gesicht.

Sofia kannte Streicher in mehreren Orchestern, die jeder Betrachter als »kultiviert« oder »fein« beschrieben hätte. Genau wie bei Jules. Wenn es noch einen Zweifel gegeben hätte, dann räumte ihn der Cäsarenkopf von Jules Beneviste aus: Doch, die Natur, die Gene, waren zur Ironie in der Lage. Oder in Jules' Fall sogar zu grimmigem Sarkasmus.

»Ich habe deinem Bruder gesagt, dass du wahrscheinlich gar nicht dazu gekommen bist, dich zu amüsieren. In diesem fürchterlichen Amerika«, er lächelte wieder ganz fein. Selbstverständlich lächelten seine Augen nicht mit. Wer weiß, wann sie es letzte Mal getan hatten. Er kicherte:

»Aber ich habe ihm gesagt, dass der gute alte Jules so viel über die Frauen weiß. Und darüber, was ihnen guttut. Was sie brauchen, ohne dass sie es immer sagen wollen.«

Sofia sah den Revolver. Damals hatte sie den Briefbeschwerer nicht genommen. Im Arbeitszimmer ihres Vaters. Jetzt nahm sie den Revolver nicht.

Mit einer Kraft, die sie nur von ihm kannte, warf er sie auf den Bauch. Er zog ihr Trainingshose und Slip mit einer Bewegung in die Kniekehlen. Mit der anderen Hand drückte er ihren Kopf in das Kissen.

Dann presste er ihre Beine auseinander und zischte: »Wollen mal sehen, wie sehr du mich vermisst hast, chérie.«

Als es vorbei war, legte Sofia den Kopf auf die Seite, um wieder frei atmen zu können. Sie wollte ihn unter keinen Umständen ansehen. Hörte aber, wie er sich hinter ihr die Hose wieder anzog und in die Schuhe stieg.

»Siehst du«, sagte er schnaufend, »jetzt hast du wieder was über den Krieg gelernt, ma pousse. Morgen früh darfst du wieder die

Kindergärtnerin für deine wilden Krieger sein. Aber verärgere mir den Onkel Jules nicht, nein, chérie?«

Als sie hörte, wie sich die Tür schloss, drehte sie sich auf den Rücken. Sie würde noch einmal duschen müssen. Immerhin hatte er das Licht wieder ausgeschaltet. Als sich die Tür erneut öffnete, sah sie den Lichtschein in den Raum fallen. Roch den Qualm von allem, was in der Küche geraucht wurde.

Sie stellte sich schlafend. Wieder hörte sie, wie sich jemand auszog. Sie drehte sich auf die Seite. Dann schmiegte sich der vertraute Körper ihres Bruders an ihre Schulter. Er zitterte. Machte aber kein Geräusch.

Berlin
Unter den Linden
Vorstandsbüro der Deutschen
Mineralölassoziation
19.00 Uhr

»Danke, dass Sie gekommen sind, Herr Schneider. Wahrscheinlich wartet Ihre Familie auf Sie. Wie geht es Ihrer Frau?«, fragte Randebrock.

»Danke, ausgezeichnet«, Ralf Schneider wusste, worum es bei diesem Termin gehen würde. Deswegen hielt er es für angebracht, besser nicht sofort auszurichten, dass seine Frau Dr. Joachim Randebrock für das größte Arschloch hielt, das ihr jemals untergekommen war.

Vielleicht sollte er sich das für später aufbewahren.

Randebrock saß ganz ruhig hinter seinem Schreibtisch. Der Laptop war zugeklappt. Seine Zigarre knisterte und verbreitete einen angenehmen, vanilligen Duft.

Er nahm sie in die Hand und fragte Schneider nur mit einem Blick, ob er auch eine Zigarre haben wolle.

Schneider schüttelte den Kopf.

»Herr Schneider, Sie sind mein Manager für das Projekt ›Subsahara 2012‹. Wo stehen wir da Ihrer Meinung nach?«

Schneider wusste, dass die tatsächliche Frage anders lautete. Warum hast du es so verbockt? Was ist mit dir los? Womit habe ich deine Unfähigkeit verdient?

»Ich habe mich, wie wir das vereinbart haben, in unterschiedlichen unbequemen Gesprächsrunden der Diskussion mit unseren Gegnern gestellt. Aus dem politischen Bereich. Nicht-Regierungsorganisationen. Alle möglichen Leute, selbstverständlich auch problematische Spinner. Durch diese ständige Präsenz ist offenbar immerhin erreicht worden, dass ich nur am Anfang minutenlang ausgebuht wurde. Anschließend hat man mir gelegentlich zugehört, aber selbstverständlich in keinem einzigen Punkt zugestimmt.«

Randebrock nickte und zog an der Zigarre.

»Wenn ich mich richtig erinnere, hatten wir nicht vereinbart, dass wir mit ›Subsahara 2012‹ unsere Sympathie für diejenigen zum Ausdruck bringen, die zu dem Kontinent im Allgemeinen und zu unseren kaufmännischen Ambitionen dort eine Menge fühlen. Oder wo finde ich diesen Passus in unseren Papieren?«, Randebrock zeigte mit dem manikürten Finger auf eine Akte.

Schneider zuckte mit den Schultern.

»Ich habe mit keinem gefühlt, Herr Dr. Randebrock. Ich habe auf den Foren ›common knowledge‹ vertreten. In Äquatorialguinea liegt der Monatsverdienst vieler Menschen bei zwei Dollar im Monat. Warum sollte ich das nicht, wie jeder Laie, einfach googeln können? Und was kann ich dagegen unternehmen, wenn das ein Reporter der ›Neuen Osnabrücker Zeitung‹ hochjazzt und die anderen bis hin zur ›Financial Times Deutschland‹ noch aufgeregter hinterherziehen?«

»Weil es einen Unterschied macht, was Sie in der Öffentlichkeit sagen. Oder was irgendein anonymer Mensch in einen Wikipedia-Eintrag kritzelt. Weil es immer möglich ist, dass Sie als Spitzenkraft dieses Unternehmens Schlagzeilen machen. Und weil Schlagzeilen, wie wir sie Ihnen in den vergangenen Wochen verdanken, dieses Unternehmen eine Menge Geld kosten.«

Manchmal schrien Ralf Schneider die Schlagzeilen in den unverhofftesten Momenten an. Als er am vergangenen Wochenende mit Ellen in einem Wellnesshotel im Spreewald in der Sauna gesessen hatte. Alles war gut, so entspannt wie möglich. Nach den Tagen zuvor. Sie fantasierten von einer Schafsfarm, die sie in der Gegend aufbauen würden. Bald. Höchstens in zwei Jahren. Aber plötzlich kreischte es wieder in Ralf Schneiders Kopf: »Ölmanager knickt ein: kein Geld für Afrikaner«, oder noch schlimmer: »Nach Geständnis von Ölmanager: Aktienkurs der Ölassoziation reißt die internationalen Partner mit!«

Randebrock legte die Zigarre im Aschenbecher ab. Suppentellergroß. Handgefertigt von der Königlich-Preußischen Porzellanmanufaktur, für die Mineralölassoziation.

Wahrscheinlich, ach was, garantiert besaß auch Teodoro Obiang, der Präsident Äquatorialguineas, einen solchen Aschenbecher. Oder was man einem wirklich guten Geschäftspartner noch so alles schenkte. Einer der reichsten Staatschefs der Welt. Sein Vermögen wurde auf drei Milliarden Dollar geschätzt. Ein Dreckschwein, ein Dieb, ein Plünderer seiner eigenen Bevölkerung, dachte Ralf Schneider.

Randebrock trat an die Fensterscheibe, die bis zum Boden reichte und so dick war, dass kein einziger Laut der vierspurigen Straße »Unter den Linden« zu ihm drang.

»Lassen Sie uns über ›common knowledge‹ reden, Herr Schneider«, Randebrock sprach noch etwas leiser. Als würde er gleich ein trauriges Schlaflied singen. Im Büro war es dunkel genug. Wäre Ralf Schneider nicht so nervös gewesen, hätte er gewiss einschlafen können.

»Oder eben darüber, was angeblich alle wissen. Sie haben es oft gesehen: Da hinten am Brandenburger Tor halten die Reisebusse, spucken die Leute aus allen Teilen des Landes aus, und die gehen dann diese historische Straße lang. ›Und das war mal alles DDR?‹, fragt die Frau. ›Das war mal alles DDR‹, sagt der Mann. Mit der DDR verbinden sie trübes Licht und schlechte Autos. Und freuen sich. Weil sie alle gute Autos fahren können. Was auf den Anzeigetafeln der Tankstellen steht, das wissen alle, das ist ›common knowledge‹. Weil sie nachrechnen müssen, ob sie sich den dicken Audi, den BMW-Geländewagen wirklich noch leisten können. Oder doch bald wieder in einer Art DDR landen. Weil sie sich die Autos nur im Schaufenster angucken können. Wie viele Leute gehen wohl in die Tankstelle und fragen, wer für die 53 Liter Benzin, die sie gerade getankt haben, sein Leben lassen musste? Oder wie viel der Durchschnittsmensch im Ölstaat Äquatorialguinea wohl im Monat verdient? Wer weiß überhaupt, wo dieses Land liegt? Wer will das wissen? Wer fragt danach?«

»Im vergangenen Sommer haben die Leute an den Tankstellen nach den Kindern gefragt, Herr Dr. Randebrock«, Ralf Schneider wusste, wie problematisch dieser Hinweis war. Aber er konnte ihn nicht unterdrücken, ohne zu platzen.

Im vergangenen Sommer waren auf den Ölfeldern von Äquatorialguinea Kinder verbrannt. An den obligatorischen lecken Stellen. Aus einem ganz anderen Grund war ein deutsches Kamerateam anwesend gewesen. Sie filmten die brennenden Kinder. Randebrock war zur selben Zeit im Land. In der ereignisärmsten Zeit des Jahres war es selbst für den hitzemüdesten Redakteur keine Mühe, aus Randebrock das Wirtschaftsmonster zu machen, vor dem die Deutschen so gerne schauderten.

Trotz der zwei Diktaturen, die den Sozialismus im Titel trugen, war es schließlich immer noch allgemein sehr entspannend, Leute allein wegen der Höhe ihres Einkommens zu hassen.

Dass Randebrock ein von der Assoziation finanziertes Krankenhaus eröffnete, spielte in der Berichterstattung keine Rolle. Viel wichtiger waren die Archiv-Bilder, die ihn beim Auftragen von Sonnencreme zeigten. »Die Kinder brennen in seinem Öl, er fürchtet sich vor Sonnenbrand«, hieß die Bildunterschrift in einer Boulevardzeitung.

Die Empörung schwoll irgendwann ab, aber es blieb offenbar genug hängen. Bei einer Jahresrückblick-Sendung im Fernsehen schlichen sich Greenpeace-Mitarbeiter mit einem Transparent in die Show: »Kindermörder Randebrock – Tunkt ihn in sein Öl!«, war da zu lesen. Das Publikum drückte seine leidenschaftliche Zustimmung durch rhythmischen Applaus aus.

»Ich danke Ihnen für den Hinweis, Schneider. Wenn Ihnen nach Sticheln zumute ist, dann darf ich vielleicht meinen Genuss der vergangenen Woche mit Ihnen teilen. Da hat mir ein englischer Lord, der durch die Beteiligung an unserer britischen Partnerfirma sehr, sehr reich geworden ist, ein paar saftige Sätze gegönnt. Ich zitiere ihn mal aus dem Gedächtnis: ›Britische Jungs sind im Irak für Öl krepiert, das ihr selbstverständlich auch in eure deutschen Autos tankt. Da habt ihr euch einen schlanken Fuß gemacht. Weil ihr so gut seid. Zu gut für Krieg, wir erinnern uns. Und jetzt geht einer Ihrer Manager durch die Welt und bejammert die Armut Afrikas. Als könnten wir ab morgen auch mit Katzenstreu unser Geld verdienen. Und warum? Weil er ein so guter Mensch ist, weil ihr alle so gute Menschen seid. Das heißt nicht nur gut: Als Nazis wart ihr rassisch die Besten. Und jetzt seid ihr moralisch, na was denn wohl? Schon wieder die Allergrößten!«

Schneider atmete tief durch.

Randebrock ging langsam wieder auf seinen Bürostuhl zu. Das Leder seiner handgenähten englischen Schuhe knirschte sanft. Auf dem Stuhl sitzend fixierte er Schneider.

»Was hätte ich ihm antworten sollen, Herr Schneider? Mein Mann hat nur über ›common knowledge‹ gesprochen, als er gemeinsam mit Öko-Zauseln und Anti-Globalisierungsrabauken über die unerhörten Umstände in Zentralafrika mit dem Kopf schüttelte? Noch eine mathematische Frage, Herr Volkswirt Schneider: Wer zahlt denn eigentlich unseren Partnern den Knick im Aktienkurs? Wer?«

Schneider wollte nicht schon wieder mit den Achseln zucken.

Er blieb die Antwort reaktionslos schuldig.

Randebrock nahm die Zigarre wieder auf, entzündete sie und paffte sie mit zwei, drei kleinen Zügen an.

»Ich habe unseren Partnern in London versichert, dass so was nicht mehr vorkommt«, sagte Randebrock.

Ralf Schneider wusste, welche unausgesprochene Bedeutung an dieser Ankündigung hing. Es wird nicht wieder vorkommen, denn der Verantwortliche ist nicht mehr im Unternehmen. So schlimm war es also.

»Wann und zu welchen Konditionen?«, fragte Ralf Schneider.

Randebrock deutete mit einem Kopfnicken auf einen Aktendeckel mit in Gold eingelegtem Firmenlogo.

Ralf Schneider las die wichtigsten Passagen und sah Randebrock dann wieder an:

»50 000 Euro Abfindung? Ist das Ihr Ernst? Davon kann ich meine Garage abbezahlen, sonst nichts«, sagte Schneider mit gepresster Stimme.

»Sollen wir für Sie den abgestürzten Börsenkurs in Garagen umrechnen?«, fragte Randebrock mit samtiger Stimme. »Oder sollen wir Sie mit einer massiven Abfindung belobigen? Damit andere auch auf den Gedanken kommen, auf unsere Kosten mal richtig gut sein zu wollen? Ich bitte Sie, Herr Schneider.«

Schneider klappte den Aktendeckel zu.

»Nehmen Sie das mit nach Hause. Beraten Sie sich mit Ihrer Frau und richten Sie meine herzlichsten Grüße aus«, Randebrock brachte es tatsächlich fertig, leicht zu lächeln.

»Von der soll ich Ihnen noch was sagen«, sagte Ralf Schneider und kämpfte mit sich.

Randebrock sah ihn fragend an und ermunterte ihn mit einem »na und?«-Achselzucken.

»Sie würde gerne wissen, in welchem Fach Sie eigentlich promoviert haben?«

Randebrocks Blick wurde sehr kühl.

»Es ist ein Ehrendoktortitel der Universität Saarbrücken. Aber danke für die Frage. Ich wünsche Ihnen einen schönen Abend, Herr Schneider.«

```
Berlin-Wedding
Grüntaler Straße 7
19.40 Uhr
```

»Hat sie dir gesagt, warum sie gerade hier wohnt?«

Carlo schüttelte den Kopf. Zum Glück hatte er sich Notizen gemacht. Das Gespräch mit der glatzköpfigen Hanna war hinter einem eigenartigen Nebel in seinem Kopf verschwunden, den er auch mit noch so viel Konzentration nicht durchstoßen konnte. Ein gefährliches Zeichen. Wollte er aber mit Hauke jetzt nicht bereden. Wochenlang ging es nur um Baumarkt-Katinka und jetzt plötzlich um eine Verhörte. Oder sogar eine Verdächtige. Carlo verbot sich, diesen Gedanken weiterzudenken.

Der Nieselregen fiel auf die Windschutzscheibe. Carlo fand Nieselregen hinterhältig. Weil er immer so tat, als würde er nicht nässen. Sondern nur harmlos vor sich hinsprühen. Der Regen, der einem ins Gesicht klatschte, war zwar auch vor allem unangenehmes kaltes Wasser und kam immer zur falschen Zeit, aber wenigstens unverhohlen aufdringlich.

»Ich nehme braunen Rum mit hoch. Und frisch gepressten Orangensaft. Eiswürfel habe ich auch dabei. Die halten sich in meiner Kühlbox mindestens anderthalb Stunden. Dann male ich ein kleines Schild. Da steht drauf: ›Für dich auch?‹, und das halte ich nur den Allerschönsten hin. Was heißt ›Für dich auch?‹ auf Französisch?«, fragte Hauke.

»Ich glaube ›Toi aussi?‹. Aber sicher bin ich nicht«, murmelte Carlo.

Es war die tauglichste Fantasie für dieses Warten. Für dieses grässliche Rumgesitze in irgendeinem Auto. Hauke und Carlo waren dann gern Bademeister an einem französischen Strand. Selbstverständlich Mittelmeer. Der Atlantik war Carlo zu kalt. Frankreich war Haukes Wahl, weil er dort noch nie war. Aber in der

Schule in Heide, Holstein, war er zu einer Brieffreundschaft mit Bernadette gezwungen worden. Auf welchen Wegen auch immer war er mit ihr über Facebook seit einigen Wochen wieder in Kontakt. Er erzählte es noch nicht einmal Carlo. Aber wenn er joggte, hörte er dabei ein Französisch-Lernprogramm.

»Und du?«, fragte Hauke.

»Ich werfe den Mädels diese Prosecco-Dosen von Paris Hilton zu. Du weißt doch, Prosecco ist der Frau, was der Katze die Milch ist.«

»Aber dieses Zeug in Dosen ist doppelt geschmacklos.«

»Wenn eine zarte Frau, und ich nehme mal an, du legst es auch an unserem Strand nicht auf Maschinen an, wenn also eine zarte Frau deinen Rum mit O-Saft trinkt, sinkt die unten an deinem Aussichtsturm bewusstlos zusammen. Dann kannst du ihr auch gleich mit einem kleinen Stein die Lichter ausschießen.«

Hauke knetete nachdenklich seine Unterlippe.

»Vielleicht hast du recht. Aber ich kann eben an einem französischen Strand meine sprachlichen Möglichkeiten nicht voll ausspielen, das ist das Problem«, Hauke redete wie im Selbstgespräch.

»Weil du nicht weißt, was ›Na, auch hier?‹ auf Französisch heißt? Oder was meinst du mit deinen sprachlichen Möglichkeiten?«

»Na klar, ich bin der RTL-Proll und du wieder der Lyrizist, herzlichen Dank«, Hauke fuhr nur dann leicht aus der Haut, wenn er müde war. Oder hungrig. Momentan war er beides.

»Es heißt Lyriker, du Leuchte. Nicht Lyrizist.«

»Ach, am Arsch geleckt«, Hauke nahm sich eine Zigarette aus der Schachtel und zündete sie an. Nach dem ersten Zug drehte er sich zum grinsenden Carlo um und deutete mit der Zigarette auf ihn.

»Du arroganter Mutant«, bellte er, »ich habe auch studiert. Und das weißt du ganz genau.«

»Du bist von der Sportkompanie bei der Holzkopf-Bundeswehr in die Verwaltungshochschule rübergerutscht und durftest in den gehobenen Dienst einsteigen, weil du so schnell rennen kannst und Deutschland irre stolz auf dich ist. Und niemand sagt, dass du doof bist. Höchstens ein bisschen.«

»Immerhin wäre ich beinahe Leichtathletik-Europameister geworden. Und du bist leider nur ein Menschenversuch«, Hauke war mit sechzehn Deutscher Junioren-Meister im 5000-Meter-Lauf geworden. Bei der Bundeswehr riss dann ein Kreuzband, und Hauke musste sich vom Leistungssport verabschieden. Keine Triumphe. Stattdessen Fußstreifen-Praktikum bei der Polizei. Carlo merkte, wie die Gereiztheit seines Partners schon wieder wich.

»Warum versuchst du es nicht mit Campari und Orangensaft?«, fragte Carlo.

»Ist mir ein bisschen bitter, dieses Zeug. Aber passt natürlich in die warme Gegend«, Hauke wurde von Carlo unterbrochen, der die Hand hob und auf den Eingang des Hauses zeigte.

Sie sahen eine Gestalt in Allwetterjacke, die das Fahrrad mit der Hüfte abstützte und in einem Umhängebeutel aus LKW-Plane offenbar die Haustürschlüssel suchte. Als die Gestalt gefunden hatte, was sie suchte, nahm sie die Wollmütze vom Kopf. Schulterlange brünette Haare. Das war nicht Fabian Rensmann.

Sondern eine Frau. Das konnte auch keine Perücke sein. Carlo sah sich das Gesicht des Mannes auf dem Foto, das auf dem Armaturenbrett klebte, noch einmal genauer an.

Sie wussten von einem GEZ-Mann, den sie vorhin auf der Straße ein wenig bedrängt hatten, dass die Wohnung von Hanna Karelius in der zweiten Etage links war. Die Frau schaltete im Hausflur Licht an.

Hauke öffnete kurz die Autotür und ließ die Kippe zu Boden fallen.

»Vielleicht geht die ins Hinterhaus«, sagte Carlo, ohne den Blick vom Haus abzuwenden.

»Dann müsste sie Birlik, Yücel oder Gökçöl mit Nachnamen heißen«, referierte Hauke aus seinem Notizblock. Er hatte alle Namen von den Klingelschildern aufgeschrieben.

In der zweiten Etage links wurde jetzt das Licht eingeschaltet. In Hanna Karelius' Wohnung. Bingo.

Die beiden sahen, wie sich die Balkontür öffnete, aber niemand auf den Balkon heraustrat. In zwei weiteren Räumen schien Licht auf. Carlo bekam die Frau aber auch durch das Nachtsichtglas nicht wirklich zu sehen.

»Hochgehen?«, fragte Hauke. Carlo überlegte und nickte dann.

Die Haustür schloss nicht richtig. Die Frau hatte jedenfalls nicht darauf geachtet, die Tür hinter sich wieder abzuschließen. Im Wedding konnte das eine problematische Nachlässigkeit sein, dachte Carlo und ärgerte sich gleichzeitig über seine Amtlichkeit bis in die Gedanken hinein.

Als sie vor der Wohnungstür standen, zögerte Hauke zu klingeln.

»Was denn?«, zischte ihn Carlo an und drückte mit seiner schaufelgroßen Hand auf den kleinen Klingelknopf.

Innen war ein verrostetes Schrillen zu hören. Dann Schritte.

»Ja?«, kam es von drinnen.

»Kriminalpolizei. Wir würden Sie gerne was fragen«, rief Hauke.

Carlo verzog das Gesicht und sah Hauke fragend an. »Was fragen?«, flüsterte er. Hauke winkte ab.

»Haben Sie solche Dinger?«, fragte die Frauenstimme von innen.

»Was meinen Sie?«, gab Carlo zurück.

Hauke hielt seinen Dienstausweis hoch. Carlo nickte erneut.

»Ich schiebe Ihnen meinen Dienstausweis unter der Tür durch«, rief Hauke. So laut, dass auch hinter der Wohnungstür auf der anderen Seite des Flurs Geräusche zu hören waren.

Jetzt öffnete sich die Tür von Hanna Karelius' Wohnung einen Spaltbreit.

»Was ist denn?«, aus der Wohnung war das Plätschern von Wasser zu hören. Es roch nach Eukalyptus.

»Wir würden gerne mit Ihnen sprechen. Und wären Ihnen sehr verbunden, wenn Sie uns reinlassen würden«, sagte Carlo so sanft wie möglich.

»Aber was wollen Sie denn von mir?«

»Das würden wir Ihnen dann erklären«, Carlo wusste nicht genau, was er ihr eigentlich erklären wollte. Sie sollte ihnen sagen, wie sie hieß und was sie in dieser Wohnung machte.

»Ich wollte ein Bad nehmen und bin nicht angezogen«, die junge Frau sprach in einem verhaltenen, sehr verschnupft klingenden Ton.

»Wir könnten warten, bis Sie sich etwas angezogen haben«,

Carlo warf Hauke einen scharfen Blick zu. Denn der formte mit seinen Händen eine Frauenbrust nach und leckte sich über die Oberlippe. Ein dämlicher Penner manchmal, dachte Carlo.

Sie seufzte und schloss die Tür wieder. Geräusche, Getrampel, dann öffnete sich die Tür komplett.

»Bitte«, raunte sie und wendete sich sofort ab. Sie trug einen langen Bademantel, dicke Socken und einen Schal um den Hals. Sie gingen durch einen Hausflur, in dem ein großes Poster des Schauspielers Jürgen Vogel als junger Friedrich von Preußen hing. Offenbar signiert. Auf dem Boden lag ein kleiner Stapel Wäsche. Eine feuchte Jeans und sehr nass wirkende Schuhe.

Die Frau bedeutete den beiden, in die Küche zu gehen.

Carlo und Hauke setzten sich hin, ohne eine Aufforderung der Frau abzuwarten. Geländegewinn, Zeitgewinn. Denn eigentlich war diese Frau zu gar nichts verpflichtet, musste sie noch nicht mal in die Wohnung lassen. Aber Fabian Rensmann hatte mit dieser Wohnung zu tun. Oma Mullah erschien es dringlich, diesen Mann zu befragen. Immerhin hatte er schon einmal einen teuren Geländewagen angezündet, einen Polizeibeamten geohrfeigt und vor allem wegen einer Drogengeschichte schon eingesessen. Inwiefern das bewies, dass ihm auch Bombenlegerei zuzutrauen war, musste Carlo nicht entscheiden. Die Verbindung zu Hanna Karelius war zumindest interessant.

Hauke holte sein Notizbuch heraus. Leider auch das Päckchen Zigaretten: »Darf ich?«, fragte er.

»Nein, Sie dürfen nicht«, so bestimmt hatte die Frau bisher überhaupt noch nicht geklungen. Carlo sah Hauke eindringlich an und schüttelte den Kopf.

Die Frau setzte sich nicht zu den beiden, sondern blieb stehen. Dabei hielt sie den Bademantel am Hals zu. »Für den Fall, dass Sie es auf den Dienstausweisen nicht erkennen konnten: Das ist mein Kollege Kriminalkommissar Hauke Wendel, mein Name ist Carlo Sand ... Sand ... Punkt. Wir ermitteln wegen dieses Brandanschlags auf die ›Bruno‹-Verleihung.«

Carlo machte eine Pause.

»Wissen Sie, wie es Hanna geht? Im Krankenhaus haben sie mir nichts gesagt, weil ich keine Angehörige bin.«

»Wer sind Sie denn?«, fragte Hauke.

»Mein Name ist Anne«, die Frau hielt inne.

»Anne ...«, Pause, »Anne Schäfer.« Für wie doof hält die uns, fragte sich Carlo. Denkt sich in unserem Beisein einen Nachnamen aus.

»Frau ... Anne, Sie wissen, dass wir Ihre Angaben überprüfen werden. Denn wie ich schon sagte, wir sind keine Zeugen Jehovas, wir kommen von der Polizei und müssen uns um ein Kapitalverbrechen kümmern, bei dem gestern Abend drei Menschen ums Leben gekommen sind.«

»Klar«, sagte sie und sah sie aus glasigen Augen an. Fieber, dachte Carlo.

»Ich mache mir gerade einen Tee. Möchten Sie auch einen?«, fragte sie. Carlo musste nicht hinsehen, um vor sich zu sehen, wie eifrig Hauke nickte.

Carlo nahm ein Bild von Fabian Rensmann aus der Innentasche seiner Jacke.

»Wann war dieser Mann zum letzten Mal hier?«, fragte er.

Anne griff zu einem Taschentuch und schnäuzte sich.

Dann zuckte sie mit den Achseln.

Im Wasserkocher begann es zu brodeln.

»Aber Sie kennen den Mann?«, aus dem sanften Tonfall von Haukes Frage lernte Carlo, dass der diese junge Frau bereits mochte.

»Ja«, antwortete sie, »Fabian.«

»Und weiter?«, fragte Carlo.

Wieder zuckte sie mit den Achseln. Sie drehte sich um und verteilte das dampfende Wasser auf drei Becher.

Dann stellte sie vor jeden der beiden Polizisten einen Becher auf den Tisch. Carlo musterte das Schildchen des Teebeutels.

»Sie kennen seinen Nachnamen nicht?«

Anne setzte sich und sagte nichts.

»Oder lehnen Sie Nachnamen generell ab? Könnte ja sein, denn Sie haben sich für uns ja auch einen neu ausgedacht?«, setzte Carlo nach.

Anne stand wieder auf und ging in den Flur der Wohnung. Dort nestelte sie an ihrer Tasche. Carlo sah Hauke an, der zuckte mit den Schultern.

Als sie zurückkam, legte sie ihren Personalausweis vor Carlo auf den Tisch. Der nahm die Karte in die Hand.

»Anne Randebrock«, murmelte er und begutachtete die Rückseite.

»Sie sind in Potsdam-Babelsberg gemeldet«, sagte er.

Anne blickte auf ihre Tasse und zog die Nase hoch.

»Bei meinen Eltern«, sagte sie. »Mein Vater ist Joachim Randebrock.«

Carlo sah Hauke an. Der zeigte keine Regung. Carlo ahnte, sein Partner würde nicht wissen, warum die Nennung des Namens überhaupt eine Reaktion auslösen sollte.

»Der Öl-Randebrock?«, fragte Carlo.

»Sie können auch sagen: Der, der die Kinder verbrannt hat. Ich weiß um die Popularität meines Vaters.«

»Wie sicher sind Sie denn dann in dieser Wohnung? Die Kollegen werden doch mit Ihnen gesprochen haben«, Carlo bemühte sich jetzt auch behutsam zu klingen.

»Diese Wohnung hat Hanna gemietet. Ich zahle ihr Miete. Außer ihr weiß keiner, der es nicht wissen sollte, dass ich hier lebe«, ihre Erkältung ließ Anne husten. »Ich bin sehr interessiert daran, mein Ding machen zu können. Unabhängig von meinem Vater. Ich studiere an der Humboldt-Uni europäische Ethnologie. Und ich verdiene mein eigenes Geld mit Jobs. Mein Vater akzeptiert das.«

»Und den kann hier noch niemand gesehen haben, weil er Sie nie besucht?«

»Das ist hier Wedding. Hier gibt es keine Blockwarte, die auf dem Kissen im Fenster liegen und gucken, wer kommt und geht«, Anne sprach noch heiserer als zuvor.

»Und dieser Fabian weiß auch nicht, wer Ihr Vater ist?«

»Nein. Hanna kennt den erst ein paar Tage. Da sollte es mich sehr wundern, wenn die vor allem über mich oder meinen Vater reden. Zumal Hanna weiß, dass ich es echt nicht mag, wenn Leute mir zuallererst sagen, wie krass daneben sie Joachim Randebrock finden.«

»Was können Sie uns denn über diesen Fabian sagen? Haben Sie eine Telefonnummer? Hat der sich bei Ihnen danach erkundigt, wie es Frau Karelius geht?«

»Nein, hat er nicht. Wie ich schon sagte, wäre ich auch die falsche Adresse. Denn ich weiß ja nichts. Und seine Nummer kenne ich auch nicht.«

»Haben Sie durch Zufall mitbekommen, wo er wohnt?«, wollte Carlo wissen.

Anne schnäuzte sich erneut.

»Hören Sie«, sagte sie dann, »Hanna ist dabei, Fabian kennenzulernen. Hanna. Nicht ich. Denn wir teilen die Wohnung. Nicht die Männer. Ich habe ihm, wenn ich mich richtig erinnere, zweimal ›Hallo‹ gesagt. Und einmal habe ich ihm mein Fahrrad geliehen, weil er schnell irgendwohin musste. Das war es. Ich kann Ihnen ansonsten nichts über diesen Mann sagen. Geht es Hanna so schlecht, dass Sie sie nicht nach ihm fragen können? Was ist mit ihr?«

»Sie ist verletzt. Aber sie wird nicht lange im Krankenhaus bleiben müssen.« Carlo stand auf, Hauke auch.

Als müsste sie sich auf einen offiziellen Moment vorbereiten, zog Anne den Gürtel ihres Bademantels noch etwas fester.

»Danke für den Tee«, sagte Hauke.

»Trinken Sie gern Erkältungstee?«, fragte Anne.

»Ich trinke nichts anderes«, grinste er und folgte Carlo, der schon an der Tür stand. Ehe Anne sie schließen konnte, gab Carlo ihr eine Visitenkarte.

»Wenn Sie Fabian Rensmann sehen, dann sagen Sie ihm bitte, dass wir mit ihm sprechen müssen. Und dass er sich eine Menge Ärger spart, wenn er sich meldet und wir ihn nicht weiter suchen müssen.«

Anne nickte und schloss die Tür. Sie hustete erneut.

Ihr Badewasser würde hoffentlich noch nicht kalt sein. Sie ging in ihr Zimmer und zog Fabians Tasche unter dem Bett hervor. Zum wer-weiß-wie-vielten Mal überlegte sie, ob sie nicht einfach den Reißverschluss öffnen und in die Tasche gucken sollte.

Aber was, wenn er bemerkte, dass sie geschnüffelt hatte? Er könnte sauer auf sie sein. Und das wollte Anne nicht riskieren.

Berlin-Zehlendorf
22.35 Uhr

Er war schon ein ganzes Stück weiter.
 Die Verbesserung ist mit Händen zu greifen, dachte Georg.
 Sex hilft nun mal. Natürlich nur guter Sex. Gedankenlose Hingabe. Wenn das Hirn nur noch Rauschbilder lieferte. Klar, er war müde. Vor einem kompletten deutschen und einem ganzen amerikanischen Tag war er das letzte Mal aus einem Bett aufgestanden. Aber es war eben auch nur die Müdigkeit. Der Weg nach Osten fiel ihm immer schwerer. Morgen würde die Welt ganz anders aussehen. Georg hatte schon den Wecker gestellt. Auf sieben. Wie früher. Oder war es damals halb sieben gewesen? Mit Mozart hatte ihn Wölfchen immer geweckt. Mit irgendeinem fröhlichen Pomp aus der »Hochzeit des Figaro«.
 Er blickte in die Flammen im Kamin. An der Wand rechts neben ihm stand die Musikanlage. Das Beste vom Besten. Jedenfalls gab es Ende der 70er-Jahre keinen brillanteren Plattenspieler. Offenbar hatte seinem Onkel die alte Technik nicht mehr genügt. Die Docking-Station für einen MP3-Player passte nicht in das Ensemble aus Geräten, an denen noch Zeiger hinter beleuchteten Fensterchen die Amplituden der Musik anzeigten. Georg hatte sich überwinden müssen, um eine Schallplatte aus der stäubchenfreien Ordnung des Regals zu ziehen. Sein Onkel hatte alles so hingestellt. Würde es aber nie mehr ordnen und die angeschlagenen Ecken der Ray-Charles-Plattenhülle nie mehr mit Tesa-Film verstärken können. Aber er hätte »Bye bye love« an einem solchen Abend passend gefunden, dachte Georg. Bei aller Ordnung war es ihm auf die Musik angekommen. Nat King Cole. Oder Perry Como. Ganz wichtig. Pierino Ronald »Perry« Como. Auch so ein Ritual. »Was hat der nach der High School gemacht?«, fragte Onkel Jupp ein ums andere Mal. »Er hat einen Friseursalon eröffnet«, war die erwartete

Antwort des halbwüchsigen Georg. »Ich bin sehr stolz auf dich«, kam dann mit absolut zuverlässiger Sicherheit von Onkel Jupp.

Aber heute Abend ließ Georg Ray Charles singen. Die Leichtigkeit, das Versöhnliche passte so gut in die Stimmung in diesem Raum. Georg nippte an seinem Bordeaux. So gereinigt die Platten waren, so angemessen verstaubt lagen die Flaschen im Keller. Seit Wölfchens Tod hatte Jupp kaum noch Rotwein getrunken. Früher erfreuten sich die beiden immer an der Vorstellung, man habe es nicht wirklich mit Alkohol zu tun. Der Franzose würde stattdessen Sonne in den Flaschen speichern.

Georg musste sich ein Bild machen. Wie der Laden lief. Was er vielleicht besser machen konnte. Am Nachmittag im Café hatte er die Liste gemacht, vor der ihm seit Wochen gegraut hatte. Eine Kolonne von Ziffern. Seine Schulden. Geld, das er auftreiben musste, um Rechnungen zu bezahlen. Georg hatte es sogar fertiggebracht, im Selbstgespräch das Wort »Außenstände« zu verwenden. Er wollte jetzt mehr Kaufmannssprache sprechen. Die Mitarbeiter im Laden sollten das Bild vergessen, das sie von ihm im Kopf hatten. Ein sehr klares Bild. Daran hatte Paula keinen Zweifel gelassen. Der Hallodri aus Amerika. Der Geldgeier. Der Faulenzer. Das frühere Talent, das heute vor allem eine Begabung zum Füßehochlegen pflegte.

»Stimmt es, dass du da drüben eine Yacht hast?«, hatte Paula gefragt. Sein Achselzucken war durchaus eine wahrhaftige Antwort gewesen. Denn es konnte gut sein, dass in diesem Moment ein amerikanischer Steuerbeamter ein Pfändungssiegel an der ›King Jupp‹ in Virginia Beach befestigte.

Paula sah gut aus. Besser denn je. Anders als Georg erwartet hatte, kein Hut, keine Trauerfeier-Modenschau. Ein schwarzes Kostüm. Die Schuhe mussten teuer gewesen sein. Auch wenn Georg wusste, wie üppig Jupp seine Friseure immer bezahlt hatte, konnte Paula solche Schuhe nicht im Vorbeigehen kaufen. Womöglich ein spendabler Liebhaber. Er hatte nicht gefragt. Schon aus Dankbarkeit nicht. Sie war einfach vorbeigekommen. In sein ehemaliges Schwänz-Café in Wilmersdorf.

Eigentlich war Paula eine Verwandte, hatte er gedacht, als sie zuerst einen Kaffee nach dem anderen und irgendwann Wein bestellt hatten. Sie brauchten keinen Anlauf, keine Ouvertüre, keine originelle Konversation. Sie kannten sich. Er konnte ihr nicht vormachen, jemand anderes zu sein. Er musste es aber auch nicht. Wie viel sie von der ›Sache‹ damals wusste, war Georg gleichgültig. Sie würde es nicht ansprechen, so viel war klar.

Jetzt saß er nackt auf dem Boden. Sie lag hinter ihm auf dem Sofa. Das Feuer wärmte so intensiv, dass der Gedanke an eine Decke abwegig erschien.

Sie strich mit der Hand über seinen Kopf, drehte seine Haare um ihren Zeigefinger. Er strich ihr mit seiner Hand über den Oberschenkel.

Dann stand er auf und legte sich neben sie. Georg küsste Paula auf die Stirn.

»Noch ein Rundflug?«, fragte sie, ohne die Augen zu öffnen.

Georg strich ihr über das Gesicht.

»Du bist von deinen ›toy boys‹ viel zu verwöhnt«, sagte er leise, »ich befinde mich im fünften Lebensjahrzehnt.«

Sie öffnete die Augen und grinste ihn unverschämt an.

»Danke, dass du es ansprichst. Ich wusste nicht, wie ich es sagen sollte, aber dein Hintern beginnt zu hängen.«

Georg biss sie in den Hals. Paula juchzte eher pflichtschuldig, hatte die Augen aber schon wieder geschlossen.

»Was wünschst du dir eigentlich zum 39. Geburtstag?«, fragte Georg.

Paula lächelte, er umarmte sie.

»Ich möchte gerne nach Zehlendorf in eine schöne Wohnung ziehen. Zusammen mit einem echten Arschloch, das mich schon zigmal enttäuscht hat«, murmelte sie.

Warum das gar nicht ging, würden sie morgen besprechen, dachte Georg. Oder ging es doch? Zu anstrengend, um es jetzt zu überlegen.

Morgen müsste er das Paket dieser Sofia abliefern. Wahrscheinlich war er schon spät dran. Müsste auch toll sein, mit ihr vor diesem Kaminfeuer. Ob sie wohl einfach so lossang, wenn ihr danach war? Das würde er gern einmal ausprobieren.

Im Moment sah es jedenfalls gar nicht so schlecht aus.

Aus dem Erbe seines Onkels könnte er mindestens einen Teil seiner Schulden bezahlen. Den Laden würde er gewiss richtig zum Laufen bringen. Wahrscheinlich müsste er sich nur am Anfang etwas intensiver reinhängen. Er könnte Paula zu einer Art Chefin machen. Dann würde es weniger Gemurre geben, weil sie hier nicht einziehen konnte. Jupp würde das gut finden, dachte Georg und schlief ein.

```
Berlin-Kreuzberg
Urban-Krankenhaus
23.20 Uhr
```

»Was lesen Sie denn da?«, fragte Hanna.

Der Polizist vor ihrer Tür hatte sich sichtlich erschrocken, als sie aus dem Zimmer getreten war. Er ließ das Buch an seiner rechten Seite so herunterhängen, dass sie es nicht sehen konnte.

»Ein Buch.«

»Was für ein Buch, zeigen Sie doch mal«, insistierte Hanna.

Der Polizist wurde sofort rot, merkte das offenbar und blickte zu Boden. Weil sie stand und er saß, konnte sie sehen, wie sein Uniformhemd über seinen mächtigen Schultern spannte. Der Mann verbrachte offenbar zu viel Zeit in einer Muckibude, so viel stand fest.

»Ist es ein schweinisches Buch? Sitzen Sie im Krankenhaus und lesen irgendwelche Sauereien?«, fragte Hanna.

Er hielt das Buch hoch, sah aber nicht zu ihr auf.

Es waren die ›Muschelsucher‹ von Rosamunde Pilcher.

»Kommen da Polizisten drin vor?«, fragte Hanna und bemühte sich um einen sanften Tonfall.

Der Polizist schüttelte den Kopf und stand seufzend auf.

Er war nicht viel größer als Hanna. Aber fast doppelt so breit.

Das Gesicht des Mannes war ganz glatt, als würde er sich aggressiv rasieren. Hanna wusste, dass er schon seit mindestens vier Stunden vor der Tür ihres Zimmers saß. Aber er wirkte noch immer frisch geduscht. Sie fühlte sich augenblicklich schmuddelig, auch wenn sie keine Haare mehr auf dem Kopf hatte, die fettig hätten werden können.

»Wo wollen wa denn hin?«, der Polizist sprach gepresst. Offensichtlich setzte ihn die Unterhaltung mit ihr unter Druck.

»Bisschen rumgehen«, sagte Hanna.

»Da komm ick mit«, mit den eckigen Bewegungen, die seine versteiften Muskelberge vorgaben, legte er das Buch auf den Stuhl.

»Das ist sehr nett von Ihnen. Aber echt nicht nötig. Ich gehe nur auf dem Gang ein bisschen auf und ab«, log Hanna.

Sie musste Fabian erreichen. Als sie heute Nachmittag nach ihrem Mobiltelefon gefragt hatte, hatte die Schwester nur gesagt, man habe keins bei ihren Sachen gefunden. Außerdem seien die Dinger im stationären Bereich sowieso verboten. Deswegen musste sie wieder zu der Telefonzelle im Erdgeschoss runterfahren, lächerlich, immer den Polizisten im Schlepptau. In der Hoffnung, nicht schon wieder nur Fabians Anrufbeantworter zu hören. Genau genommen war es nicht seine Maschine, sondern die eines anderen Mannes, der auf dem Ansageband lediglich mit »Krille hier. Jetzt Message« zu hören war. Vier Nachrichten hatte sie schon hinterlassen. Wahrscheinlich in einem peinlich verzweifelten Tonfall. Aber wie konnte der sich so wenig dafür interessieren, wie es ihr ging? Sie hatte sich das alles doch nicht nur eingebildet. Oder doch?

»Ick kann Sie nicht alleine abhauen lassen. Da dreht mir mein Chef die Rosette nach draußen ... also, da kann ick echt 'n Haufen Ärger bekommen, wolln ma ma sagen.«

»Ich haue nicht ab. Bin gleich wieder da. Ist doch bestimmt spannend, Ihr Buch. Sie lesen einfach weiter, und wenn was ist, rufe ich laut nach Ihnen, einverstanden?«

Hanna konnte in seinem Gesicht sehen, wie die nicht besonders üppig vorhandenen Speicherkapazitäten des Polizisten im Abwägungsprozess arbeiteten.

»Na gut«, sagte er schließlich, und seine braunen Meerschweinchenaugen flackerten aufgebracht, »ick will mir ja auch nicht aufdrängen. Aber wenn Sie bald wieder da sein könnten, da wär' ick beruhigt.«

Hanna klopfte dem Mann unbeholfen gegen den Oberarm, auf dem das Polizeihemd wie eine zweite Haut saß.

»Ist versprochen«, sagte sie und zeigte auf das Buch, »das liest mein Vater übrigens auch sehr gern.«

Der Polizist entspannte sich sichtlich und zeigte ein so sanftes

Lächeln, dass Hanna ihn beinahe bitten wollte, er möge sie in den Arm nehmen.

Im Aufzug war die Zittrigkeit sofort wieder da. Sie versuchte, den Vormittag der Preisverleihung zu rekapitulieren. Fabian war pünktlich mit diesem Lieferwagen angekommen. Mit zwei fremden Männern in Begleitung. Ein schwammiger Typ, der etwas Lustiges gesagt hatte. Und ein Älterer, interessantes Gesicht, geschorene Haare. Hatte dieser ältere Typ wirklich eine unangenehme Ausstrahlung gehabt, oder erinnerte sie sich einfach nur falsch?

Er müsse Freunden einen Gefallen tun, hatte Fabian gesagt. An diesem Abend, als sie beim Thai Essen gekauft hatten. Was kalt wurde, weil sie so scharf aufeinander gewesen waren. Oder konnte nur sie nicht von ihm lassen? Wie viel Leidenschaft konnte ein Mann vorspielen? Ein Gefallen für einen von Fabians Bekannten, dessen Blumenladen schlecht lief. Als sie das Essen in der Mikrowelle aufwärmte, waren sie ein bisschen zickig geworden. Genauer: Sie war zickig geworden. Aber eigentlich nur zum Spaß. Weil er so viel nach Anne fragte. Von ›Männer-Umkleide-Fantasie‹ hatte Hanna gesprochen und ihm unterstellt, er würde sich an der Idee von einem Dreier aufgeilen. Darauf war Fabian heftig eingestiegen und laut geworden. Kannte sie bis dahin nicht, diesen scharfen Ton von ihm.

Hatte sich aber bald schon wieder in Luft aufgelöst. Die Nacht danach war wunderbar. Zärtlich, leidenschaftlich, nah.

Aber was unterstellte dieser Riesenbulle, der sie am Vormittag besucht hatte? Was sollte Fabian mit diesem Anschlag zu tun haben? Vor allem: Warum sollte der eine Bombe legen? Aus politischen Motiven? Oder aus religiösen? Hanna hatte ihn selbstverständlich nicht gefragt, welcher Kirche er angehörte. Beschnitten war Fabian, das war ihr wohl aufgefallen. Wahrscheinlich war das in Jauchs Quiz eine Kinkerlitzchen-Frage, höchstens die 1000-Euro-Stufe: In welcher Religionsgemeinschaft ist die Männer-Beschneidung üblich? Leider wusste Hanna die Antwort nicht.

Sie nahm ein Stück von dem mitgebrachten Toilettenpapier aus der Tasche ihrer Jogginghose und griff zu dem Hörer des zerkratzten Münztelefons. Unvorstellbar, dieses grindige Ding mit der bloßen Hand anzufassen. Auch die Hörmuschel hielt sie zwei Finger breit von ihrem Ohr entfernt. Die Kopfhaut begann ihr vor Aufregung zu jucken. Ein Vorteil des rasierten Schädels: Sie konnte sich direkt kratzen.

Jedes Hupen in der Leitung war ein Klingeln. Wo klingelte dieses Telefon? Saß Fabian daneben und ignorierte es? Hockte er so träumend, wie er auf ihrer Matratze gekauert hatte? Die Beine mit den Armen umschlossen, mit einem entrückten Blick aus blauen Augen, die glänzten wie poliert?

Sorge, Scham, Wut, alles verknäulte sich in Hannas Bauch, während es aus diesem ekelhaften Hörer hupte und hupte.

Sie musste an die Enthaarungskugeln denken, die sie immer ihrer Katze Anita gegeben hatte. So was würde sie jetzt wollen. Um den Krampf loszuwerden. Es hupte weiter. Dann flog sie aus der Leitung. Ohne die Ansage von ›Krille‹ zu hören. Hanna schlug den Hörer gegen den Apparat, an dem schon sehr viele Patienten ihre Münzen gerieben hatten.

Wie überall im Krankenhaus roch es auch im Eingangsbereich des Krankenhauses ungut. Es stank nicht. Aber der Geruch erweckte den Eindruck, als würde die Luft unmittelbar einen klebrigen Film auf der Haut hinterlassen.

Aus der Tür des Krankenhauses in die frische Luft zu treten war wahrscheinlich der schönste Moment der vergangenen 24 Stunden. Sie atmete tief durch. Mehrmals. Einige Schritte entfernt ging ein älterer Mann in einem gestreiften Bademantel. In der einen Hand hielt er den Urinbeutel, mit der anderen führte er die Zigarette zum Mund.

Hanna fröstelte. T-Shirt, Jogginghosen, Einmal-Latschen aus dem Krankenhausbestand, beim besten Willen nicht genug für eine Spätwinternacht in Berlin. Aber sie wollte noch nicht wieder in den Klinikmief zurück.

Würde sie nicht vor Kälte zittern, könnte sie ausprobieren, was sie so gerne nachts im Freien tat. Sie versuchte, sich so regungslos wie möglich zu verhalten, und wartete dann ab, was sich um sie herum bewegte. Im Sommer waren das leider unzählige Insekten.

Ansonsten war in Berlin auf die vielen Ratten Verlass. Irgendeine zeigte sich immer. Einmal war Hanna von einer echten Fledermaus umflattert worden. Die Mischung aus Grusel und echter städtischer Natur kitzelte sie regelrecht.

Selbst zu dieser Nachtzeit murmelte in der Nähe Straßenverkehr. Da fuhren Leute von der Arbeit, von einem Essen, von einem Elternabend, von einer Mitgliederversammlung nach Hause. Lothar Büge nicht. Der war ganz oft nach Hause gekommen und kam jetzt nie mehr. Hannas Füße waren schon so kalt, dass sie sich selbst im Bett nur sehr langsam wieder aufwärmen würden. In ihrem Krankenhausbett, in das sie nicht wieder wollte.

Morgen würde sie hier abhauen. Auf eigene Verantwortung. Sie würde denen alles unterschreiben, was sie wollten, aber keine Nacht mehr hierbleiben.

»Hanna«, sie hörte den Ruf zuerst nicht.

»Hallo Hanna«, jemand rief, ohne sich zu trauen, wirklich laut zu sein.

Sie sah nach links, wo der Urinbeutel-Mann wieder Kurs auf den Eingang nahm und routiniert hustete. Rechts sah sie ihn. Er stand ungefähr fünfzehn Schritte von ihr entfernt. Fabian. Er war also doch gekommen.

Sie konnte seinen Gesichtsausdruck nicht erkennen, dazu hätte sie ihre Kontaktlinsen tragen müssen.

Jetzt fiel ihr ein, wie sie auf dem Kopf aussah. Statt auf ihn zuzugehen, strich sie sich über die Glatze.

Er bewegte sich ebenfalls nicht, blieb im Halbdunkel am Ende des Vordaches stehen.

Hanna setzte sich in Bewegung. Schritt für Schritt. Im Näherkommen erkannte sie, dass er sehr wohl lächelte. Schüchtern. Noch schüchterner als sonst.

Wobei das Lächeln schon verschwand, ehe sie ihn erreichte. Er musste irgendwas hinter ihr gesehen haben.

»Tut mir leid, Hanna«, rief er und lief schnell davon.

Hanna musste sich nicht umdrehen, denn der kastige Polizeibeamte war schon auf ihrer Höhe, als sie begriff, was geschehen war. Fabian war hier und schon wieder weg.

»Wer war das?«, fragte der Polizist. Er sah in die Richtung, in die

Fabian verschwunden war. Offenbar wog er noch die Chancen ab, den Mann einzuholen, und entschied sich gegen Rennen.

»Das war ein Mann«, antwortete Hanna, ohne den Pilcher-Freund anzusehen.

»Na, da sagen Sie aber ma was Neues«, gab er zurück.

Hanna blickte dem Mann jetzt in die Augen.

»Ich weiß nicht, wer das war«, sagte sie ruhig. »Ich fahre jetzt wieder hoch. Mir ist kalt«, setzte sie noch nach.

Ihr war aber nicht mehr schlimm kalt. Denn er war gekommen, um sie zu sehen.

BBC World Service
»World Briefing«
6.05 Uhr

Moderatorin Valerie Sanderson: Für die deutsche Polizei gibt es offenbar keinen Zweifel mehr daran, dass am Dienstagabend ein Terroranschlag auf eine prominente Fernsehveranstaltung verübt wurde. Drei Menschen wurden dabei getötet und über 250 verletzt. Nach wie vor ist allerdings unklar, wer für diese Tat verantwortlich ist. In Berlin bin ich jetzt verbunden mit der Chefin des dortigen BBC-Büros, Deborah Griffin. Guten Morgen, Deborah.

Deborah Griffin: Guten Morgen, Valerie.

Valerie: Welche Konsequenzen hat dieser Anschlag für den Alltag der Berliner?

Deborah: Nun, Berlin ist als Hauptstadt sicher die Stadt in Deutschland, die am ehesten an Ausnahmesituationen gewöhnt ist. Ständig kommen Staatsgäste. Großdemonstrationen finden hier statt, der 1. Mai, an dem traditionell junge Leute Prügeleien mit der Polizei suchen. Die Berliner sind also an große Polizeipräsenz gewöhnt. Allerdings ist es unüblich, dass Polizisten mit Maschinenpistolen und Hunden beinahe jeden S-Bahn-Zug kontrollieren.

Die Ausreise am Flughafen Tegel dauert viel länger. Denn die Kontrollen sind logischerweise verschärft worden. Für den Fall, dass die Attentäter das Land noch nicht wieder verlassen haben. Außerdem gibt es überall Verkehrskontrollen. Auch ich bin auf dem Weg ins Studio kontrolliert worden. Und ich bin um 4.30 Uhr zu Hause losgefahren.

Das alles in einer Woche, die eigentlich eine Berliner Festwoche werden sollte. Am Dienstag der Fernsehpreis und am Freitag die Eröffnung des letzten Bau-Großprojekts nach der deutschen Einheit, denn am frühen Sonntagmorgen soll der Betrieb am Großflughafen Berlin-Schönefeld starten.

Valerie: Aber über die Täter ist nach wie vor nichts bekannt? Gibt es denn Vermutungen?

Deborah: Sagen wir, es gibt nicht mehr als Mutmaßungen. Wenn Sie sich an die Seven/Seven-Bombenanschläge in London am 7. Juli 2005 erinnern, da tauchte sehr bald ein Video auf. Da klagte einer der Selbstmordattentäter die britische Gesellschaft und besonders Premierminister Tony Blair an.

Hier ist nur klar, dass es sich nicht um Selbstmordattentäter handelt. Denn die drei Toten sind identifiziert. Die Polizei hat auch bestätigt, dass die Sprengsätze in Blumenkübeln versteckt waren. Vergraben in Hundekot.

Wenn wir bei den Mutmaßungen bleiben: In vielen deutschen Medien geht man offenbar mit großer Sicherheit davon aus, es mit islamistischem Terror zu tun zu haben. In eher links stehenden Zeitungen wird bereits gefordert, der Afghanistan-Einsatz der Bundeswehr müsse jetzt sofort beendet werden. Ehe der Krieg nach Deutschland getragen werde.

Valerie: Wie geht denn die deutsche Gesellschaft überhaupt mit der Tatsache um, dass es ein Attentat gegeben hat und es sich möglicherweise um politisch motivierten Terrorismus handelt? Haben Sie davon schon einen Eindruck?

Deborah: O doch. Dazu muss man nur das Fernsehprogramm verfolgen. Seit gestern gibt es fast nur noch Sondersendungen, Expertenmeinungen und Spekulationen über die Täter.

Es ist kein Wunder, dass es das deutsche Wort ›Angst‹ auch in unsere englische Sprache geschafft hat. Denn das ist es, was die Menschen äußern, wenn ihnen ein Mikrofon hingehalten wird. Sie haben Angst. Ohne genau zu wissen, von wo oder von wem eigentlich Gefahr droht, sie fürchten sich.

Positiv ausgedrückt ist es so, dass die deutsche Gesellschaft zutiefst zivil geworden ist. Die allermeisten Menschen hier haben mit dem Stahlhelm-Klischee unserer britischen Fernsehserien nichts, aber überhaupt nichts mehr zu tun.

Negativ ausgedrückt: Eine große Zahl der Deutschen neigt zu einer gewissen Wehleidigkeit. Sie sind ein friedliches Leben gewohnt, das der Wohlstandsmehrung dient. Krieg und sonstiges Ungemach droht anderen und spielt sich woanders ab. Deutschland tut keiner was, weil Deutschland das Land der Gerechten ist. Wenn Sie sich die deutschen Grünen ansehen, dann geben die sich eher als religiöse Gemeinschaft denn als politische Macht. Gegründet auf – da ist es wieder – Angst vor der Atomkraft. Und zum Erfolg geführt als Gruppe, die nicht einfach regieren will, sondern die im Auftrag der Kinder antritt, die Welt zu retten. Solche Leute werden nicht, wie seinerzeit George W. Bush oder Tony Blair, erklären, dass sie diese und alle anderen potenziellen Attentäter suchen und unschädlich machen werden.

Valerie: Und Aktionen wie »We're not afraid«, also »Wir haben keine Angst«, wie sie nach den Anschlägen im Juli 2005 hier in London aufkamen? Die tauchten aus der Web-Subkultur auf und die gibt es doch sicherlich in großen deutschen Städten auch?

Deborah: Da bin ich in der Tat mal gespannt. Denn auch hier kommen wir mit den in England so geliebten Vorurteilen von den mürrischen und komplett humorlosen Krauts nicht mehr weiter.

Wenn ich eben angedeutet habe, wie hedonistisch und spaßverliebt vor allem die jüngeren Deutschen mittlerweile sind, dann gehört selbstverständlich auch der Humor dazu. Es geht sogar so weit, dass einige der übrig gebliebenen literarischen Zauselbärte gelegentlich ein anti-intellektuelles Klima bejammern, in dem in Deutschland nichts mehr ernst genommen würde.

Wir dürfen aber nicht vergessen: Dieses Attentat vom Dienstag hat keine wahnsinnig hohe Zahl von Opfern gefordert. Aber eben weil es eine TV-Veranstaltung war, ist auch der Schrecken einer solchen Tat aus zig Perspektiven zu sehen. Schreiende, stürzende Menschen, mitunter sogar bekannte Gesichter, die völlig außer sich sind, so was geht selbst abgebrühten Naturen unter die Haut. Und die Deutschen sehen seit mehr als 24 Stunden fast nichts anderes im Fernsehen.

Valerie: Wer hat bei einer Fernsehpreis-Verleihung in Berlin eine Bombe zur Explosion gebracht? Bisher gibt es kaum Antworten, vielen Dank an die Leiterin des Berliner BBC-Büros, Deborah Griffin.

Wien
Hotel Sacher
6.30 Uhr

Er solle bloß kein Zimmer im »Hotel Sacher« nehmen. Hatte Jarius gesagt. Der auch sein Abteilungsleiter war. Nicht nur Zachs Freund.

Von einem ›Zimmer‹ im »Hotel Sacher« konnte auch nicht unbedingt die Rede sein. Zach hatte das ›Gustav-Mahler-Paket‹ im Sacher gebucht. Wahnsinns-Frühstück, das vor einigen Minuten auf einem Prachtwagen in sein 50 Quadratmeter großes Zimmer geschoben worden war. Zum Abschied würde es eine ›Sacher‹-CD geben, die Zach seiner besten Freundin mitbringen wollte, Rosalie. Jarius' Ehefrau. Sie hatte in Salzburg am Mozarteum Klavier und Querflöte studiert. Mittlerweile gehörte sie seit Jahren zum Ensemble des National Symphony Orchestra in Washington DC. Zach nippte an seinem Kaffee und strich den Einkaufszettel glatt, den Jarius ihm, in Rosalies Auftrag, mitgegeben hatte.

Wie immer hatte er sein ›inneres Gepäck‹ vor sich auf dem Schreibtisch ausgebreitet. Die Waffe und die Ersatzmunition. Die Akten, die ihm Jarius mitgegeben hatte. Mit den unzähligen Verweisen darauf, wie geheim dieses Material war und in welche juristische Hölle derjenige geraten würde, der damit fahrlässig umging. Seine Brieftasche mit großen Euro-Noten, an deren Buntheit er sich nicht gewöhnen konnte. Das umgedrehte Bild von Julia wusste er im Reißverschlussfach. Er würde es nicht herausholen.

Denn ihm war bereits komisch genug zumute. Zach glaubte nicht an Vorahnungen. Er würde jedenfalls niemals laut sagen, wie gut er die Ahnungen in Erinnerung behielt, die sich bewahrheitet hatten, an diesem schmuddeligen Septembertag in Nebraska. Sie standen vor dem Haus. Unauffällig, nicht runtergekommener als die Nachbarhäuser. Aber eben der Ort, an dem das perverse

Schwein wohnte, das sie monatelang gesucht hatten. Der Mann, der Babys den Kopf abtrennte. Sie stürmten das Haus, und Zach war der Agent, der die ›Bowlingbahn‹ entdeckte. Mit den Kegeln, auf die der Täter die Babyköpfe montiert hatte.

Zach bezeugte die Hinrichtung des Mannes. Die Erleichterung, die er herbeigesehnt hatte, stellte sich aber auch durch den Tod des Schweins nicht ein.

Er war sich nicht sicher, ob es ein Gefühl war wie seinerzeit vor diesem Haus. Er saß in Wien. In einem Zimmer, in dem andere Amerikaner lediglich vor Freude wahnsinnig würden, wie schön alles war. In einem Hotel, wo ein Mensch mit fabelhaften Umgangsformen fragte, in welchem Farbton das Zimmer gestaltet sein solle. »Wer ist hier der Voodoo-Nigger? Vergiss Vorahnungen, du abergläubischer Judenbengel«, hätte ihm Jarius mal wieder gesagt, wenn er jetzt hier wäre.

Zach suchte und fand an der eleganten Stereoanlage den Sender, der Johann-Strauß-Melodien spielte. Beim Laufen hatten ihn die süffigen Walzer schon häufig in Hochstimmung versetzt. Heute halfen sie nicht weiter.

Formal war alles geregelt. Zach dachte an sein Testament. Ordentlich in der Zentrale in DC hinterlegt. In seinem letzten Willen lehnte Zach deutlich jeden Fahnen-Schabernack und fetischistisch gewienerte Uniformstiefel ab. Alles, was ihm gehörte, sollte an Julia übergehen. Auf diese posthume Gehässigkeit war er regelrecht stolz. Mit dem, was Zach gehörte, würde Julia höchstens das Benzin für die Yacht an einem Wochenende bezahlen können. Er hoffte inständig, der Reichtum ihrer stinkreichen Immobilien-Heuschrecke auf Bermuda würde ihr für einen Moment obszön vorkommen. Wenn auch zu spät. Denn Zach musste für diesen Spaß tot sein.

Er schob das geladene Magazin in den Revolver. Sein Arm war dabei schwerfällig. Die 140 Liegestütze dieses Morgens zeigten Wirkung. Aber eben nur bei der Bewegung. Seine Hoffnung, dass er sich durch die körperliche Anstrengung innerlich ruhiger fühlen würde, hatte sich nicht erfüllt.

Die größere Garantie, sich doch noch entspannen zu können, war Georg. Sein Friseur aus Washington, der aus irgendwelchen

Gründen auch nach Europa gereist war. Nach Berlin. Einer der positivsten Leute, die Zach kannte. Obwohl Georg Deutscher war. Zach hasste Karaoke. Wie jeder vernünftige Mensch. In Georgs Gesellschaft sah und hörte er sich selbst »I'm every woman« von Chaka Khan singen. Zwischen Weihnachten und Neujahr, auf der joghurtdeckelgroßen Bühne einer Bar im Washingtoner Ausgehbezirk Adams Morgan.

Georg wusste wahrscheinlich nicht, was Zach beruflich tat. Er hatte noch nie gefragt. »Ich bin in Wien, umzingelt von Österreicherinnen, die attraktiv, belesen und anscheinend überhaupt nicht anti-amerikanisch sind. Sie würden mir sofort das Tor zum Paradies zeigen. Wenn ich nur eine taugliche Frisur hätte. Du musst mir helfen, Bruder, komm vorbei«, so lautete die Botschaft, die Zach auf Georgs Mailbox hinterlassen hatte.

Das Zimmertelefon klingelte. Er griff zur Waffe, weil er nicht sicher war, ob die Klingel an der Zimmertür womöglich als Telefongeräusch zu hören war. Zach richtete die Pistole auf die Tür und nahm den Hörer ab.

»Möchten der Herr Lipschitz noch eine Portion Kaffee, bittschön?«, der Etagenkellner sprach nicht, er schnurrte.

»Ja, dem wäre schön«, Zach merkte, wie ungerade sein Deutsch herauskam. Dabei war er noch vor ein paar Jahren so stolz gewesen, wenn ihn Julias Freunde lobten, weil er ohne Akzent sprach.

Was war es nur, was ihm die Stimmung so eindunkelte?

Gewiss nicht diese junge Frau. Aus der Akte ergab sich kaum mehr, als Jarius schon erzählt hatte. Manches nur Google-Informationen. Also kaum verlässlich. Sofia Pahl, 29 Jahre alt. Tochter eines norddeutschen Unternehmers, der mit Artikeln für Krankenzimmerhygiene ein Vermögen verdient hatte. Die potenzielle Erbin eines Bettpfannen-Moguls.

Was wollte dieses Mädchen nur von diesem Araber? Bei diesen Unterlagen über Mahmut El-Kebir war Zachs Vorfreude auf den Wien-Aufenthalt rasch im Staubsaugerbeutel verschwunden.

Schwerstkriminelle waren die natürliche Kundschaft in Zachs Profession. Aber was sich aus der Vita dieses Mannes erschloss, rüttelte für Zach erstmals an den für ihn bisher gültigen Geschäftsbedingungen:

»Wir sind zwar nicht wirklich die Guten. Aber wir sind nicht so schlimm wie die anderen. Und deswegen gewinnen wir immer.«

In Afghanistan unternahm eine Streitmacht seit einem Jahrzehnt den Versuch, Islamisten auszuräuchern. Teuer. Opferreich. Erst vor zwei Monaten war der Sohn einer Bekannten in irgendeinem afghanischen Rattenloch von einem Sprengsatz zerschmolzen worden. Währenddessen ließen dieser El-Kebir und seine Partner Flugzeuge vom Typ Boeing 747, ausgewachsene Jumbo-Jets, in der nordafrikanischen Wüste landen. Randvoll mit Drogen. Beim Entladen und Verstecken der Drogenhändler halfen Tuareg. Dieses Volk von Edel-Nomaden, das Zach lange Zeit für eine Erfindung gehalten hatte. Nur ausgedacht, damit Joan und John eine Vorlage für die Wüstenkrieger-Rollenspiele im Schlafzimmer in Des Moines, Iowa, hatten.

Die 747 starteten nicht wieder. Sondern wurden vor Ort verbrannt. So lukrativ war das Geschäft. Die Drogen gingen an die europäischen Mafiosi, die am besten bezahlten. Der Erlös dann direkt in den Heiligen Krieg von Al-Qaida.

Auch wenn es fantastisch klang: Diese Informationen las Zach in einem CIA-Bericht. Wenn irgendjemand sich niemals der fantasievollen Dichtung bezichtigen lassen musste, dann jemand, der bei der CIA sein Geld verdiente. Ruchlosigkeit, Grausamkeit, beengter Horizont, vage Vorstellungen von Rechtsstaatlichkeit, alles Zugangsvoraussetzungen. Aber Einfallsreichtum wurde nicht verlangt.

Zach würde gleich auf einen CIA-Mann treffen und wollte den sehr gern für seine Düsterkeit verantwortlich machen. Die Kümmerlichkeit manches Individuums aus Langley hatte auch durchaus etwas Deprimierendes. Zach wusste aber, dass er etwas Schlimmeres spürte. Eine unklare Angst.

Jetzt klingelte es tatsächlich an der Zimmertür.

6.45 Uhr. Zu den überflüssigen Sekundärtugenden eines CIA-Agenten gehörte auch noch eine affig übertriebene Pünktlichkeit. Es musste der Sektionschef Osteuropa, Tyler Fitch, sein.

Er klippte sicherheitshalber die Waffe dennoch an den Gürtel und drückte die Türklinke herunter.

Wien
Stiftswald
7.15 Uhr

Noch schützte sie die Dunkelheit.

Eine halbe Stunde noch. Dann müssten sie wieder bei den beiden Autos sein. Sie waren tief im Stiftswald. Wie schon so oft. Auf Wegen, auf denen kein Anwohner seinen Hund zu dieser Zeit des Tages Gassi führen würde. Wo sich niemand wunderte, warum eine Gruppe junger Leute in formaler Kleidung und mit Stirnlampen joggte. Die Männer in Geschäftsanzügen mit Hemden und Krawatten. Sofia sogar in einem Abendkleid. Immerhin unter einem Anorak, denn sie durfte sich so kurz vorher vor allem nicht erkälten.

Freitagabend würden sie alle um ihr Leben laufen. Kein sonderlich raffinierter Plan. Aber weil es letztlich so einfach war, glaubte Sofia an einen Erfolg. Sie würde von der Bühne genau sehen, wenn das Schwein zu seiner Privatmaschine ging. Denn er sollte den Eröffnungsstart machen. Größter Investor, größtes Privileg. Ein klarer Fall, nach deren Logik. Für ihren Pager war in ihrem Abendkleid eine kleine Tasche eingenäht. Die Nachricht würde zuverlässiger und ohne das Signal eines Mobiltelefons bei den anderen landen. Jules würde die Boden-Luft-Rakete im richtigen Moment auf die Schulter nehmen und das Schwein vom Himmel holen. In dem allgemeinen Schock würde Sofia zurück in ihre Kabine gehen, dort anzünden, was sie an Brennbarem findet, und fertig wäre das Chaos. Es würde keine Fluchtfahrzeuge geben, keine sonstigen Überbleibsel, denn sie würden weglaufen. Wie im Kinderspiel. Wie jetzt, zum letzten Mal, im Training im Stiftswald bei Wien.

Ben war der schwächste Läufer. Zu viel Alkohol. Anders als Torben und sie schnaufte er vernehmlich. Vom Hurenbock, höchstens eine Schrittlänge hinter ihr, waren selbst die Schritte kaum zu hören. Hier war er ganz und gar in seinem Element. Denn hier regierte die pure Physis. Sie hätte sich eher auf die Zunge gebissen, als es laut zu sagen, aber bei Jules musste sie an das Sartre-Zitat denken: »Der Mensch ist nichts anderes, als wozu er sich macht.« Dieser Mann hatte sich zu einem Quasi-Tier gemacht. Gelegentlich beantwortete er Torbens neugierige Fragen nach seiner militärischen Ausbildung wenigstens einsilbig. Schon diese dürren Informationen hatten genügt, um zu begreifen, zu was sich Menschen abrichten lassen konnten. Im Dienste eines Systems, das sich Existenzen gierig bediente, die sich zu völliger Kaltblütigkeit erziehen ließen. Dieser Mann konnte im Wald die nächsten drei, vier oder sogar fünf Tage zurückbleiben. Aber er bliebe für jeden Gegner in jedem Moment eine todbringende Gefahr. Er war gefährlich, um gefährlich zu sein. Für ihn gab es keinen größeren Gedanken, keinen Rahmen, schon gar kein Ziel. Frauen waren Fickware, der Alkohol ein treuer Bruder und echte Arbeit der schlimmste Feind. Eine Gestalt wie Jules verkörperte eigentlich alles, gegen das Sofia und ihre Mitstreiter in den Kampf gezogen waren. Aber zumindest bis Freitagnacht war er ihr Verbündeter. Einen gewissen Erfolg als Ausbilder musste sie ihm zubilligen. Ben, Torben und sie selbst liefen im funzeligen Licht der Stirnlampen so souverän über den matschigen, holperigen Weg wie ein Freizeitläufer, der ohne weiteres Nachdenken seine Stammstrecke am hellen Nachmittag runterkurbelte. Denise war von allen am besten in Form. Niemand, der sie vor einem Jahr im Gleichberechtigungs-Büro an der Uni zum letzten Mal gesehen hatte, würde sie heute wiedererkennen. Ihre früher gerundeten Züge waren regelrecht herb.

Jetzt tippte ihr jemand auf die Schulter. Es konnte nur Jules sein. Denn sonst war niemand hinter ihr.

»Kannst du deine Lieder, Jeanne?«

Er sprach sie nie mit ihrem richtigen Namen an. Immer nur mit Schmähnamen. ›Nachtigall‹, ›Fräulein‹, oder eben ›Jeanne‹, nach Jeanne d'Arc.

»Möchtest du singen?«, gab sie so scharf zurück, wie es ihr atemsparend möglich war.

»Ich möchte am Montagabend auf St. Barthélemy ein Glas

Champagner in der Hand halten. Und wenn ich mir in die Hosentasche greife, nicht nur meinen Freudenspender spüren. Sondern ein kleines Säckchen mit Diamanten. Und deswegen möchte ich nicht, dass du oder einer deiner Hosenscheißer am Wege noch Mist bauen. Das will ich nur sicherstellen. Das verstehst du doch, chérie, oder?«

Sofia spürte die Steigung des letzten Hügels, bevor sich der Weg gabelte und sie links in Richtung der Autos abbiegen mussten.

»Sonst noch was?«, fragte sie.

»Doch ja«, sagte er. Er sprach so unangestrengt, als würden sie schlendern, statt in einem Tempo bergan zu laufen, das die meisten Freizeitsportler an ihre Pulsgrenze bringen würde.

»Zwei Fehler. Ich muss zwei Fehler kritisieren«, er hielt mit ihr genau Schritt, »offenbar war die Reise zum Großen Satan doch keine so fabelhafte Idee. Denn unseren Sarazenen-Freunden ist ein merkwürdiger Amerikaner aufgefallen, der in das ›Hotel Sacher‹ eingecheckt hat. Wahrscheinlich ein Schweißhund, der deiner Fährte folgt.«

»Und?«

»Unsere heiligen Krieger haben noch nicht entschieden, was sie in dieser Sache unternehmen wollen. Aber sie sind sehr enttäuscht von eurem Freund Fabian. Denn die versprochene Lieferung ist noch nicht in Berlin angekommen. Stattdessen ist ihnen in seiner Nähe eine Frau aufgefallen, die ihnen nicht vorgestellt wurde. Darüber sind sie nicht sehr erfreut.«

Fabian hatte die Nähe dieser Frau suchen müssen. So viel wusste Sofia. Sie war die Eintrittskarte zu dieser Arschloch-Veranstaltung gewesen. Wenn sie ihn fragen würde, was er mit ›Nähe‹ meinte, würde ihr der verdammte Mistkerl selbstverständlich keine vernünftige Antwort geben.

»Was wollen die?«, fragte sie stattdessen.

»Die wollen die Lieferung. Sonst bekommen wir heute Nachmittag das Zeug nicht. Und du bist viel zu gut im Bilde, um zu wissen, was das für die Operation bedeutet.«

Sie brauchten diese Boden-Luft-Rakete. Und sie konnten das Ding nicht durch diesen von der Polizei viel zu akkurat kontrollierten Teil Europas fahren. Die Berliner Libanesen hatten die Waffe, wollten dafür aber diese neue Modedroge aus Washington DC. Wahrscheinlich ein sehr gutes Geschäft für die.

»Klar«, antwortete Sofia. Sie hatten die Anhöhe geschafft, Torben bog bereits nach links ab. Ihr mittlerweile sehr vernehmlich keuchender Bruder ebenfalls.

»Sonst noch was?«

»Die wollen die Frau.«

»Warum?«

»Was weiß ich. Wahrscheinlich wollen sie sicherstellen, dass sie ihr Plappermäulchen hält. Kann ja keiner sagen, was unser Fabian der erzählt hat. Vielleicht brauchen sie auch eine neue Mitarbeiterin.«

Sofia war jetzt auch abgebogen und sah die Straßenlaterne. Torben und Ben gingen bereits. Auch Sofia verlangsamte ihr Tempo.

Ihr Mitgefühl mit einer Frau, der es egal war, wie und von wem sie ihr Geld verdiente, hielt sich in Grenzen. Sofia wusste aber auch, dass ›Mitarbeit‹ für diese Frau mindestens Misshandlung, schlimmstenfalls Prostitution bedeuten würde.

»Muss das sein?«, Sofia war um einen sachlich-aufgeräumten Ton bemüht, um unter keinen Umständen gefühlsduselig zu klingen.

»Das entscheidest du nicht«, antwortete er.

»Was dann?«

»Die möchten sichergestellt wissen, dass dein Fabian nicht ausrastet. Vielleicht ist das Träumerle ja romantisch verstrickt«, schon allein für dieses Grinsen hätte Sofia gern vor ihm ausgespuckt. Sein Gesicht wurde aber sofort wieder steinern.

Er sprach leise, wollte vermeiden, dass die anderen ihn auch hörten.

»Die Frau ist jetzt Teil der Bezahlung. Gewissermaßen eine Preiserhöhung, wegen Lieferverzugs. Und die wollen sichergehen, dass du deine Leute im Griff hast und bitte erklärst, wie sich der neue Tarif zusammensetzt. Hast du das verstanden?«

Sie nickte so knapp wie möglich und rief dann allen halblaut zu: »Wir fahren zurück. Ich fahre mit dir, Torben. Ihr anderen startet dann in fünf Minuten. Wie gehabt.«

Als sie sich auf den Beifahrersitz setzte, brummte ihr wieder

der Sartre-Satz im Kopf: »Der Mensch ist nichts anderes, als wozu er sich macht.« Hör auf damit, ermahnte sie sich. Du bist keine Gymnasiastin, sondern du übernimmst Verantwortung.

Sie musste sich konzentrieren und rief sich die Partitur der »Königin der Nacht« in Erinnerung. Die würde sie singen wie nie zuvor.

Berlin
Friseursalon Schauerte
8.45 Uhr

»Kein Friseur in Berlin oder einer anderen Großstadt öffnet um 8 Uhr morgens, das ist Bullshit«, Georg nahm einen Schluck Kaffee, daneben stand ein dramatisch großer Becher Fruchtsaft.

Er war allein mit Paula im Pausenraum. Parfumluft müsste sich einfärben, dachte Georg. Dann säße ich im schillerndsten Regenbogen, den ich jemals gesehen habe.

Zu seiner Linken stand ein Plastikbehälter mit einem ungut aussehenden Inhalt. Wie das Präparat eines missgebildeten Embryos in einem medizinhistorischen Museum. Die füllige Auszubildende Ayse hatte ihn um kurz vor acht über dieses Ding aufgeklärt. Es sei ein Kefir-Pilz. Sie gieße Milch darüber und ernähre sich von nichts anderem als dieser speziellen Milch. Damit habe sie schon dreieinhalb Kilo runter. Dabei lächelte sie ihn an, als wolle sie im nächsten Moment fragen, ob er mal sehen wolle, wo.

»Georg, hörst du mir zu?«, fragte Paula.

»Ich kann die Augen nicht von diesem Ding lassen. Das ist ganz schlimm«, antwortete er.

Paula sah fantastisch aus. Schwarzes V-Neck-T-Shirt, eine edel schimmernde schwarze Hose, kaum Make-up, aber eine Frische im Gesicht, die Georg seinen Liebhaber-Qualitäten zuschrieb. Wenn sie jetzt noch lächeln würde, wäre er sich in dieser Zuschreibung sicherer. Paula lächelte aber nicht.

»Dann sage ich es dir noch einmal: Wenn die Frauen, die um kurz nach acht hier auf der Matte stehen, fertig sind, dann haben wir über den Daumen schon 1500 Euro in der Kasse. Verstehst du das, Geschäftsmann? Deswegen ist acht Uhr zwar unbequem, aber rentabel.«

Starkes Argument. Georg zuckte mit den Schultern.

Paula setzte sich zu ihm an den Tisch und nahm seine rechte Hand in ihre.

»Noch zwei Kleinigkeiten, Georg: Wir machen hier keine Strähnchen mehr mit der Badekappe. Das macht niemand mehr in Friseurläden unseres Niveaus.«

Sie zeigte auf eine Maschine, die sich Georg bisher nicht hatte erklären können.

»Das Ding stellt dir Aluminium-Blättchen zur Verfügung. Damit machst du Strähnen, okay?«

Georg atmete tief aus und nahm eine Zigarette aus dem Päckchen Duty-Free-Marlboros.

»Rauchverbot«, sagte Paula.

»Wie bitte?«

»Hier hat der verstorbene Jupp Schauerte ein Rauchverbot verhängt.«

»Aufgehoben. Hiermit total aufgehoben«, murmelte Georg und zündete die Zigarette an.

»Eine klitzekleine Sache noch, mein Schatz«, Paula griff wieder nach seiner Hand, musste aber erst einmal auf die Tischplatte gucken, offenbar um die Fassung zu gewinnen.

Georg rieb sich über die Augen und signalisierte ihr mit einer ausladenden Handbewegung, sie möge fortfahren.

»Das Ding, wo unsere Kunden ihre Jacken und Mäntel aufhängen, heißt in Deutschland Garderobe. Nicht Reinlaufschrank. Für ›Walk-in closet‹ ist die deutsche Übersetzung ›begehbarer Kleiderschrank‹.«

Georg schüttelte über sich selbst den Kopf und wurde leicht rot.

Als er sah, dass Paula noch fortfahren wollte, fuchtelte er mit dem Zeigefinger:

»Nein, Paula, nein, bitte nicht noch mehr.«

»Nur eine Sache noch: ›Ich tu Sie dann mal ausrinsen‹ ist ebenfalls schwieriges Deutsch. Denn du bist hier der Chef, und da ist es komisch, wenn alle anderen wissen, dass es heißt: ›Ich wasche Ihnen die Haare durch‹, der Boss aber leider nicht.«

Georg ließ die Stirn auf seine Hände sinken.

»Ich bin eine solche Pfeife. Wie kann man sich in nicht mal einer

Stunde so zum Horst machen? Das ist doch unfassbar«, Georg hob den Kopf wieder und strahlte Paula unvermittelt an:
»Vielleicht sollte ich uns einen Sekt holen?«
Paula schüttelte den Kopf und lächelte endlich.
»Hat der Jupp auch so gemacht.«
»Da erinnerst du dich falsch. Der Jupp hat von acht bis acht hinter dem Stuhl gestanden. Und zwischendurch ein paar Tassen Kaffee getrunken. Keinen Sekt.«
»Aber nüchtern macht das doch alles keinen Spaß.«
Paula raunte mehr, als dass sie sprach: »Ich weiß, dass ich jetzt klinge wie Mutti. Aber, lieber Georg, das ist hier keine Party. Das ist ein Geschäft. Und das läuft momentan nicht gerade Bombe.«
Die Tür ging auf. Jenny kam rein. Schneewittchenschwarze Haare, klassisch schönes Gesicht, von ihren Kundinnen für ihre Schnitte vergöttert und dementsprechend mit Trinkgeld überhäuft.
»Die Frau Gerstmann ist so was von schlecht gefickt, o mein Gott«, erst als Jenny komplett in den Raum getreten war, bemerkte sie, dass nicht nur Paula, sondern auch Georg im Pausenraum saß.
»Sorry, Chef«, ihre helle Gesichtshaut zeigte die Rötung sofort und zweifelsfrei.
»Kein Ding«, antwortete Georg, »ich glaube auch, dass es die Frau Gerstmann echt nötig hat. Wer ist das eigentlich?«
»Vorne links. Nussbraun-Kastanie ist ihre Farbe. ›So wie der Herr Schauerte das immer gemacht hat, wird das keiner hinkriegen, nein, so kriegt das keiner von Ihnen hin, wie wollen SIE das denn bitte schön hinkriegen.‹ So geht das jetzt seit fünf Minuten!«
»Dann muss ich da wohl mal hingehen«, sagte Georg und erhob sich bereits vom Stuhl.
Doch Paula war schneller. Sie signalisierte ihm, sitzen zu bleiben.
»Ist dein erster Tag und die Frau ein schwerer Fall. Trink noch einen Kaffee«, sie machte eine Pause, »einen Kaffee, Georg! Und dann kommst du langsam wieder nach vorne.«

Paula verließ mit Jenny den Pausenraum.

Ist doch klar, dass ich mich nicht gleich total zu Hause fühle, dachte Georg. Das Gemurmel war leiser als in seinem Laden in Washington. Die Musik auch. Immerhin lief keiner dieser schrecklichen Radiosender, die Jupp früher immer gehört hatte. Georg erinnerte sich an die Ansagerinnen, die die Staus bekannt gaben. Die immer so vorwurfsvoll klangen, als könnten sie sehen, wie der halbwüchsige Georg an sich herumspielte. Aber diese Winterstimmung, dieses dämpfende Grau, in dem sich alle ergeben eingerichtet hatten, war ihm auch angenehm vertraut. Er teilte die deutschen Jahreszeiten in Frühling, Sommer und Lebkuchen ein. Und er mochte Lebkuchen.

Das Telefon klingelte. Hier bekommt jemand einen Anruf, war sein erster Gedanke. Es könnte für meinen Laden wichtig sein, für meinen Laden, ich bin hier der Chef, Chef, Chef, ermahnte er sich in der nächsten Gedankenschleife.

Er nahm den Hörer ab:

»Hey«, völlig falsche Ansprache. Deutschland. Friseursalon. Noch mal.

»Salon Schauerte, Schauerte«, nicht supergut, aber besser.

»Glück gehabt, denn genau Sie wollte ich sprechen, Schauerte-Schauerte«, Georg kannte die Stimme, konnte sie aber nicht zuordnen. Ihm fiel nichts Besseres ein, als eine Pause entstehen zu lassen.

»Aha.«

»Mein Name ist Sofia. Sie haben mich im Flugzeug betrunken gemacht.«

»Na ja.«

»Ist auch egal«, sagte sie, »ich rufe Sie an, weil meine Oma so traurig ist.«

»Weil sie keinen Friseur findet?«

»Nein, weil Sie ihr Geschenk haben.«

»Ach ja ... na klar«, Georg überlegte, wo er es hingepackt hatte.

»Und da will sie es sich holen kommen?«

»Nein, ein Freund würde es heute Mittag holen, wenn es Ihnen passt.«

»Wo?«

»Bei Ihnen um die Ecke ist doch ein Starbucks. Da. Um 12 Uhr, okay?«

»Klar, 12 Uhr, das passt«, Georg würde Paula beibringen müssen, dass er sich schon nach einer Stunde Arbeit wieder auf den Weg machte. Um einer völlig Fremden einen Gefallen zu tun. Den Teil würde er auslassen.

»Bitte trinken Sie dort nichts«, sagte Sofia.

»Was meinen Sie?«

»Sie sollen bei Starbucks nichts trinken.«

Er musste wieder eine Pause entstehen lassen. Aus Unverständnis.

»Ich habe Ihnen doch im Flugzeug alles erklärt. Den Zusammenhang von Ausbeutung und dem Kaffeekartell und dem Klimawandel. Haben Sie das echt schon wieder vergessen?«

»Ich habe zum Glück mitgeschrieben. Kann ich also alles nachlesen, mache ich auch bestimmt.« Er glaubte, zumindest ein schwaches Lachen zu hören.

»Aber ich sehe Sie nicht wieder, oder?«, fragte Georg.

»Es geht alles nach Gesetzen vor, die größer sind als unsere Einsicht«, antwortete sie.

»Was soll das heißen?«

»Das ist Rilke.«

»Ich bin Friseur.«

»Na und?«

»Mich schüchtert Germanistik-Zeug ein. Ich dachte, Sie haben einen Gerechtigkeitsfimmel? Alle Menschen gleich und so weiter. Oder erinnere ich mich jetzt falsch an unseren Flug?«

»Sie erinnern sich richtig. Aber lesen können Sie doch?«

»Schicken Sie mir einen Brief?«

»Ich schicke Ihnen Rilke.«

»Danke schön.«

»Um 12, bitte nicht vergessen. Schon wegen Omi nicht.«

»Nur wegen Ihnen nicht. Und vergessen Sie nicht: ›Alles reduziert sich schließlich auf die Begierde und die Abwesenheit von Begierde. Der Rest ist Nuance.‹«

»Was war das jetzt?«, fragte sie.

»Aus dem Zitate-Kalender meines Onkels, der hier an der Wand hängt. Klingt aber richtig.«

»Tschüss, Schauerte-Schauerte.«

Ihm blieb keine Zeit, etwas zu erwidern. So schnell legte sie auf.

```
Berlin-Wedding
Grüntaler Str. 7
9.11 Uhr
```

Die Erkältung war nervtötend, aber nicht mehr wirklich schlimm. Denn vorhin hatte endlich Hanna angerufen. Sie würde sich heute selbst aus dem Krankenhaus entlassen. Auf eigene Verantwortung. Fabian sei bei ihr im Krankenhaus gewesen. Erzählte sie, klang dabei aber nicht überschwänglich.

Ob er in der Wohnung gewesen sei, wollte Hanna noch wissen.

Anne verneinte wahrheitsgemäß. Anne wusste bereits, wie Hanna mit rasiertem Kopf aussah. Denn selbst der »Tagesspiegel«, den sie jeden Morgen ins Haus bekamen, hatte ihr Bild auf der Titelseite gedruckt, mit der zynischen Überschrift »Um Haaresbreite«.

Entweder im Krankenhausflur fotografiert. Oder vor der Tür geknipst, denn Hanna trug noch nicht mal einen Bademantel. Nur eine Jogginghose, ein Hemdchen und unansehnliche Latschen.

Anne entschied, es sei besser, ihrer Freundin nichts von diesem Titelblatt-Foto zu erzählen. Sie würde es früh genug sehen.

Die Badewanne war beinahe voll. Am liebsten würde Anne sie bis zum Rand volllaufen lassen. Im Moment gab es für sie keinen größeren Schrecken, als frieren zu müssen. An keiner Stelle ihres Körpers wollte sie Kälte spüren.

Kürzlich hatte sie eine Zeitschriftenwerbung für Badewannen gesehen, in denen das Wasser permanent über den Rand trat. Totale Verschwendung. Schöne Verschwendung. Aber so was gehörte in die Welt ihres Vaters. Es konnte immer noch passieren, dass sie fassungslos war, wenn sie ihn besuchte. Weil ein neues Auto vor der Tür stand, das sie eben noch in einem Werbespot gesehen hatte. Oder weil die siebenjährige Tochter der Dauergeliebten ihres Vaters angezogen war, als sei sie soeben einem Reklamefilm entstiegen. Kleine Kinder in Markenklamotten kamen ihr immer vor wie Signalbojen. Sie mussten anzeigen, dass die Eltern golften.

Sie sah aus dem Badezimmer-Fenster. Störte sie nicht, wenn hier jeder reingucken konnte. Eine kleine Narbe über dem Knie und ein merkwürdiger Knubbel unter dem rechten Schulterblatt, sonst hatte ihr Körper keine Makel. Wenn nicht gerade ein Grippeerreger ihr Blut zum Kochen brachte, war sie körperlich zufrieden mit sich. Im Hinterhof sah sie, wie eine Ratte an einem Taubenkadaver nagte. Sie wandte den Blick ab.

Im Raum hatte sich die Rosmarinduftwolke ihres Schaumbads ausgebreitet. Anne hatte etwas zu viel ins Wasser geschüttet. Sie konnte mit ihrer Schnupfennase nicht wirklich riechen. Aber wenn, dann hätte sie sich selbst gewiss als modrig wahrgenommen. Deswegen wollte sie jetzt Rosmarinaroma annehmen.

Anne zog den Bademantel aus und begann sofort zu frösteln. Der altertümliche Heizstrahler an der Wand glühte bemüht, wärmte aber nicht wirklich. Mit erleichterten Seufzern glitt Anne in ihr Badewasser. Der schönste Moment. Wenn einen das warme Wasser komplett umschloss.

Im Deutschlandradio ging es um den Geburtstag der Ärztin Maria Montessori. Italienerin. Das war neu für Anne. Durfte im letzten Jahrzehnt des 19. Jahrhunderts nur gegen den Widerstand ihres konservativen Vaters an einer technischen Oberschule studieren. Wie ich, dachte Anne. Und kam sich gleich im nächsten Moment lächerlich vor, weil sie sich mit einer historischen Figur verglich. Außerdem würde ihr ihr Vater auch ein Studium der Raketenphysik an der besten Universität der Welt bezahlen, ihr ein Apartment und ein wunderschönes Auto kaufen, um sie dann anschließend zu fragen, ob ihr etwas fehle. Acht Sportarten hatte sie in ihren Teenagerjahren angefangen. Er hatte sie jedes einzelne Mal unterstützt und ihre Gründe verstanden, wieder aufzuhören. Nicht ihre Mutter, sondern er hatte an ihrem Bett gesessen, wenn sie krank war. Als die Sache mit den Jungs anfing, sagte er nichts. Immer wieder nichts. Sie versuchte ihn mit ein paar geschmacklosen Trotteln zu provozieren. Umme, der wahrscheinlich noch heute glaubte, aus ihm würde ein großer Rapper, machte es sich einmal im Arbeitszimmer ihres Vaters bequem. Er legte die Füße auf den Tisch und rauchte mehrere Zigarren aus dem Humidor an, um sie dann recht grob im Aschenbecher auszudrücken. Anne war schön bekifft, sah also keinen Grund, Umme davon abzuhalten. Zumal sie ein kleines Kätzchen mit nach Hause gebracht hatte. Das Tier pinkelte in regelmäßigen Abständen die untere Buchreihe in Papas Bücherregal an. Überraschend trat ihr Vater ins Zimmer. Anne erinnerte sich genau an den einen, den einzigen Satz, den er sprach: »Ich darf Sie jetzt bitten zu gehen«, sagte er in Ummes Richtung. Recht leise. Aber in seinem Gesicht konnte Anne ausnahmsweise lesen, was beinahe alle Menschen in Deutschland mit ihrem Vater, mit dem öffentlichen Joachim Randebrock, verbanden: Kälte, Härte, Begabung für Grausamkeit.

Umme verschwand augenblicklich.

Auch wenn sie sich längst nicht mehr auf das Fachgespräch über Maria Montessori konzentrierte, ärgerte sich Anne über den plötzlich knisternden Empfang des Radios.

Passierte eigentlich nur, wenn Hanna zu Hause war und in der Wohnung herumging. Anne stand vor der schweren Entscheidung, entweder die Wärme der Wanne zu verlassen und das Radio neu auszurichten oder auf ein baldiges Ende des nervigen Rauschens und Knisterns zu hoffen.

Sie tauchte mit dem Kopf unter Wasser.

Als erfahrene Baderin wusste sie, wie wichtig es war, die Augen beim Auftauchen geschlossen zu halten. Sonst brannte es sofort höllisch. Mit dem bereitgelegten Waschlappen wischte sie sich über die Augenpartie. Erst jetzt bemerkte sie, dass das Radio nicht mehr knisterte. Sondern überhaupt nicht mehr spielte. Sie schlug die Augen auf und sah den Mann. Anne erschrak. Ehe sie etwas sagen konnte, sprach er:

»Wenn du dich nicht wehrst, ist es für uns beide einfacher.«

Dunkler Typ, elegant gekleidet. Ein schönes Gesicht, mit einer unschön langen Nase. Ungerührter, beinahe abwesender Gesichtsausdruck.

Anne konnte immer noch nichts sagen. Alles, was ihr jämmerlicherweise einfiel, war der kindische Reflex, nach ihrem Papa zu rufen.

```
Kurfürstendamm/Ecke Uhlandstraße
Schnellrestaurant Gosch
10.30 Uhr
```

»Das ist ekelhaft«, Carlo wandte demonstrativ den Blick ab.

Meistens passierte es nachmittags. Gelegentlich aber auch, so wie heute, am frühen Vormittag. Hauke brauchte ein Fischbrötchen.

Hering, Makrele, Matjes, völlig gleichgültig. Hauptsache Fisch.

›Tot‹ ist eigentlich nicht steigerungsfähig. Dennoch sah Fisch auf einem Brötchen für Carlo toter aus als alles andere, was ein Nicht-Vegetarier aß.

»Der kommt vom Meer, wir waren mal Nachbarn«, in Gegenwart von Carlo sprach Hauke selbstverständlich mit vollem Mund.

»Der ist in einem riesigen Netz mit Tausenden Leidensgenossen erdrosselt worden. Dann hat ihm eine ganz und gar unglückliche Frau, die auf einem Fischfabrikschiff arbeiten muss, die Eingeweide rausgerissen. Damit du eine viel zu große Zwiebel auf den Kadaver legen kannst. Allerdings hinterher so aus dem Mund riechst, als seist du wirklich mit den Fischen verwandt. Insofern schließt sich also der Kreis. Igitt!«

Carlo nippte an seinem Kaffee und glaubte, Fisch zu schmecken.

Hauke fummelte ein kleines Stück Flosse aus dem Nahrungsbrei in seinem Mund.

»Es geht dir um den Fisch, richtig? Um Gerechtigkeit für den ausgebeuteten Fisch?«, Hauke schluckte. »Oder regst du dich nur über die Fische auf, weil wir Oma Mullah diese Anne Randebrock verschwiegen haben und du das nicht mehr gut findest?«

»Ich rede über Fisch. Nur über Fisch!«

»Tust du nicht«, Hauke wischte sich mit der Papierserviette

über das Gesicht, nachdem das letzte Stück des Fischbrötchens in seinem Mund verschwunden war.

Carlo hatte gehört, Journalisten würden mittlerweile üppige Summen für Interna über den Stand der Anschlagsermittlungen bezahlen. Diese Schmierer haben wahrscheinlich einen besseren Überblick als wir, dachte Carlo. Selbst wenn mir so ein Heini von einer Illustrierten 200 000 Euro anbieten würde, könnte ich über den Fortschritt der Ermittlungen nichts sagen. Überhaupt gar nichts.

Beunruhigenderweise war er sich recht sicher, dass es seiner Chefin nicht groß anders ging. Oma Mullah war im normalen Alltag unausstehlich. Momentan funktionierten ihre Augen aber wie Anzeigen einer Betriebstemperatur, die weit über dem tolerablen Bereich lagen. Kernschmelze, würde es in Atomkraft-Zusammenhängen heißen.

Sie fauchte, sie maßregelte, sie schrie, sie sprach sowieso nur noch leise, wenn sie eine Drohung besonders wirkungsvoll ausstoßen wollte. Nicht die richtige Stimmung, um Ermittlungsergebnisse mitzuteilen, die sie nicht einordnen konnten. Hatten Carlo und Hauke am gestrigen Abend gefunden. Wie sollte denn die Tochter eines der einflussreichsten Wirtschaftsführer, mit der sie in einer Weddinger WG ein verschnupftes Gespräch geführt hatten, auch ins Bild passen? Vor allem in welches?

Oma Mullah, die Kriminalrätin Marie Tillmann, sollte ihn besser nie wieder »Zwei-Meter-Pussy« nennen. Weil er bei ihr wieder in das Stottern zurückgefallen war. Aber er brauchte auch einen Rest Sympathie von dieser Hexe. Sein Traum von einem Job bei der international agierenden Zielfahndung würde nur in Erfüllung gehen, wenn sie ihr Häkchen unter eine Befürwortung machte.

»Welche ist meine? Die Blonde oder die Brünette?«, fragte Hauke.

»Was?«

»Du träumst doch gerade von einem Vierer. Oder etwas anderem Schönen. Aber du träumst, mein Freund.«

»Ein Meerschweinchen.

Sah mich bange an,

sah mich lange an.
Sann wohl hin und sann her.
Wagte sich
dann heran
und fragte mich:
›Wo ist das Meer?‹«
Carlo ließ eine kleine Pause entstehen, lächelte. Hauke versuchte, nicht zurückzulächeln.
»Bin ich das Meerschweinchen, oder was?«, fragte er.
»Das ist meine Verbindung zur See. Du brauchst Fischbrötchen, ich schmecke Ringelnatz. Das erhebt mich zivilisatorisch über dich. Du bist ein Wilder. Du kannst aber durch mich zu einer zivilisierten und kultivierten Lebensform finden.«

Ihr Funkgerät piepte. Berolina 1-35 meldete sich. Eine Funkstreife. Kollegen im ›grünen Ehrenkleid‹.
»Wir sehen einen jungen Mann, der zu eurer Beschreibung passt.«
»Wen?«, fragte Hauke.
»Peter Ducke«, kam prompt die Antwort.

Der Mann, der in der Zentrale für diese Ermittlung die Codenamen für die Gesuchten vergab, hatte dieses Mal berühmte DDR-Fußballer gewählt. Peter Ducke, nach Meinung von Franz Beckenbauer einer der größten deutschen Fußballspieler aller Zeiten. Vor allem für Carl Zeiss Jena.

Aber heute viel wichtiger: Peter Ducke war der Tarnname von Fabian Rensmann.

»Wo seid ihr?«, fragte Hauke.
»Am Eingang des Hotel Kempinski, Fasanenstraße.«
»Wir sind gegenüber«, sagte Hauke. Jetzt war ihm die Fischbude wohl doch peinlich.
»Dann im Café Reinhardts. Kleiner Tisch vorne am Fenster. Wir sind sommerlich. Henne und Hahn.«

Carlo hatte sich geirrt. Doch kein grünes Ehrenkleid, keine Uniform. Sondern sommerlich, also zivil. Kollegin und Kollege, also Henne und Hahn.

So sinnvoll das alles war, Carlo erschienen diese Abkürzungen und Codewörter oft wie ein kindisches Spiel.

Den slawischen Nachnamen, mit dem sich die Kollegin vorstellte, konnte er sich nicht merken. Er bekam die Buchstabenfolge im Kopf nicht zusammen. Sie sparte am Friseur, wie der dunkel durchschimmernde Ansatz ihrer blonden Haare verriet. »Er ist vor 20 Minuten bei Starbucks rein«, sagte der Kollege, der jede freie Minute seines Daseins entweder im Solarium oder auf der Hantelbank verbrachte.

»Ich bin an den Fenstern entlang. Er sitzt rechts unten, scheint den Eingang im Blick zu behalten. In jedem Fall wartet er auf etwas oder jemanden. Denn er liest nicht, isst auch nichts, spielt mit keinem Telefon und keinem Computer.«

Während der Gegrillte sprach, schloss die Henne ihre Fotokamera an das Laptop aus Haukes Umhängetasche an.

Die Fotoserie zeigte den jungen Mann, wie er auf der gegenüberliegenden Straßenseite ging und sich recht häufig umsah.

Sein Gesichtsausdruck war gehetzt, schlecht gelaunt oder sogar unglücklich. Für Berliner Verhältnisse also unauffällig.

Ungewöhnlich wirkte nur der Anzug, den er trug. Grau, unglamourös, sparkassig. Nicht ironisch gebrochen durch rote Kinderschuhe, oder was der erwachsene Mann im Prenzlauer Berg sonst trägt, um humorvoll zu wirken. Es gab keinen Zweifel: Das war der Fabian Rensmann, den sie von den Fotos aus den Akten kannten.

Carlo zeigte auf den Monitor:

»Den Anzug trägt der Typ seit Dienstagabend, also jetzt den dritten Tag.«

Hauke nickte und schwieg.

Vielleicht doch nicht so unwichtig, dieser junge Mann. Diesen Gedanken konnte Carlo förmlich im Gesicht seines Partners lesen.

Gestern war Hauke noch sicher, sie seien von Oma Mullah absichtlich auf ein Nebengleis der Ermittlungen abgeschoben worden.

Carlo räusperte sich. Sein Mund war trocken. Ein vertrautes Phänomen, Jagdfieber.

Der Mann da drüben konnte auch ein ganz normaler Berliner Stoffel sein. Einer, für den es, wie für andere, zum guten Ton gehörte, gelegentlich einen Touareg in Brand zu stecken. Der sonst aber irgendein sozialkritisches oder zumindest nachdenkliches Fach studierte. Und häufiger als der Bundesdurchschnitt Sex hatte. Er lag in regelmäßigen Abständen unter Frauen seines Alters mit schönen festen Brüsten. Frauen, die er mit seinem Rebellencharme überzeugte. Seinem süßen, aber nicht zu süßen Gesicht. Das konnte alles sein. Aber Carlos Witterung war anders.

Dieser Junge würde ihnen zu der Dienstagnacht etwas erzählen können, da war sich Carlo sicher.

Sie durften den jetzt nicht mehr weglaufen lassen.

Carlos Mobiltelefon klingelte.

Er beantwortete den Anruf wie immer mit einem anklagenden »Ja bitte?«. Das Gespräch bestand seinerseits nur aus Gemurmel. Oder aus unvollendeten Sätzen wie »Meinen Sie wirklich ...« und »aber könnte nicht auch ...«.

»Ich bespreche das mit meinem Kollegen«, lautete der letzte Satz, bevor Carlo das Gespräch beendete.

Hauke sah ihn fragend an.

Die Kollegen von der Zivilstreife hielten das Starbucks konzentriert im Blick.

Carlo signalisierte Hauke mit einem Nicken, er möge mit ihm einen Schritt zur Seite treten.

»Das war Hanna Karelius«, er sprach höchstens halblaut.

»Sie sagt, Anne Randebrock sei etwas zugestoßen.«

Hauke drehte den Zeigefinger, was bedeutete: Sprich weiter, Mann.

»Anne ist nicht da. Sie hat keinen Brief, keinen Zettel, überhaupt nichts hinterlassen. Und ihre Sachen sind noch alle da.«

Hauke zuckte mit den Achseln:

»Warum sollte sie einen Koffer packen, wenn sie zur Uni geht?«

»Hattest du das Gefühl, die Frau ist so topfit, dass sie auch ohne Jacke überall hingehen kann?«

»Aber die hat wahrscheinlich achtzig Jacken im Schrank.«

»Sie hatte sich eine Badewanne eingelassen. Hanna hat gefühlt: Das Wasser war noch warm.«

Hauke presste die Lippen aufeinander.

»Und wir haben keinem erzählt, wen wir da in der Wohnung getroffen haben. Kein Bericht, kein nichts. Schlecht«, sagte Hauke.

»Ganz schlecht«, bestätigte Carlo.

»Was jetzt?«, fragte Hauke.

»Ich mache mich auf den Weg in den Wedding. Wenn wir großes Glück haben, dann wollte die junge Frau in der Badewanne Orangensaft trinken. Weil keiner da war, ist sie eben runtergehuscht, um welchen zu kaufen. Genau in dieser Zeit kam unser ziemlich durchgerütteltes Attentatsopfer zu Hause an und hatte sofort Panik. Bestimmt bekomme ich noch auf dem Weg dorthin einen Anruf, dass Anne Randebrock wieder da ist, und kehre sofort um.«

»Und wenn nicht?«

»Es gibt tausend Gründe, warum eine junge Frau plötzlich wie vom Erdboden verschwunden ist. Die ist doch noch in einer sehr späten Phase der Pubertät. Weiß der Schinder, was der im Kopf umgeht.«

»Du warst überzeugender, als du über die Fisch-Ungerechtigkeit gesprochen hast.«

Carlo deutete auf das Starbucks.

»Lass den Mann nicht abhauen. Darauf kannst du dich konzentrieren. Den Rest besprechen wir später.«

Carlo zog den Mantel an, hob die Hand zum Gruß in Richtung der Kollegen. Er hatte kein gutes Gefühl.

Wien
Arbeitszimmer der Gesangslehrerin
Editha Drobny
10.50 Uhr

Editha nahm die Finger von den Tasten des Klaviers. Sie sah Sofia nicht an. Blickte stattdessen entrückt in den Raum.

Nach einem Moment wandte sie sich Sofia zu:

»Möchtest du ein Glas Wasser, mein Kind?«

Sofia sah zu Boden. Sie wollte etwas anderes hören. Wusste aber, es würde nicht geäußert.

»Oder lieber einen Kamillentee?«

»Wasser reicht. Danke«, Sofia konnte ihre eigene Schmallippigkeit hören.

Zuerst knackte ein Gelenk. Dann raschelte ihr Hausanzug, als Editha das Zimmer verließ und mit einer Flasche Mineralwasser zurückkam.

Sie lächelte traurig. Sofia wusste, was das hieß. Selbstverständlich wusste sie das. Nach all den Jahren. Aber sie fragte trotzdem:

»Nicht gut, oder?«

Editha deutete auf den Tisch. Sie möge sich setzen, hieß das. Nicht stehen bleiben. Auf einem Spitzendeckchen in der Mitte des Tisches stand ein Teller mit Keksen. Sofia mochte nichts essen. Noch nicht mal einen Keks.

Bei anderen Frauen in Edithas Alter tickte wenigstens eine Uhr. Oder ein Wellensittich rappelte sich aus seiner Apathie hoch und tschilpte lebensmüde.

Die schweren Gardinen nahmen sogar dem gleißenden Schein der Wintersonne die Kraft.

»Ich muss dir nichts sagen. Du weißt alles«, sagte Editha. Mit dem weichen Gurren ihres Prager Deutsch.

»Du hörst den Ton, ehe du ihn formst. Er schwebt, und du hakst dich ein. Schwebst mit ihm«, während Editha sprach, sah Sofia auf die Tischplatte.

»Weißt du noch, damals in Hannover? Da musst du 17 oder 18 gewesen sein. Und du hast eins der schönsten Bilder für unser Singen gefunden: ›Wenn der Ton frei ist und Raum hat, dann ist er wie ein Lichtkegel, der sich im Kopf bewegt‹, hast du damals gesagt.«

Jaja, unser Singen, fauchte Sofia innerlich. Dir sind tote Männer wichtig. Bach, Mozart, Beethoven. Das ist deine Welt. Oder der tote Mann, der dir diese Wohnung hinterlassen hat. Wegen dem du wohl nicht lüftest, weil du glaubst, sein Geist könnte entweichen.

Gleich kommt bestimmt wieder ein Mädchen in einem Röckchen. So wie ich damals in meinem Röckchen gekommen bin. Irgendwann steht dann das Röckchenmädchen in einem Knisterkleid vor Reichen und Reicheren. Schön finden die den Gesang. Nur blöd schön. Dann glauben sie, sie gehörten immer noch zu einer Kulturnation. Beethoven, alter Kumpel. Dabei ist Musik für sie nur das, was zwischen den Verkehrsnachrichten im Radio kommt. Oder was sich ihre Kinder irgendwo runterladen. Schön klingt es, sagen sie. Und wissen nicht, was für eine Mühe es verursacht, jede Höhle, jede Bucht im Körper zum Resonanzraum zu machen. Die, die alles schön finden, sind bald schön besoffen, wenn ihre Kinder fertig gesungen haben. Vom Gaumensegel haben die noch nie was gehört. Auch die Schwulen nicht. Die zu einem aufwändigen Essen gerne die Callas hören. Aber doch nicht, weil sie wissen wollen, wie die das gemacht hat. Sondern weil sie deren Fummel tragen wollen.

Du brauchst Röckchenmädchen, Editha. Immer wieder. Damit die, die alles schön finden, dir Geld geben. Weil du aus den Röckchenmädchen unglückliche junge Frauen in Knisterkleidern machst, die pressen und pressen, aber die ›Königin der Nacht‹ eben doch nicht hinbekommen.

Sofia sagte nichts von alldem. Sie war damals nicht unglücklich gewesen. Sondern euphorisch. So berauscht wie nie zuvor. Damals, als Sofia für ihre ›Königin der Nacht‹ gefeiert worden war. Von einem stehend applaudierenden Publikum. Von der vor Glück weinenden Editha. Von der Juryvorsitzenden von ›Jugend musiziert‹, die Sofias Preis aus eigener Tasche um eine Reise nach Verona aufgestockt hatte. »Versprich mir, dass du in dieser Welt bleibst«, hatte ihr die Frau damals zugetuschelt.

In der kurzen Zeit an der Musikhochschule war Sofia dann klar geworden, wer sich für die andere Welt vorbereitete. Oder schon darin lebte. Im affektierten Gehabe des gesellschaftlichen Oberdecks. Also da, wo die klassische Musik spielt.

»Heute sagst du noch weniger als beim letzten Mal«, Editha war vor Sorge leiser geworden.

»Ich weiß, dass ich fest bin. Ich merke, dass ich nicht stehe wie ein Kasten«, Sofia machte eine Pause, »überhaupt gar nichts ist an mir wie bei Gruberova.«

Sofia hatte ihr Ziel erreicht, denn Editha lächelte. Wie immer bei der Erwähnung der großen Sängerin gleichen Vornamens. Edita Gruberova, die slowakische Nachtigall.

Überall gefeiert, wo eine Sängerin gefeiert werden musste, um richtig groß zu werden. Hier in Wien, in London, Paris, New York.

»Diese Deutschen haben aber nicht Gruberova eingekauft. Die würde ihnen auch kaum diesen Schlager singen. Ist ›Flieger, grüß mir die Sonne‹ nicht sogar ein Nazi-Lied? Die lernen es einfach nie.«

»Die eröffnen da einen Flughafen. Da finden die Veranstalter es wohl passend«, sagte Sofia.

»Was für einen Flughafen? Die haben doch in Berlin erst Hitlers Flughafen geschlossen?«

»Du meinst Tempelhof. Sie haben einen neuen gebaut. Und den eröffnen sie mit großem Tamtam. Mit der ganzen Regierung, mit wichtigen Leuten und mit mir«, Sofia zwinkerte Editha zu.

»Aber es ist doch ein völliger Unfug, wenn sie den Chor ›Freudig begrüßen wir die edle Halle‹ von einer einzigen Solistin singen lassen. Wenn die da zwei vernünftige Trompeter haben, die ihren Wagner ernst nehmen, tuten die dich gleich am Anfang aus der edlen Halle«, Editha verschränkte die Arme vor der Brust. Kampfbereit. Sie war in ihrer Lieblingsrolle angekommen. Den eigenen Schützling zu verteidigen. Auch aus unhaltbarer Position, schuld waren die anderen. Und zwar immer.

So war es damals schon gewesen. Bevor Sofia realisieren musste, dass sie nicht immer automatisch die Beste war. Und bevor Editha sich einmal nicht nach den Bedürfnissen ihres Schützlings richtete. Sondern ihrer eigenen Sehnsucht nach Wien folgte. Zurück an die Orte ihrer Jugend. An der Seite ihres Mannes, der es in Norddeutschland immer klamm fand. Der allerdings ein halbes Jahr nach dem Umzug nach Wien starb.

Abrupt wandte sie sich Sofia zu und legte ihre runzligen Hände auf Sofias.

»Kannst du denn noch einmal vorbeikommen, bevor es so weit ist, mein Goldstück?«, Edithas Vorrat an Kosewörtern war unerschöpflich.

Sofia schüttelte mit dem Kopf.

Editha wurde wieder ganz leise:

»Aber du weißt genau, wie fest du bist. Keine Angst, ich gehe dir jetzt nicht wieder auf die Nerven. Ich weiß, dass du nicht mit mir sprechen willst, warum das so ist. Aber ich spüre es, als sei es mein eigener Krampf, mein Sofiachen. Wenn du doch noch ein Momentchen Zeit findest, dann rufst du einfach an.«

Sofia nickte und wusste genau, sie würde nicht anrufen.

»Es sind nur zwei Lieder, Editha.«

»Auch zwei Lieder sind Kunst. Und was sagt Schiller über die Kunst? Die Kunst ist die Tochter der Freiheit. Daran sollen sich diese Deutschen mal erinnern. An die großen Sätze ihrer eigenen Dichter.«

Sofia nickte. Sie war benommen. Konnte das, was kommen würde, und dieses Zimmer nicht übereinander bringen. Ein Abschied, von dem nur sie wusste. Für immer. Sie würde nach dem Freitagabend, nach der edlen Halle, abtauchen. Unsichtbar müsste sie werden. Auch für die Frau, die ihr so lange eine Verbündete war. Du wirst sentimental, ermahnte sie sich. Du hast dich entschieden, sprach sie sich ein. Du bist kein Rockmädchen mehr. Du bist Akteurin. Du kannst wichtig von unwichtig trennen. Mozart ist nicht wichtig.

Sofia stand von ihrem Stuhl auf. Wieder knackten Edithas Kniegelenke, als sie sich erhob.

Wie immer strich sie Sofia zum Abschied über den Unterarm.

Sofia überlegte kurz, ob sie ihre Editha in den Arm nehmen sollte. Aber das würde ihren Kleinmut erst richtig aufjaulen lassen.

»Auch wenn du bei diesen Deutschen nicht in den Tönen schwebst: Du weißt, ich werde stolz auf dich sein. Wie immer«, sie hat Samt in der Stimme, dachte Sofia. Und sie irrt sich.

RBB Inforadio
11 Uhr

Nachrichtensprecher: Es ist 11 Uhr, die Nachrichten.
Auch zwei Tage nach dem Anschlag auf die »Bruno«-Fernsehpreis-Verleihung im Theater des Westens ist unklar, wer für die Tat verantwortlich ist.

Die Ermittlungsbehörden schließen aus, dass die inzwischen aufgetauchten Bekennervideos authentisch sind. Ein Sprecher der Generalbundesanwaltschaft erklärte, es handele sich lediglich um missglückte Satiren von einzelnen Individuen aus der Blogger-Szene. Die verantwortlichen Personen würden selbstverständlich für die Irreführung der Ermittlungen zur Rechenschaft gezogen.

Ein Sprecher des Zentralrats der Muslime hat ein unangemessen hartes Vorgehen der Polizei bei Razzien in muslimischen Gemeinden scharf kritisiert. Nach dem Anschlag in Berlin waren überall im Bundesgebiet Moscheen und sonstige muslimische Einrichtungen von der Polizei durchsucht worden. Dabei wurden insgesamt 23 Menschen teilweise schwer verletzt. Die meisten Verletzungen sind offenbar auf Tritte und Schlagstockschläge zurückzuführen. Der Vorsitzende der Gewerkschaft der Polizei machte darauf aufmerksam, dass mit den Razzien der vergangenen Tage nur Beamte der Bundespolizei befasst waren. Diese Polizisten würden üblicherweise nur bei Demonstrationen und Fußballspielen eingesetzt. Ihnen fehle also bei der alltäglichen Ermittlungsarbeit sowohl das nötige Feingefühl als auch Erfahrung.

Die Vorsitzende der Linkspartei, Gesine Lötzsch, hat vor Hysterie nach dem Anschlag im Theater des Westens gewarnt. Letztendlich handle es sich um eine, so Lötzsch wörtlich, »gewiss bedauerliche Tat, die allerdings nur Privilegierte getroffen hat«.

Den Besuchern der betroffenen Veranstaltung jetzt vor allem

einen Opfer-Status zuzuweisen, ist nach Meinung von Lötzsch unangemessen. Statt sich nur mit diesem Attentat zu beschäftigen, seien vor allem die Medien gut beraten, den, so wörtlich, »wirklichen Opfern der gesellschaftlichen Spaltung« und den Problemen der Menschen im Osten mehr Aufmerksamkeit zu widmen, erklärte die Vorsitzende der Linkspartei in einer Pressekonferenz.

Wien
US-Botschaft
Boltzmanngasse 16
11.02 Uhr

»Wir sind zu spät, Freunde. Zwei Minuten nach elf. Das darf doch bei euch gar nicht sein. Wem wird denn jetzt ein Fingernagel abgerissen?«

Tyler Fitch, Sektionschef der CIA für Osteuropa, verzog keine Miene.

»Liebe Kollegen, wie ihr an seinem ganz speziellen Sinn für Humor erkannt habt, ist ein Kollege des FBI bei uns zu Besuch. Ich darf euch allen Zach Lipschitz vorstellen. Ist gestern aus DC gekommen und bewohnt eine Suite im ›Sacher‹.«

Der Mann neben Fitch schnalzte in vorgetäuschtem Entsetzen mit der Zunge. Hager, Bart, tiefliegende, unglaublich traurige Augen, sein dunkler Hals war von feinen Adern durchzogen wie ein wertvolles Stück Rinderfilet. Ein ›Special ops‹-Mann. Elitekämpfer in einem Anzug, der ausdrückte, wie wenig er sich für Zivilklamotten interessierte. Solche Männer hatten auch in Besprechungen in kleinster Besetzung wie dieser keine Namen. In ihrer Einfallslosigkeit nannten die CIA-Leute ihre geheimen Spezialisten im männlichen Fall immer Tim oder Tom. Joan oder Jill, wenn es sich um Kämpferinnen handelte.

»Das ist Tom«, Tyler Fitch zeigte auf den Bärtigen. Zach wünschte sich, der Mann hätte wie ein Hund einen Schwanz zum Wedeln. Aus dem steinernen Gesicht war jedenfalls keine Regung abzulesen.

»Darf ich vielleicht Jill zu Ihnen sagen«, fragte Zach und lächelte so freundlich er konnte.

»So müssen wir nicht weitermachen, oder?«, Tyler Fitch ließ jetzt seine Mundwinkel so weit herabhängen wie seine ungünstig trainierten Schultern. Er benahm sich kindisch, aber Zach wollte diesen Mann reizen. Eine Stunde hatten sie vorhin beim Kaffee gesessen, und dieser Fitch hatte die ganze Zeit so getan, als ginge der ganze Vorgang Zach und mit ihm das gesamte FBI überhaupt nichts an. Kaum eine Information, nur Gelaber. Allerdings nicht aus Unvermögen, sondern mit voller Absicht nichtssagend.

An Tylers rechter Seite ging allerdings eine unerwartete Sonne auf.

»Ich muss Sie enttäuschen, Zach. Sie dürfen auch zu mir nicht Jill sagen. Denn ich heiße Sharahn. Sharahn Thomas, und«, sie zeigte mit dem ausgestreckten Zeigefinger und einem breiten Grinsen auf ihn, »Sie werden es nicht glauben, aber ich arbeite für die CIA.«

»Freut mich. Freut mich sehr, Sharahn«, Zach wusste, sein Lächeln würde es niemals mit dem Strahlen aus diesem unfassbar ebenmäßigen Gesicht aufnehmen können. Er gab sich dennoch Mühe.

Sie sah jetzt auf ihre Akten:

»Ich bin hier für die Erstellung der Profile zuständig. Und mit deinem Einverständnis, Tyler, würde ich den Kollegen aus der Hauptstadt unserer Nation mit unseren Lieblingen vertraut machen.«

Tyler Fitch nickte missmutig.

»Möchten Sie einen Cupcake? Die habe ich selbst gebacken«, fragte Tom, der Elitekämpfer, und riss die Plastikpackung auf, in der die kleinen Kuchen von einer selbstverständlich amerikanischen Firma eingeschweißt waren. In seinem Gesicht rührte sich immer noch nichts. »Aus Knochenmehl und Menschenblut«, setzte er nach.

Zach nickte. Als er Tom anlächelte, glaubte er ein amüsiertes Zucken in seinen Mundwinkeln zu entdecken.

»Fantastisch, ganz ausgezeichnet, vielen Dank«, sagte er. Sharahn sah ihn mit einem kumpanenhaften Lächeln an, das ihm wie eine Einladung vorkam, dieses Gespräch heute Abend auf dem Sofa gemeinsam zu analysieren. Vielleicht konnte sie ihn von seinen dunklen Vorahnungen befreien. Gewiss konnte sie das.

»Gut«, hob sie an, »einige Informationen haben wir Ihnen ja

schon geschickt.« Mit einem Drehschalter vor sich dimmte sie das Licht und klappte einen Laptop auf. Der Ventilator des Beamers, der mit dem Computer verbunden war, schaltete sich ein. Das erste Bild war an der weißen Wand zu sehen. Zach kannte es.

Die junge Frau, die in die USA eingereist war.

»Sofia Pahl«, sagte Sharahn mit einer so tiefen Stimme, dass sich Zach fragte, wo in ihrem schlanken Körper der Resonanzraum für diesen Bass saß.

Es folgten Fotos, die sie auf unterschiedlichen Straßen zeigten. Höchst elegant. Teure Kostüme, wertvoll aussehende Mäntel, hin und wieder eine mondäne Sonnenbrille. Die Bilderserie endete mit einer Aufnahme, die ganz nach Polizei aussah. Deutscher Polizei.

»Diese junge Frau«, fuhr Sharahn fort, »ist eine talentierte klassische Sängerin. Oder mindestens gewesen. Sie hat in ihrem Heimatland Deutschland als Teenager viele Preise gewonnen. Sie hat einen der begehrten Studienplätze am Mozarteum in Salzburg bekommen. Warum sie ihr Studium dort abgebrochen hat, wissen wir nicht. Nur, dass das sehr unüblich ist.«

»Wegen Studienabbruchs bekommt man es doch wohl selbst in Deutschland nicht mit der Polizei zu tun. Woher sind diese erkennungsdienstlichen Bilder?«, fragte Zach.

»Das ist ihre zweite Karriere. Sie hat sich jahrelang in der Anti-Globalisierungsbewegung engagiert. Hat überall demonstriert, wo es etwas zu protestieren gab. Beinahe weltweit. Bei IWF-Tagungen. Selbstverständlich gegen Besuche von Bush in Deutschland. Vor allem aber bei G-8-Gipfeln. Mit der dazugehörigen Folklore. US-Flagge verbrennen, Sitzblockaden, Schlägereien mit Polizisten.« Sharahn vergrößerte das Polizeibild etwas.

»Diese Aufnahme ist in Heiligendamm 2007 entstanden. Das ist in Norddeutschland«, sie machte eine Pause, um Zach Nachfragen zu ermöglichen. Der sagte auf Deutsch:

»Das liegt an der Ostseeküste zwischen Boltenhagen und Rostock, im Bundesland Mecklenburg-Vorpommern.«

Sharahn lächelte ihn jetzt an, als wäre die Sache mit dem Sofa geritzt. Killer-Cupcake-Tom bot noch einen kleinen Kuchen an.

»Dort in Heiligendamm ist sie von deutschen Polizisten gefilmt worden, wie sie Molotow-Cocktails auf Einsatzkräfte warf. Sie ist deswegen wegen Landfriedensbruch vorbestraft. Der schwerer Vorbestrafte ist allerdings dieser Mann hier.«

Sharahn zeigte das Bild eines ebenfalls sehr gut aussehenden jungen Mannes.

»Benjamin Pahl, 27 Jahre alt. Bruder von Sofia. Vorstrafen wegen unerlaubten Waffenbesitzes, diverse Verstöße gegen das Betäubungsmittelgesetz, Körperverletzung. Saß etwa ein Jahr in einem Gefängnis in Nordrhein-Westfalen. Eigentlich Student der Soziologie und evangelischen Theologie. An der Uni in Göttingen hat ihn aber schon lange niemand mehr gesehen. Immer an der Seite seiner Schwester. Die beiden waren sogar zusammen zum Protest gegen den G-8-Gipfel in Toyako, Japan.«

»Und wie bezahlen die das alles?«, fragte Zach.

»Erbe. Der Vater der beiden hat mit Krankenhaus-Hygieneartikeln sehr viel Geld verdient. Da die Mutter der beiden schon vor zwanzig Jahren verstorben ist, waren Sofia und Benjamin Alleinerben. Höchstwahrscheinlich von einem Millionenvermögen. Wir arbeiten noch daran, die Summe und die Bankverbindungen rauszufinden.«

»Nur aus Neugier: Wie arbeitet ihr daran?«

Sharahn sah zu Tyler Fitch, der zuckte mit den Achseln und schüttelte dann den Kopf.

»Danke, verstehe«, antwortete Zach.

»Dann eine andere Frage: Was treibt die beiden Geschwister nach Wien?«

»Gleich, Zach, wir geben Ihnen erst das komplette Bild«, Sharahn warf vier weitere Bilder an die Wand.

Ein babyspeckiger, junger Mann, freundlich lächelnd, in guter Bildqualität. Eine eher formlose Frau ähnlichen Alters, von der trotz des miesen Fotos die eindringlichen grünen Augen zu erkennen waren. Sehr deutsch, musste Zach bei der Aufnahme eines weiteren jungen Mannes denken. Waldfrischer Teint, hohe Wangenknochen und ein heiliger Ernst im Gesicht, der bei einem Menschen seiner Jugend nur übertrieben wirken konnte. Der deutlich ältere Mann auf dem vierten Bild hätte Schauspieler sein können, so viel ließ sich in seinem kantigen Gesicht entdecken. Kleine

Narben unter den Augen. Die klassischen Ausdauerriefen um den Mund, eine beinahe aufreizende Glattrasiertheit. Keine Frage, das war der Legionär. Zum militärischen Codex der Fremdenlegion gehörte, wie in anderen Armeen, die tägliche Rasur. Gleichgültig, wie problematisch die äußeren Umstände waren.

»Torben Lesnik, Denise Miebach, Fabian Rensmann und Jules Beneviste. Über die beiden ersten jungen Leute wissen wir so gut wie nichts. Torben Lesnik ist an der Universität Göttingen für Wirtschaftsinformatik eingeschrieben. Denise Miebach studiert, oder studierte, Politikwissenschaften. Sie soll dabei gewesen sein, als Benjamin Pahl vor zwei Jahren in Göttingen einen Polizisten krankenhausreif schlug. Da die beiden damals ein Paar waren, blieb ihr aber eine Aussage zu seinen Ungunsten erspart. Nachweisen konnte ihre Anwesenheit auch keiner. Nur ihr Name ist in den Akten geblieben.«

»Und dieser Hitlerjunge, wer ist das?«

»Der sieht nicht nur süß aus, sondern hat auch Gene, für die mancher Amerikaner Millionen geben würde. Er hat sich für den Namen Fabian Rensmann entschieden. Könnte aber auch als Fabian Prinz zu Löwenstein-Wertheim-Rosenberg durch die Welt gehen.«

»Oha«, antwortete Zach, »und warum macht der es sich nicht in einem Schlösschen der Familie bequem?«

»Er hat es mit Drogen übertrieben«, antwortete Sharahn. »Kokain scheint in diesen deutschen Adelskreisen schon zum Nachmittagstee mit den Keksen gereicht zu werden. Ein Näschen zwischendurch ist völlig in Ordnung. Aber damit Geld zu verdienen kommt selbstverständlich nicht in Frage. Nach seiner zweiten Haftstrafe ist der kleine Prinz zu Hause rausgeflogen. Damit ist man dann auch aus dem Adelsrudel ausgeschlossen und muss sich als einsamer Wolf im Wald durchschlagen. Unser Fabian hat offenbar die Studenten in Göttingen, Marburg und Hannover mit Zeug beliefert. Auch einen gewissen Benjamin Pahl. Damit ist recht klar, wie er zu der Jugendgruppe gestoßen ist.«

Sharahn vergrößerte das Bild des Mannes mit dem markanten Gesicht. Sie setzte eine Brille mit strengem, schwarzem Rahmen auf. Sprach aber nicht. Stattdessen ergriff Tom das Wort. Mit seiner irritierend hohen Stimme.

»Jules Beneviste. Etwa 45 Jahre alt. Ursprüngliche Nationalität deutsch. Durch seinen Dienst in der französischen Fremdenlegion Franzose geworden. An deren persönliche Daten kommen wir nur schwer ran, deswegen wissen wir nicht, wie der Mann vor seinem Eintritt in die Legion hieß. Ausgebildet und anschließend eingesetzt im 2. Fremdenregiment in Calvi, Korsika. Fallschirmspringen, Häuserkampf, Nahkampf, die lernen da alles und gewinnen in Wettbewerben manchmal sogar gegen die Navy Seals. Er spricht selbstverständlich fließend Französisch. Hat aber auch wohl sehr gute Arabisch-Kenntnisse. Nach seiner Zeit bei der Legion hat er bei unterschiedlichen unseriösen Adressen angeheuert. Ich gehöre zu den Leuten, die 1998 im Sudan die Ziele für unsere Marschflugkörper bei der Operation ›Infinite reach‹ markiert haben. Da habe ich den Mann tatsächlich durch mein Fernglas gesehen. Der bildete damals sudanesische Kräfte aus. Für schmutziges Geld aus Khartoum.«

»Gut«, hob Zach an, »wir haben also eine Gruppe von jungen Leuten, die verglichen mit so manchem 16-Jährigen in Southeast DC regelrechte Lämmchen sind. Dazu ein kriminelles Element, wie es die Jungs in Afghanistan und Pakistan täglich vor der Flinte haben. Warum interessiert sich die CIA für diese Leute?«

Tyler Fitch nickte Sharahn zu.

Auf der Wand zeigte sich das Konterfei eines Mannes, den Zach auch aus den Unterlagen kannte. Mahmut El-Kebir.

Sharahn nickte Tyler Fitch zu. Der räusperte sich.

»Wir wollen diesen Mann. Mahmut El-Kebir. Wichtiger als er selbst ist für uns das Netz, das er gesponnen hat. Er handelt mit allem, was der Terrorist für den Terror braucht. Waffen, Sprengstoff, spezielle Elektronik. Aber auch Leute. Spezialisten. Dieser Beneviste ist einer seiner Honorarkräfte. Es gibt mehrere Fotos, auf denen El-Kebir mit diesem Pahl-Mädchen zu sehen ist. Das ist schon deswegen ungewöhnlich, weil El-Kebir, wie andere Araber seines Schlages, üblicherweise nicht mit unverschleierten Frauen in der Öffentlichkeit redet. Irgendwas, was diese junge Frau und ihr Kinderchor im Schilde führen, interessiert El-Kebir. Das kann also nichts Gutes sein.« Fitch nickte Sharahn zu.

»Der Mann hat Kontakte überallhin«, setzte sie fort, »in jede nennenswerte europäische Metreopole. Wir glauben, dass er so was ist wie ein europäischer Präfekt von Al-Qaida. Wir wissen, zu wem er in Brüssel, in Antwerpen, selbstverständlich in Paris, in Marseille, in Genua Kontakt unterhält. Schwierig ist es für ihn offenbar nur in Großbritannien und in Madrid. Weil die nach ihren Anschlägen alles ganz eng gezogen haben. Fabelhaft sind die Verbindungen nach Berlin. Dort macht er mit einem libanesischen Drogenclan gemeinsame Sache. Die sind schon in zweiter Generation auf dem Berliner Rauschgiftmarkt etabliert. Logisch, dass El-Kebir prima Stoff zu Vorzugspreisen besorgen kann. Eben aus Afghanistan und Umgebung. Zu wem hat er da Kontakt? An welchen Orten genau und vor allem zu welchen Personen? Das interessiert uns. Weil wir glauben, dass wir über diesen Kebir an die Führung rankommen.«

Fitch ergänzte: »Wir haben Belege, dass die Libanesen in Berlin den Problemkindern von Sofia Pahl geholfen haben. Und weiter helfen werden.«

Sharahn warf Bilder an die Wand. Fotografien bei Tag und bei Nacht. Es war zu sehen, wie Jules Beneviste den Laderaum eines Lieferwagens öffnete und den Inhalt einer Tasche überprüfte.

Zach deutete auf die Seitenaufschrift des Lieferwagens. Angeblich ein Blumenladen.

»Gibt es nicht, diesen Laden, oder?«, fragte Zach.

Sharahn schüttelte mit dem Kopf: »Nein, gibt es nicht.«

Auf den Nachtbildern erkannte Zach den Legionär, den fülligen jungen Mann und den Bruder wieder. Alle in Geschäftsanzügen.

Ein nicht zu identifizierender Mann öffnete die Tür zu einer Luxuslimousine.

Zach sah Sharahn fragend an.

»Autoübergabe. Wahrscheinlich von den Berliner Libanesen organisiert. Am Dienstagabend. Am selben Abend ist bei einer Promi-Sause in Berlin ein Sprengsatz hochgegangen.«

Zach hatte Berichte über das Ereignis per Mail bekommen. Allerdings nur oberflächliche Informationen von Nachrichtenagenturen.

»Was sagen die Deutschen zu diesen Fotos?«, fragte Zach.

»Nichts«, antwortete Tyler Fitch.

Zach sah ihn an und ahnte etwas. Er drehte den Kopf zu Sharahn. Die senkte den Kopf.

»Wir sind noch nicht so weit«, sagte Tom und biss in einen weiteren Cupcake. »Wenn wir jetzt alles hochgehen lassen, dann kann es passieren, dass sich El-Kebir verkriecht. Und wir verlieren seine Spur.«

»Aber das sind Verbündete. Und wenn ich das ganze Material betrachte, das ihr hier zusammengetragen habt, dann wurde euch doch von denen auch geholfen«, Zach versuchte, nicht laut zu werden.

Tyler Fitch richtete sich auf, saß jetzt beinahe aufreizend gerade. Wie ein Streber-Arschloch, das gleich als einziges Kind in der Klasse das Gedicht komplett aufsagen kann, dachte Zach.

»Erstens: Wir haben unsere eigenen Quellen. Viele dieser Informationen wurden mit Geld des amerikanischen Steuerzahlers bezahlt. Gehören von daher uns. Wir sind niemandem zu Dank verpflichtet, niemandem etwas schuldig«, er schloss den Mund mit einem raubfischartigen Schnappen. Sprach dann aber überraschenderweise sofort weiter.

»Zweitens: Über diesen El-Kebir können wir im günstigsten Fall die Aufenthaltsorte der Al-Qaida-Spitze herausbekommen. Das Ausschalten dieser Leute ist nicht nur im amerikanischen Interesse, sondern im Interesse der ganzen Welt. Auch die Deutschen sind froh, wenn wir das für sie erledigen und sie ihre Soldaten nach Hause holen können. Und, Zach, das müssen Sie doch auch sehen: Diese jungen Leute machen Kinderkram. Wenn die Deutschen deswegen jetzt Tabula rasa machen und sich die für uns wichtigen Verbrecher in ihre Drecklöcher zurückziehen, was ist dann gewonnen?«

»Wie viele Menschen sind bei diesem Anschlag in Berlin ums Leben gekommen?«, fragte Zach.

Jetzt ergriff Tom das Wort. Er sprach leise.

»Mehr als 3000 Tote am 11. September. Mehr als 4000 Gefallene im Irak, mehr als 1000 von unseren Jungs seit dem Einmarsch in Afghanistan. Die Verstümmelten haben wir jetzt noch nicht mitgezählt. Das sind Ziffern, die zählen, mein Freund.«

Sharahn malte irgendwas auf den Block, der vor ihr lag.

Fitch und Tom saßen regungslos auf der anderen Seite des Tisches.

»Ich bin hier, weil Sofia Pahl vielleicht zur Vorbereitung oder Ausführung einer schweren Straftat in die Vereinigten Staaten eingereist ist. Eure Ermittlungsergebnisse verdichten diesen Verdacht. Von daher bitte ich euch jetzt mündlich, und später wird euch das auch schriftlich zugehen, mich über den wahrscheinlichen Aufenthaltsort dieser Frau zu informieren. Dann werde ich einen Kollegen des FBI aus München herbestellen und Sofia Pahl verhören. Da wir auf österreichischem Territorium sind, selbstverständlich in Anwesenheit von österreichischen Kriminalbeamten. Das entspricht internationalen Gepflogenheiten, von denen wir sehr häufig profitieren. Also: Wo haben sich diese jungen Leute versteckt?«

Eine Pause entstand. An der Regungslosigkeit von Fitch und Tom änderte sich nichts. Sharahn nahm ihre Tasse in beide Hände und trank von dem höchstwahrscheinlich kalten Kaffee.

Zach sah die beiden Männer eindringlich an.

»Dann danke ich Ihnen für die Informationen und wünsche einen schönen Tag«, sagte er und erhob sich.

»Gleichfalls«, sagte Fitch leidenschaftslos.

Zach nahm seine Tasche und ging.

Berlin
Starbucks
Kurfürstendamm/Ecke Fasanenstraße
11.08 Uhr

Georg fragte sich, ob es Heimweh genannt werden konnte, wenn man in der Heimat Sehnsucht nach einem Zuhause in der Fremde hatte. Letztlich gleichgültig. Er würde jetzt einfach gerne in seinen Washington-Alltag umsteigen, wie auch immer sich das benennen ließ. Der würde auch in einem Starbucks beginnen. An der M Street in Georgetown. Dann würde er bei Barnes and Noble vorbeigehen. Dem Buchladen, in dem ehemalige amerikanische Außenminister öffentlich lasen, wenn sie ihre Memoiren geschrieben hatten. So unspektakulär inszeniert, als würde ein Hausmann, der um die Ecke wohnt, aus seinem selbst verlegten Kochbuch Rübenrezepte vortragen.

Zu politischen Lesungen ging Georg generell nicht. Keine Politik. Von politischen Angelegenheiten bekam er gesundheitliche Probleme.

Dieses Starbucks beruhigte ihn. Alles wie drüben. Der Geschmack des Kaffees. Der Geruch. Das langsame, umständliche Personal, das Vornamen auf Becher schrieb. Nur um sie dann mehrfach in einer vollkommen unverständlichen Aussprache durch den Laden zu brüllen. Jedes Möbelstück war eine aggressive Aufforderung, hier und genau hier auszuruhen.

Er durfte aber nicht lümmeln. Sondern musste sofort wieder in den Salon. Seinen Salon. Wo er sich bisher nur zugutehalten konnte, keinen Kunden ernsthaft verletzt zu haben. Mist. Er dachte an Zach Lipschitz. Der aus irgendwelchen Gründen Ferien in Wien machte und Georg dorthin locken wollte. Das könnte sehr lustig sein, mit Zach in Wien. Zumal der Mann ausgezeichnet Deutsch sprach, also auch für Feinheiten empfänglich war. Georg hatte sich lange Zeit gefragt, was Zach beruflich machte. Als ihm Imelda, Georgs Assistentin, einmal die Haare gewaschen hatte, hatte Georg bei Zach einen Revolver an einem Hosenbundclip gesehen. Georg musste am helllichten Tag zwei Finger breit Rotwein trinken, um sich wieder zu beruhigen. Danach interessierte ihn nicht mehr, womit Zach sein Geld verdiente.

Immerhin konnte er jetzt die Übergabe des ›Geschenks für Oma‹ von seiner Aufgabenliste streichen. Er hatte diesem Fabian das Paket übergeben. Eigenartiger Kerl. Auf eine Art nervös, die ihn auch ganz unruhig machte. Außerdem roch der Junge ungewaschen. Kam zwar im Anzug, aber der Hemdkragen war speckig.

Georgs Toleranz gegenüber Körpergeruch und sonstigen Hygienemängeln war gleich null. Irgendwas an diesem Fabian gefiel ihm aber. Hübsch, klar. So weit war er aber mit seiner Alters-Homosexualität noch nicht gekommen, noch regte sich in dieser Beziehung nichts. Es war der Ernst, den Georg amüsant fand. Wie bei einem kleinen Jungen, der, während er ein neues Spielzeug zusammenbaut, die Zunge zwischen die Lippen klemmt und keine Störung duldet. So war ihm dieser Fabian erschienen. Georg nahm noch einen Schluck aus dem Pappbecher und spürte das vertraute Sodbrennen aufkommen. Jetzt müsste er nur noch sich selbst versprechen, weniger Kaffee und mehr Kamillentee zu trinken, dann wäre seine amerikanische Routine perfekt.

Georg trat vor die Tür und bereute im selben Moment, seinen Mantel nicht angezogen zu haben. Denn es schien, als wäre der Wind entschlossen, genau an dieser Ecke Berlins tödlich zu wehen. Als er kurz den Kopf nach rechts drehte, ahnte er es zuerst nur. Musste erst länger hinsehen, um es für wahr zu halten.

Ein Mann drückte Fabian gegen die Wand neben dem Starbucks und schrie etwas, was Georg wegen des Windes nicht verstehen konnte.

Gleichzeitig spürte er, wie es sich in ihm durchsetzte. Die Wut. Die Alternativlosigkeit. Das Programm.

Nach wenigen Schritten war er bei dem Angreifer, der deutlich kleiner war als Fabian. Das Rauschen war wieder da. Nur die Stimme seines Ausbilders Heller, die wurde von seinem Gedächtnis laut und vernehmlich abgerufen. Das scharfe, schnelle, klirrend klare Gebell. Hundertmal, tausendmal, immer das Gleiche, wie ein perverses Gebet: »Die Fresse des Feindes ist eine Uhr, und da bimmelt es. Linke Faust zwölf, rechte Faust zwölf, linker Ellbogen auf die neun, rechter Ellbogen auf die drei. Kurze Rippe, Leber und – Tritt – Kniegelenk-Seite. Und Schluss machen.« Der Angreifer lag bereits, und Georg wollte es zu Ende bringen, bis die Sohle seines Stiefels, der heute nur ein feiner Schnürschuh war, auf dem Genick des Feindes ruhte. Da traf ihn etwas Festes an der rechten Schulter. Er drehte sich um, sah einen weiteren Feind mit einem Teleskopschlagstock. Georgs Kopfstoß traf hart und zerbrach das Nasenbein. Er rammte dem Feind sein Knie gegen das Kinn, als der herabsank, sodass unmittelbar Blut aus dem Mund austrat. Als Georg zu dem Tritt ausholte, der dem Feind die Rippen auf der rechten Seite brechen sollte, trafen ihn selbst ein Handkantenschlag auf die Halsschlagader und direkt folgend ein Tritt gegen die Schläfe. Georg glaubte eine Frau zu sehen, ehe er in den Zustand der erlösenden Bewusstlosigkeit übertrat.

Wedding
Grüntaler Straße 7
11.10 Uhr

Am liebsten hätte er sich nicht auf das Bett gesetzt. Aber es gab in Hanna Karelius' Zimmer keine Sitzgelegenheit. Auf den beiden anderen Stühlen lag Unterwäsche, und darin wollte er nun wirklich nicht wühlen.

Carlo konnte sich nicht unauffällig auf Sofas oder Matratzen hocken, auf denen schon jemand saß. Dazu war er zu schwer. Es kam immer zu einer Abschüssigkeit in seine Richtung, die Carlo hasste.

In ihrem Zimmer schien es noch kälter zu sein als im Rest der Wohnung. Hanna Karelius saß eine Armlänge von ihm entfernt am Kopfende. Sie trug einen schwarzen Trainingsanzug und war barfuß. Unter ihrem linken Auge entwickelte sich ein Bluterguss in Blau-Grün, den Carlo gestern Morgen im Krankenhaus noch nicht bemerkt hatte.

»Hat Anne einen Freund?«, fragte Carlo.

Hanna schüttelte den Kopf.

»Einen Liebhaber? Eine Affäre?«

Hanna sah ihn an:

»Ich weiß es nicht. Und selbst wenn: Für wie wahrscheinlich halten Sie es, dass sie sich eine Badewanne einlässt, das Wasser abdreht und dann entscheidet, ach, Baden ist doof, ich gehe jetzt am frühen Vormittag bei meiner Affäre vorbei. Würden Sie das machen?«

Carlo ließ die Frage vorbeizischen und ärgerte sich, weil er spürte, wie er rot wurde.

»Gut, Hanna«, er ließ den Kopf leicht sinken und rieb sich mit den Daumen die Stirn. Auch weil ihn für einen Moment der Gedanke überfiel, was für ein großer, großer Ärger ihnen drohen würde, wenn Hauke die Sache mit Fabian Rensmann versaute, »was soll ich jetzt Ihrer Meinung nach tun? Eine 27-jährige Frau ist seit etwa zwei Stunden nicht zu Hause. Obwohl sie sich eine Badewanne eingelassen hat. Es ist nicht so, als hätte die überschwappende Badewanne das komplette Haus unter Wasser gesetzt. Die Wohnung ist auch nicht verwüstet. Es gibt keine Kampfspuren, Blutspuren oder sonst was. Sie haben mit ihr telefoniert und sie hat gesagt, sie sei zu Hause. Sie hat lediglich dieses Versprechen nicht eingehalten. Glauben Sie, dass ich mit einem gebrochenen Versprechen unter sehr erwachsenen Freundinnen den Einsatz einer Hundestaffel vor meiner Chefin rechtfertigen kann? Oder soll ich Hubschrauber anfordern? Einsatzhundertschaften, die die Nachbarn befragen? Auch wenn wir momentan keinem Beamten eine Lungenentzündung genehmigen, weil jeder Plattfuß für die Ermittlungen eines verheerenden Anschlags gebraucht wird? Was, Hanna, soll ich machen?«

Hanna sah geradeaus. Wirkte so entrückt wie bei seiner Ankunft. Sie blickte auf eine Zimmer-Zypresse. Auch in Carlos Büro stand eine solche Pflanze. Sie roch nach nichts und blühte auch nicht eindrucksvoll. Trotzdem fand er, dass von diesen Zypressen eine beruhigende Stimmung ausging.

»War Fabian Rensmann bei Ihnen im Krankenhaus?«

Sie schüttelte den Kopf und errötete leicht. Danke für die Antwort, dachte Carlo.

»Und wer war das dann? Der Mann, den Sie vor dem Eingang gegen Mitternacht getroffen haben? Wie Sie wissen, schreiben wir uns bei der Polizei untereinander Briefe, wir nennen sie Berichte.«

»Hören Sie auf, Mann«, sie hätte wohl gerne barscher geklungen, war aber nicht kräftig genug, »was weiß ich, was Ihr Kollege gesehen hat. Ich habe niemanden getroffen.«

»Hanna, ich bin es jetzt auch leid«, Carlo hatte sich ihr zugewandt und war jetzt tatsächlich ärgerlich. Auch wenn ihn die Anwesenheit dieser Frau merkwürdig entspannte. Es gab aber überhaupt keinen Grund, sich zurückzulehnen. Sondern viele Gründe, sehr angespannt zu sein.

»Ich habe Ihnen meine Karte gegeben, damit Sie mich jederzeit anrufen können, wenn Sie glauben, dass es nötig ist. Wie Sie sehen, halte ich mein Versprechen und ich bin hier. Jetzt werde ich mich aber wieder vom Acker machen. Denn ich kann Ihnen schlicht nicht helfen. Noch einmal: Wir können keine Vermisstenanzeige für eine 27-jährige, geistig und körperlich gesunde Frau aufnehmen, die zwei Stunden nicht in ihrer Wohnung gesehen wurde.«

Carlo redete, um Hanna zu überzeugen, glaubte sich selbst aber kein Wort. Die Abwesenheit von Anne Randebrock war sehr beunruhigend.

»Sie haben ihr Angst gemacht. Sie und Ihr Kollege«, Hanna sprach sehr deutlich und hatte ihren Zorn im Griff. Deswegen klang der Vorwurf noch grimmiger.

»Wir haben Ihre Freundin um Informationen gebeten, die Sie mir absichtsvoll verweigert haben. Um es noch anders zu sagen: Sie haben mich schlicht und ergreifend belogen. Und wären Sie nicht so mitgenommen und letztlich das Opfer einer Straftat, würden wir einen ganz anderen Tanz zusammen unternehmen, Frau Karelius.«

Carlo stand langsam auf, um die Balance des Bettes nicht mehr als nötig zu belasten.

»Wohin gehen Sie?«, fragte Hanna.

»Wie bitte?«, fragte Carlo.

»Ich kann uns einen Tee machen«, sagte sie.

»Das ist sehr nett von Ihnen. Noch schöner wäre es allerdings, Sie würden mir etwas über Fabian Rensmann erzählen.«

»Ich möchte Sie um einen Gefallen bitten. Könnten Sie mir bitte Socken anziehen? Die sind hinter Ihnen in der Schublade.«

»Ja, na ja, warum möchten Sie das denn?«, Carlo war ernsthaft irritiert.

Hanna lächelte schwach.

»Mein Gott, Sie sind ein verklemmter Rübezahl. Sie sollen mir nicht die Unterhose wechseln. Sondern Socken anziehen. Das habe ich vorhin schon selbst probiert. Aber wenn ich mich runterbeuge, wird mir kotzübel. Gehirnerschütterung. Also?«

»Na klar. Mach ich sofort«, als Carlo zur Schublade griff, meldete sich sein Telefon mit dem Zikadenzirpen, das er sich als Klingelton ausgesucht hatte.

Er wandte sich von Hanna ab, murmelte immer wieder nur »Jaja« oder »mmh«, spannte aber den Nacken dabei an und ballte die linke Hand in regelmäßigen Abständen zur Faust.

»Wie geht es ihm?«, fragte er dann und machte wieder nur zustimmende Geräusche.

»20 Minuten«, sagte er dann noch und beendete das Gespräch.

Er öffnete die Schublade und nahm ein Paar dicke beigefarbene Wollsocken heraus. Dann kniete er sich vor Hanna und bewegte die Socke in Richtung ihres schlanken Fußes. Zum Glück kam sie ihm entgegen, denn seine Hände zitterten.

Carlo murmelte:

»Und die Mädchenhöschen wurden trocken,
Mit dem Winter kam die Faschingszeit.
Aber drüben, am Balkon verschneit,
Eisverhärtet, hingen hundert Socken.«

»Schön«, sagte Hanna, »von Ihnen?«

Carlo schüttelte den Kopf.

»Ringelnatz. Ist der Einzige, auf den ich mich verlassen kann.«

```
Wien
Stadtpark
12.50 Uhr
```

Es war noch recht kalt.

Aber das würde ihn nicht abhalten. Es musste jetzt einfach sein. Schließlich wartete er schon seit Weihnachten darauf, endlich sein neues Rennrad auszuprobieren. Geschenk von der Tochter. Zuerst war Martin Vosotka beschämt gewesen. Viel zu üppig. In solchen Summen konnte er nicht zurückschenken. Sein Polizistensold war im 36. Dienstjahr gewiss nicht schlecht. Aber eben kein Vergleich zu dem Vermögen, das die Tochter bei der Anwaltskanzlei in London verdiente. Nur durch das gute Zureden seiner Frau hatte sich dann aber noch vor dem neuen Jahr die Freude über dieses fantastische Bianchi-Rad aus einer Aluminium-Karbon-Mischung durchgesetzt. Und auch noch zur schwer auszuhaltenden Vorfreude auf den ersten ›Ausritt‹ gesteigert.

Die 87-Kilometer-Tour durch den nördlichen Wiener Wald würde er am heutigen Nachmittag machen.

Vosotka beschleunigte seinen Schritt. Denn er war nur noch wenige Meter vom Johann-Strauß-Denkmal entfernt. Es verging kein Tag, an dem dort nicht asiatische Touristen von ihm, oder schlimmer noch: mit ihm, fotografiert werden wollten. Mittlerweile hatte er auf seine Weise Rache genommen. Bei einer Japan-Reise vor anderthalb Jahren musste ihn seine Frau mit jedem uniformierten Polizisten fotografieren, dessen sie habhaft werden konnten.

Geschafft. An dem als Geiger erstarrten Strauß aus Bronze war er vorbei. Blumenuhr, dann kam rechter Hand die Robert-Stolz-Büste auf dem Gedenkstein. Wenn er den sitzenden Franz Schubert auf der Säule zur Linken sah, war es schon nicht mehr weit. Der Oberkellner aus dem Café Prückel hatte ihn angerufen.

Vosotka war schon gelegentlich mit ihm Rad gefahren. Deswegen trank er dort seinen Verlängerten immer erheblich ermäßigt. Für den hausgemachten Topfenstrudel hätte er ohnehin jeden Preis bezahlt. Nach Vosotkas Meinung der beste der Stadt.

Immer wenn sie einen Auftritt der Staatsmacht in Uniform brauchten, ohne den ganz großen Alarm auszulösen, dann riefen die Leute vom Prückel bei ihm an. Seine heutige Mission: Der Oberkellner wollte gesehen haben, wie ein berauschter deutscher Tourist am Tisch mit einer Schusswaffe spielte. War sich aber nicht sicher, ob es nicht auch eine Spielzeugpistole sein könnte.

Leider würde sich Vosotka kein Stück Topfenstrudel genehmigen können. Denn eine Mehlspeise konnte einem auf dem Fahrrad das Leben schwer machen.

Die Sonne brach immer wieder zwischen den Wolken durch. Es würde ein guter Nachmittag auf dem Fahrrad werden. Unter Umständen musste er die unbequeme lange Hose gar nicht anziehen. Durch seine täglichen Fußstreifen hatte sich Vosotka ein Gehtempo angewöhnt, das auf Spaziergängen mit seiner Frau immer wieder für Ärger sorgte.

Heute konnte es ihm gar nicht schnell genug gehen.

Er befand sich bereits auf dem Parkring und würde gleich den Gründerzeitbau sehen. Mit dem Café Prückel im Erdgeschoss. Dort würde Vosotka rasch diesen Deutschen ermahnen, keinen Unfug zu machen. Einen Verlängerten trinken und dann auch schon sehr bald Dienstschluss machen. So Vosotkas Plan. Den er nicht mehr in die Tat umsetzen konnte.

Berlin
Zehlendorf
Mittagszeit

Anne wollte nicht zittern. Aber sie zitterte.

Der Mann brachte ihr Tee. Kam in den Raum, stellte das Tablett ab, sagte »Tee!«, machte eine einladende Handbewegung und verließ den Raum wieder.

Es war der Mann, der sie aus der Wohnung geholt hatte. Er musste sie weggetragen haben. Denn sie erinnerte sich nur noch an einen stechenden Geruch und an den Moment, als sie mit verbundenen Augen in einem Auto wieder zu sich gekommen war. Den Mann erkannte sie an seinem Parfum. Mit einem schweren Aroma, wie es alte Frauen gerne trugen.

Anne saß auf einem Bett. Eher eine Art kreisrunder Liegeinsel. In der Mitte des Bettes war ein Handtuch ausgebreitet. Offensichtlich unbenutzt, denn die beiden Mangelfalten waren noch deutlich zu sehen.

Unter der Decke hing der wahrscheinlich obligatorische große Spiegel. Wenn Anne noch Zweifel an der Funktion dieses Zimmers gehabt hätte, wären diese durch das Nachtschränkchen neben dem Bett ausgeräumt worden. Darauf standen eine große Tube Gleitmittel, Vibratoren unterschiedlicher Farbe und Größe, ein Karton mit Kondomen. Auch für die Aufschrift einer 1000er-Schachtel Gummis hatte sich irgendein Werbeknecht wohlgesetzte Worte überlegen müssen. Anne las: »ProLine Long Reservoir feuchte Kondome – 1000 Stück für die professionelle Vielverwendung«.

Unter anderen Umständen hätte sie das gerne Hanna gezeigt. Oder einer anderen Freundin. Ihr Mund war trocken. Aber sie wollte nicht von dem Tee trinken.

Das Zittern kam und ging.

Was würden die hier mit ihr machen? Oder war diese Frage

durch das Bordell-Zimmer bereits beantwortet? Was wollten die von ihr? Was, um Gottes willen, konnten diese Leute von ihr wollen? Ging es um ihren Vater? Also um Geld? Immerhin konnte Anne das Weinen unterdrücken. Aber ihr war so sehr danach wie lange nicht. Nicht nur aus Angst. Sondern aus Wut. Ihr Verstand rannte in jede Richtung gegen eine Wand. Woher sollte jemand wissen, dass sie in Hannas Wohnung wohnte? Wie sollten vor allem der Parfümierte und die Leute, für die er wahrscheinlich arbeitete, auf diese Adresse gekommen sein? Konnte es etwas mit Fabians Tasche zu tun haben? Mit dieser verdammten Tasche? Die hätte ich diesen Bullen geben sollen, fluchte Anne in sich hinein.

Das Zittern kam wieder. Sie fühlte sich schmierig. Ungewaschen. Auch wenn sie sich vor ihrer Entführung einmal in das Badewasser getunkt hatte, war sicher ihre Angst zu riechen. Zu diesem Zimmer gehörte ein Bad mit einer Dusche. Aber sie wollte sich auf keinen Fall ausziehen. Nicht noch nackter sein. Was würden diese Leute ihr antun? Als ihr dieser Parfümierte den Tee gebracht hatte, hatte der Mann kein bisschen nervös gewirkt. Sondern ganz ruhig. Beängstigend ruhig. Ganz so, als würde er nur eine alltägliche Aufgabe erledigen. Als sie im Auto realisiert hatte, dass ihre Augen stramm verbunden waren und sie wegen der Handfesseln nicht hinfassen konnte, war ihr zuerst vor Schock die Luft weggeblieben. »Relax, relax«, hatte der Parfümierte gesagt. Es musste der Parfümierte gewesen sein. Denn der hatte ihr die Augenbinde abgenommen, nachdem sie in ein Haus, also dieses Haus, gegangen waren. Dazwischen hatte es keine weitere Begegnung mit einer anderen Person gegeben. Jedenfalls hatte sie nichts gehört. Vielleicht ein Scherz. Ein schlimmer Scherz meiner Kommilitonen, dachte Anne für einen Moment. Die nichts von diesem Training wissen konnten. Als sie 16 wurde, hatte ihr Vater darauf bestanden. Ein Polizist kam vorbei. Ein Spezialist für Geiselnahmen. Ihr erschien das damals höchst lächerlich. Wie diese Familien, die sich für den Ernstfall einen Bunker bauten, um darin genug Taschenlampenbatterien für die Tage aufzubewahren, in denen sich außerhalb des Bunkers die Apokalypse ereignete.

Keine Waffen der Entführer zu erbeuten versuchen. Fluchtwege suchen. Menschlichen Kontakt mit den Verbrechern herstellen.

Solche schlauen Regeln waren damals die langweilige Leier des Mannes gewesen. Wo war hier der Fluchtweg? Es gab kein Fenster. Das wenige Tageslicht, das in den Raum fiel, kam durch eine Glasbausteinwand. Selbstverständlich hatte Anne die Tür ausprobiert. Ebenso selbstverständlich war die Tür verschlossen. Anne fasste sich an die heiße Stirn. Das Zittern wurde jetzt stärker als zuvor. Sie begann zu weinen. Sie musste daran denken, wie es war, wenn sie sich mit ihrer Mutter umarmte. Und schüttelte über diesen Gedanken sofort den Kopf. Anne schniefte. Würden sie sie schlagen? Sie ausziehen? Sie vergewaltigen? Sollte sie sich dann wehren? Und auf welche Weise? Sie schlang die Arme um den Oberkörper. Ihr war so kalt. Einen Moment überlegte sie, sich mit dem Handtuch auf dem Bett zuzudecken. Ich will es mir hier aber nicht gemütlich machen, rief alles in ihr. Ich will hier raus. Dann hörte Anne einen Schlüssel in der Tür.

Wien
Café Prückel
Stubenring 24
13.04 Uhr

Sofia brauchte eine Kopfschmerztablette.

Ihr steindummer Bruder. Dieser blöde Idiot war dabei, alles wieder gründlich zu versauen. Sofia saß im hinteren Bereich des Cafés. Hinter der Kuchentheke, mit dem Rücken zu den Toiletten. Sie konnte den Eingang sehen. Leider sah sie auch, was sich am Tisch hinter der Säule abspielte.

Ihr Bruder und Torben hatten sich nebeneinandergesetzt. Beide mit dem Gesicht zum Eingang. Doof genug. Aber ihr Bruder hatte bereits nach dem Frühstück die erste Tüte des Tages geraucht. Eine üppig große. Danach folgte das halbe Wasserglas Cognac. Seiner Meinung nach »anti-bakterieller als jede Munddusche«. Auch damit zitierte er ihren versoffenen Vater. Dem nicht umsonst die Leber den Garaus gemacht hatte. Dieser verdammte Junkie hätte eigentlich hoch konzentriert sein müssen. Er musste Jules ersetzen. Das würden die Araber nicht mögen. Der Hurenbock war wieder einmal einfach nicht aufgetaucht. Sofia hielt sich das Wasserglas, das mit dem Kaffee gekommen war, an die Stirn und schloss für einen kleinen Moment die Augen.

Zwischendurch hörte sie immer wieder das übertriebene Lachen ihres Bruders. Manchmal im Gleichklang mit dem schrillen Kichern von Torben. Der klang wie ein gekitzeltes Kind, wenn er lachte. Torben brauchte dazu keine Drogen. »Natur-stoned« war der Ausdruck, den Ben für den nicht nur politisch arg unreifen Torben gefunden hatte.

Sofia sah, wie ihr Bruder den rechten Arm herunterhängen ließ. An seinem Zeigefinger baumelte die Pistole. Die Gäste an den Nachbartischen warfen hin und wieder einen Blick hinüber.

Aber Wien war eben Großstadt. Da konnte es einem auch den Buckel runterrutschen, wenn ein eigenartiger Deutscher mit einer Wumme hantierte. Wahrscheinlich imitierte Ben wieder den österreichischen Akzent. Konnte er nicht wirklich überzeugend, aber es reichte für Torbens Mädchenlacher. Das darf nicht wahr sein, das darf einfach nicht wahr sein, fluchte Sofia. Keine zwei Schritte hinter Ben stand ein uniformierter Streifenpolizist, der irgendwas mit dem Kellner tuschelte. Die beiden waren offenbar miteinander bekannt. Sofia war aufgefallen, wie der Kellner dem Bullen einen Kaffee hinstellte, ohne dass der etwas gesagt hätte. Vielleicht bildete sie es sich nur ein, aber der Kellner schien immer wieder in Richtung des Tisches von Ben und Torben zu nicken.

Die Araber waren schon da. Sie saßen draußen in einer schwarzen Luxuslimousine. Sofia hatte den Mann auf dem Beifahrersitz erkannt. Ben auch. »Da sind ja Ali und Baba«, hatte er gesagt, und Sofia konnte ihn im letzten Moment davon abhalten, im Vorbeigehen auf das Autodach zu klopfen. Selbstverständlich hätte er das mit einem überdrehten Kiffer-Brüllen untermalt. Diese Macho-Arschlöcher hatten ihr durch Jules verbieten lassen, noch einmal am Tisch mit ihnen zu sitzen. Käme nicht in Frage, hieß es. Keine unverschleierten Frauen, nicht an einem Tisch, keine Diskussion. Aber diese Typen waren Profis. Achteten auf ihre Sicherheit. Sofia wollte nicht, dass dieses Jules-Schwein recht behielt. Sie waren nicht nur eine Kindergarten-Truppe. In Heiligendamm, oder auch in Davos beim Weltwirtschaftstreffen, war ihr Bruder nüchtern geblieben. Kein Alkohol, kein Gras, kein Koks. Hatte ihre kleine Gruppe mit beeindruckender Souveränität dahin geführt, wo die Bullenkette am schwächsten war. Ben hatte immer darauf geachtet, dass in der Gruppe auch die Demo-Amateure keinen Mist bauten. Geld in die Plastikfolie, als Vorbereitung auf den Wasserwerfer-Einsatz. Kein Adressbuch mit sich rumtragen, keine echten Vornamen rufen, wenn sich alle sammeln. Alle Infos vor den Bullen verbergen. Hatte der wirklich mal beachtet, in seiner Vor-Idioten-Zeit.

Der uniformierte Polizist nahm einen Schluck von seinem Kaffee. Sie durfte nicht zu auffällig lauschen. Keine Verbindung zu

Ben und Torben sollte für den Bullen, den Kellner oder die anderen Gäste erkennbar sein.

Ben, oder eigentlich Jules, sollte den Arabern erklären, warum Fabian in Berlin das Zeug nicht an die Libanesen geliefert hatte. Die Erklärung dafür hätte sie auch gern gewusst. Ben sollte es mit Geld bei den Arabern probieren. Sofia hatte vorhin noch einmal durchgerechnet. Ihre Reserven waren bald erschöpft.

Jetzt setzte sich der Bulle in Bewegung. Klar, ganz klar, dachte Sofia, auf den Tisch von Ben und Torben zu.

Während er langsam ging, öffnete der Mann den Druckknopf, mit dem die Pistolentasche an seinem Gürtel verschlossen war. Sich selbst versichernd strich er mit der rechten Hand über den Kolben der Waffe. Sofia bemerkte, wie das Gemurmel im vorderen Bereich des Cafés sofort leiser wurde, als der Bulle das Wort an Ben richtete. Trotzdem konnte sie die Worte nicht verstehen.

Allerdings erkannte sie aus dem scharfen Geräusch der Stimme ihres Bruders, wie wenig der mit seinem vernebelten Hirn zu einer taktisch klugen Entscheidung in der Lage war. O nein. Jetzt richtete er die Waffe auf den Polizisten. An den anderen Tischen sprangen Leute auf. Eine Frau, die eine studentische Inka-Mütze trug, stürzte, schrie kurz auf, rappelte sich sofort wieder auf und stürmte ohne Jacke aus dem Lokal. Dann fiel ein Schuss. Offenbar aus Bens Waffe. Die Kugel traf die Lampe. Auf die Menschen, die unter dem Ding saßen, ging ein Scherbenregen nieder. Sofias Hände zitterten. Sie griff nach ihrer Handtasche, wollte ihre eigene Waffe herausholen, aber sie konnte nicht.

Der Polizist war einen Schritt zurückgetreten und rief jetzt so laut, dass Sofia jedes Wort verstehen konnte: »Woffn obe, sofurt.« Ben zielte immer noch auf den Polizisten, aber auch seine Hand zitterte. Dann fiel ein weiterer Schuss, Ben schrie auf und kippte mit dem Oberkörper nach vorn. Der Polizist hatte überhaupt nicht geschossen. »Herst, Depperter, du host jo dein Fraind dawischt. I glaub' i traam«, schrie der Polizist. Hinter dem Polizisten krabbelten Menschen auf allen vieren in Richtung Ausgang. Sofia blieb sitzen, fühlte sich versteinert. Dann sah sie Jules. Er trat die Leute beiseite, war mit zwei festen, kontrollierten Schritten hinter dem Bullen. In seiner rechten Hand funkelte etwas Blitzendes, ohne Zweifel sein Messer. Er zog es mit einem so kräftigen Ruck über den Hals des Polizisten, wie es Sofia einmal in einem Video über eine Tierschlachtung gesehen hatte. Aus der unmittelbar klaffenden Wunde quoll das Blut in großen Schüben, die Sofia wie friedliche Wellen erschienen. Der Polizist wollte wohl noch schreien, es kam aber nur noch ein Gurgeln. Jules ließ den Sterbenden fallen. Sofia stand auf und ging schnell auf den Tisch zu. »Mach schnell, Fickgesicht, mach verdammt noch mal schnell«, zischte Jules Torben zu, »und fass mit an!«

Jules zog Ben von seinem Stuhl hoch. »Scheiße, Scheiße, Scheiße«, brabbelte der vor sich hin. Sofia sah, dass seine Jeans am linken Oberschenkel blutgetränkt war.

Sie traten auf die Straße, hörten bereits Polizeisirenen, bogen sofort rechts ab. Viel zu viele Leute. Überall Leute. Jules hatte sich Bens Arm um den Hals gelegt und fiel sofort in einen Laufschritt. Er schrie Torben etwas zu, was sie nicht verstand. Sie lief hinterher.

Sie bogen sofort wieder rechts ab und hasteten in die nächste Toreinfahrt, die menschenleer wirkte. Jules legte Ben auf den Boden, riss die Jeans auf und betastete die blutende Wunde. »Geschoss noch drin, Scheiße«, keuchte er. »Ich wollte das nicht, ich wollte das echt nicht«, Torben begann tatsächlich zu heulen. Jules ohrfeigte ihn mit einer solchen Wucht, dass Torbens Kopf zur Seite flog. »Du dämliches Schwein, hör auf zu heulen«, Jules hob die Hand, mit der er gerade geschlagen hatte, zu einer ›Achtung‹-Geste. »Ich besorge uns jetzt ein Auto. Sobald ich vor dieser Auffahrt anhalte, schleift ihr den Penner zum Auto und springt da so schnell rein, wie ihr in noch kein Auto gesprungen seid, verstanden?«

Sofia nickte, Torben auch, Ben keuchte irgendwas.

»Waffe?«, Jules sah Sofia fragend an. Sie holte sie aus der Handtasche und versuchte es möglichst ruhig hinzubekommen.

»Wenn sich irgendwelche Bullen in den Weg stellen oder hinter uns auftauchen, dann weißt du, was zu tun ist?«, zischte er. Sofia nickte. Jules sprang auf, sprintete mit kleinen, überlegten Schritten auf die Ausfahrt zu. Als er die Außenwand erreicht hatte, knickte er ab und lugte um die Ecke. Er sah wieder aus wie ein unsympathischer, gefährlicher Hund, dachte Sofia.

Währenddessen entschied sich im Café Prückel, dass der Revierinspektor Martin Vosotka sein Rennrad nicht mehr ausprobieren würde.

```
Berlin
LKA-Gebäude Tempelhofer Damm
Verhörraum
15.45 Uhr
```

Carlo rieb sich die Nasenwurzel.

»Herr Schauerte, wir sitzen jetzt hier seit eineinhalb Stunden, und ich verstehe Ihre Geschichte nicht«, sagte er.

»Was verstehen Sie nicht?«, Georg sah zu Boden.

»Sie haben mir erzählt, dass Sie einem jungen Mann, den Sie nicht kannten und auch in diesem Starbucks nicht wirklich kennengelernt haben, ein Päckchen übergeben haben.«

Georg nickte.

»Dieser junge Mann hat höchstens ›Guten Tag‹ und ›Tschüs‹ gesagt, sonst nichts.« Georg nickte wieder.

»Dann haben Sie kurze Zeit später den Laden verlassen und dann gesehen, wie der junge Mann angeblich bedroht wurde. Daraufhin … na, wie soll ich es nennen … schritten Sie ein.«

Georg hob die Hände zu einer »Ja und?«-Geste.

»Herr Schauerte, was war in dem Päckchen?«

»Habe ich Ihnen auch schon gesagt: Ich weiß es nicht.«

»Immerhin wissen Sie, dass Sie dieses Päckchen von einer jungen Frau bekommen haben. Im Flugzeug. Sie haben immer noch nicht die Güte, mir zu sagen, wie die Frau heißt, oder?«

Georg schüttelte den Kopf.

»Warum nicht?«

»Weil ich nur den Vornamen kenne. Und weil ich mir vorstellen kann, dass die junge Frau dann womöglich zu sehr in die Sache reingezogen wird. Also Ärger bekommt, den die Angelegenheit nicht verdient.«

Jetzt schüttelte Carlo den Kopf. Er stoppte das Aufnahmegerät.

»Ich halte das jetzt mal an«, Carlo hielt inne, »ich glaube, wir sollten uns zuallererst einmal über Ihre Lage unterhalten. Die scheint Ihnen nicht klar zu sein. Sie haben nämlich bereits Ärger. Großen Ärger. Und der Ärger wächst eigentlich ständig. Jedenfalls seit Sie hier sitzen.«

»Ich weiß, dass es nicht richtig war, Ihren Kollegen …«, Georg suchte nach dem Wort, »zu schlagen. Das war bestimmt nicht richtig, aber …«

Carlo wartete. Georg sagte aber nichts weiter, sondern winkte nur ab.

»Sie haben meinen Kollegen nicht einfach geschlagen. Geschlagen ist viel zu harmlos. Sie haben meinen Kollegen, oder besser meinen Partner Hauke, krankenhausreif geprügelt. Sie haben ihm das Jochbein gebrochen, das Nasenbein, drei Rippen und den linken Unterarm. Dem anderen Kollegen haben Sie ebenfalls die Nase gebrochen. Der muss wegen seiner schweren Gehirnerschütterung im Krankenhaus bleiben.«

Georg faltete die Hände und sah wieder zu Boden.

Carlo hatte ohne Wut gesprochen. Als er die Nachricht von Haukes Zustand erfahren hatte, war er noch rasend vor Zorn gewesen. Aber er konnte auf diesen Friseur nicht wütend sein. Noch schlimmer: Aus irgendwelchen Gründen, und es gab eigentlich keine guten, mochte er diesen Mann. Der fast schon schüchterne Ausdruck in den Augen. Die sanften Züge. Carlo hatte schon in so viele Visagen gesehen, die von der Gier nach Gewalt verzerrt waren. Als Bereitschaftspolizist standen ihm oft Hooligans gegenüber. Vom Alkohol aufgedunsene Gesichter, von den unzähligen Schlägereien vernarbt. Mit nach mehreren Brüchen grotesk verformten Nasen. Individuen, die sich aus voller Lust dem Tier in sich ergeben hatten. Aber dieser Friseur Georg Schauerte war nicht so ein Mann. Trotzdem war er so zielgerichtet und präzise vorgegangen, als habe er eine tödliche Mission. Schlimmer noch: Durch die Tat dieses Georg Schauerte war Fabian Rensmann entkommen. Auf einem der vielen Zettel, die vor Carlo lagen, stach ihm immer wieder der schlimmste ins Auge. »Chefin« hatte die Sekretärin aufgeschrieben, mit mehreren Ausrufungszeichen. Auch wenn dieses Verhör niederschmetternd war: Das Gespräch mit Kriminalrätin Tillmann hielt einen ganz anderen Schrecken für ihn bereit.

Carlo ruckte seinen großen Körper auf dem Stuhl zurecht. Er legte die Unterarme auf den Tisch, beugte sich zu Georg vor.

Georg rieb ohne erkennbaren Sinn mit dem Zeigefinger auf der Tischplatte.

»Sie erinnern mich an jemanden«, sagte Georg.

»An wen?«, fragte Carlo.

»An einen amerikanischen Freund«, Georg sah zur Tür mit der kleinen Glasscheibe, durch die man ständig Leute an dem Zimmer vorbeigehen sah.

»Ich besuche ihn einmal in der Woche, und dann rauchen wir eine Zigarette miteinander«, Georg blickte auf die Wand hinter Carlo.

»Möchten Sie rauchen?«, fragte Carlo.

»Nein«, Georg schüttelte den Kopf, »ich rauche immer nur die eine Zigarette. Mit ihm. Gewissermaßen. Aber danke für das Angebot.«

Wieder entstand eine Pause. Stille.

»Ich bin nicht Ihr Freund. Ich kann nicht Ihr Freund sein, Herr Schauerte. Mit Leuten wie Ihnen darf ich mich schon aus beruflichen Gründen nicht anfreunden, wissen Sie«, Carlo nahm ein DIN-A4-Blatt hoch, auf dem viele Zahlen und wissenschaftlich anmutende Begriffe standen. Es war ein Laborbericht.

»Sie haben sich, so wie ich es bisher sehe, und ich bin nicht Staatsanwalt und somit kein Jurist, aber Sie haben sich nach meiner Meinung der gefährlichen Körperverletzung schuldig gemacht. Die, weil es sich um Polizeibeamte handelte, auch noch als Widerstandsdelikt gewertet werden muss.« Carlo sah noch einmal auf den Zettel, dessen Inhalt er längst kannte. Denn der Bericht war ihm schon vor einer Stunde hereingebracht worden.

»Als wenn das alles noch nicht genug wäre, sind Sie offenbar in den Handel mit Drogen verwickelt. Denn in dem Päckchen haben wir 400 Gramm einer Designerdroge gefunden, die den Kollegen vom Drogendezernat hier in Berlin in ihrer Zusammensetzung bisher unbekannt war. Allerdings haben uns die Kollegen aus den USA sehr schnell ausgeholfen und uns darüber aufgeklärt, dass es sich um den heißesten Scheiß in der Partyszene der Städte Baltimore, Philadelphia und Washington DC handelt. Zeug, mit dem sich Leute, die es sich leisten können, gepflegt wegknallen. Aus welcher Stadt sind Sie vorgestern eingereist, Herr Schauerte?«

Georg sah Carlo erschrocken an: »Davon weiß ich nichts. Das müssen Sie mir glauben. Ich habe mit Drogen nichts zu tun. Ich trinke Wein. Und habe vor was-weiß-ich-wie-vielen Jahren meinen letzten Joint geraucht. Ich bin kein Junkie. Das ist die Wahrheit.«

»Wenn Sie damit Geld verdienen, sind Sie auch kein Junkie. Sondern ein Dealer. Wenn Sie damit handeln, heißt das nicht, dass Sie sich den Mist auch selbst reinpfeifen.«

Georg atmete tief aus.

»Verraten Sie mir was anderes, Herr Schauerte. Woher können Sie das?«

»Woher kann ich was?«

»Wo haben Sie gelernt zu kämpfen? Zumindest unser Kollege von der Zivilstreife ist ja von einer regelrechten Wikinger-Statur. Der wird üblicherweise nicht von Männern ausgeknockt, die sonst nur einen Föhn in der Hand halten. Wo haben Sie das gelernt?«

Carlo registrierte, dass Georgs Nervosität augenblicklich zunahm.

»Darüber kann ich nicht sprechen. Dazu darf ich nichts sagen. Wirklich nicht. Das müssen Sie verstehen.«

Carlo seufzte.

»Wie ich schon sagte, ich muss überhaupt nichts verstehen«, Carlo sah Georg eindringlich an. Der erwiderte seinen Blick. Mit Angst in den Augen.

»Sie müssen sich Hilfe holen. Sie brauchen einen Anwalt, Herr Schauerte.«

Georg nickte.

»Könnten Sie mir einen Zettel geben?«

Carlo riss ein Blatt von seinem Block ab und reichte es Georg zusammen mit einem Kugelschreiber.

Georg strich über das Blatt, nahm den Kugelschreiber in die Hand. Die zitterte aber zu stark, um schreiben zu können.

»Kleinen Moment. Geht gleich«, Georg lächelte. Routiniert und leer.

Dann begann er zu schreiben. Als er fertig war, schob er das Blatt zu Carlo hinüber.

»Das sind zwei Namen und Nummern. Welchen Anwalt hätten Sie denn gern?«, fragte er.

»Die erste Nummer ist von Rechtsanwalt Dr. Gernot Uplegger. Hier in Berlin. Die zweite ist von Major Hinrich Heller. Kann sein, dass der schon aufgestiegen, also nicht mehr Major ist. Dem können Sie schöne Grüße ausrichten.«

»Soll ich vielleicht vor meinem Anruf ein paar Blumen schicken?«

»Entschuldigen Sie. Major Heller kann aber vielleicht das ein oder andere erklären. Was ich Ihnen nicht so einfach sagen kann.«

Carlo kratzte sich seine Bartstoppeln am Kinn.

»Und dieser Major Heller ist von der Frisierdivision der Bundeswehr, oder was?«

Georg grinste.

»So in etwa«, sagte er.

Carlo nickte. Dann erhob er sich von seinem Stuhl.

»Gut«, sagte Carlo, »ich gehe dann mal telefonieren. Dann werde ich Ihren Fall mit meiner Vorgesetzten diskutieren. Die freut sich bestimmt schon. Das wird einen Moment dauern. Möchten Sie hierbleiben? Oder soll ich Sie in die Arrestzelle bringen lassen?«

Georg zuckte mit den Schultern.

»Ich bleibe wohl lieber hier«, antwortete er.

Carlo nickte. Wandte sich in Richtung Tür.

Die Telefonate wären schnell erledigt.

Für das, was dann käme, sprach er schon »Der traurige Onkel« vor sich hin:

›Wundre dich nicht, wenn ich weine,
Weil ein Mensch doch dann und wann
Trotz des bestens Willens seine
Sorgen nicht verbergen kann.‹

London City Airport
16.15 Uhr Ortszeit

»Sehen Sie nicht, dass ich am Telefon bin, verdammt noch mal«, brüllte Randebrock. Er mochte es nicht, wenn er die Fassung verlor. Hatte es aber nicht zurückhalten können.

Der Pilot hätte wahrheitsgemäß ›Nein‹ sagen können. ›Nein, ich konnte nicht sehen, dass Sie telefonieren‹, wäre eine passende Antwort gewesen, denn Randebrock murmelte in ein winzig kleines Mikrofon an einem Kopfhörerkabel. Aber selbst wenn das Mikrofon viel größer gewesen wäre oder Randebrock sogar einen Telefonhörer aus den 70er-Jahren an sein Ohr gehalten hätte, hätte der Pilot das nicht sehen können. Denn Randebrock hatte eine Blende aus dem Seitenteil seines komfortablen Sitzes gezogen. Er saß also beinahe in einer Kapsel. Von außen kaum einsehbar. Der Pilot wollte ihm nur mitteilen, warum sich der Start um zwanzig Minuten verzögern würde. Zu viele Flugzeuge wollten in die Luft. In diese Reihe musste sich auch der Geschäftsjet der Mineralölassoziation richtig einsortieren.

Der Pilot würde nicht auf seinem Recht beharren. Er mochte dieses Flugzeug. Er war mit dem Job einverstanden und mit der Bezahlung mehr als zufrieden. Heute war eben die Fracht mal wieder schwierig. Nachher, spätestens eine Dreiviertelstunde nach der Landung in Berlin, würde er den ersten Riesling in sein Glas gießen, das Wasser in die Wanne einlassen und gemeinsam mit Ellen ein Bad nehmen. Sie würde ihn nach den Gockeln fragen. So nannte er Leute wie Randebrock. Dann würden Ellen und er über was ganz anderes reden. Oder über gar nichts mehr.

Randebrock sah währenddessen aus dem Fenster und überlegte, ob er sich entschuldigen sollte. Zu viel Menscheln ist nicht gut, dachte er. Die sehen mich sowieso nicht als ›den Joachim‹, mit dem man ein Bier trinken kann. Für die habe ich einfach nur die

Mütze auf, vor der sie ihre eigene ziehen müssen. Aber auch nur so lange, bis sich ein anderer meine Mütze aufsetzt.

Und das sollte nicht mehr lange dauern. Jedenfalls wenn es nach Joachim Randebrock ging. Ihm reichte es. Das Rumreisen und Rumquatschen. Die jungen Männer, die sich plusterten und plusterten, aber dennoch nur wirkten wie junge Hunde, die sich in zielloser Erregung an jedem Bein reiben wollten. Leider erkannte er sich in ihnen wieder. Vor zwanzig Jahren war er ein mindestens genauso herablassender Schnösel gewesen. Die Anfeindungen waren ihm dagegen gleichgültig. Wenn sich ein in die Jahre gekommener Kabarettist an ihm das Mütchen kühlen wollte und seine Inhaftierung forderte, wie vor einigen Tagen wieder geschehen, dann schickte er nicht mal mehr die Anwälte los. Er konnte morgen aufhören. Geld war genug da. Selbst wenn er seiner Frau den üppigen Anteil bezahlte, den sie als ›Abfindung‹ verlangte.

»Genug für ein sorgloses Leben«, hieß es doch immer. Randebrock wusste nicht, was er tun sollte, um seine Sorgen loszuwerden. Rauskaufen konnte er sich aus den Ängsten nicht. Er hätte viel und gerne bezahlt. Vielleicht sogar alles, was er hatte. Vor allem für eine Nacht, die für ihn nicht nach vier Stunden schon wieder vorbei war. Einen Morgen würde er sich kaufen, an dem er einfach nur schlafen konnte, ohne sich mit zig Ritualen die Gedanken fernzuhalten. Oder einen Auftritt vor einem größeren Publikum, bei dem er mit blitzender Souveränität an das Rednerpult trat wie vor fünf oder vor zehn Jahren. Bei solchen Gelegenheiten brach ihm heute regelmäßig der Schweiß aus. Er musste ein Glas Rotwein vorher trinken. Und eine von den kleinen Kapseln nehmen, die ihm sein Arztfreund Walter gegeben hatte. Morgen würde es wieder so weit sein. Bei der Eröffnung dieses neuen Großflughafens sollte er für die Wirtschaftsseite sprechen. Toller neuer Flughafen, gut für die Wirtschaft, Berlin blüht, jetzt kommt die ganze Welt, blablabla. Im Moment war ihm dieser Flughafen völlig egal.

Sein Dämon war die Angst um Anne. Oft werden Frauen als gluckenhaft beschrieben, wenn sie ihre erwachsenen Kinder nicht loslassen konnten. Er war schlimmer. Viel schlimmer.

Er beschäftigte zwei Männer, die Anne ›unsichtbar‹ überwachten. Würde sie von der Sache Wind bekommen, wäre das einigermaßen gute Verhältnis zu seiner Tochter mit Sicherheit dahin. Konnte Randebrock sogar verstehen. Sein eigener Vater hätte ihm gewiss keine Schnüffler hinterherschicken dürfen. Zum Glück war der ohnehin viel zu beschäftigt gewesen, das komplette weibliche Personal seiner Groß-Schneiderei flachzulegen.

»Machen Sie einen Vormittag frei«, hatte Randebrock den beiden Beschattern gesagt. Heute Morgen. Anne ist krank, im Bett ist sie sicher, hatte er gedacht. Riesen-Idiot. Jetzt war sie verschwunden. Seine Leute hatten ein Gespräch der Frau, der die Wohnung gehörte, mit einem Polizisten durch die Tür belauscht. Selbstverständlich wollte der Polizist nicht helfen. Nach der Beschreibung seiner Männer nichts anderes als ein riesengroßer Steuergeldfresser.

Später war dann ein Mann aufgetaucht, den er von Fotos kannte. Geschossen von seinen Beschattern. Anne hatte diesen Mann auf der Straße geküsst. Mittlerweile wusste Randebrock, wie dieser Mann hieß und dass er unter anderem wegen Drogensachen vorbestraft war. Luxusautos hatte das Früchtchen auch schon angezündet. Vedran und Luka sollten dem Burschen eigentlich einen Schrecken einjagen. Zum Dank für ein Alibi, das er ihnen vor zwei Jahren verschafft hatte, kümmerten sich die beiden Veteranen des jugoslawischen Bürgerkriegs für Randebrock um solche Sachen. Zu einem Freundschaftspreis und sehr diskret. Das simple Problem: Die beiden hatten diesen Junkie in den vergangenen Tagen nicht finden können. Jetzt war immerhin klar, wo er war. Aber viel wichtiger: Wo war sein Mädchen? Sein Unterleib rebellierte beinahe so schlimm wie bei dieser Amöbenruhr, mit der er sich in den 90ern in Kenia gequält hatte. Es musste jetzt endlich losgehen. Sie müssten jetzt schnellstmöglich von diesem verfluchten Flughafen abheben und nach Berlin. Anne geschlagen, Anne in Ketten, Anne, die mit einem Messer bedroht wurde, und noch Schlimmeres, was er sich noch nicht einmal in Worten zu benennen traute. Die Horror-Bilderserie in seinem Kopf setzte sich in Gang und endete, wie immer, mit Anne in einem Sarg. Joachim Randebrock griff mit zittrigen Fingern nach der Tüte in der großen Tasche neben seinem Sitz und erbrach sich so unauffällig wie möglich.

```
Berlin-Wedding
Grüntaler Str. 7
17.15 Uhr
```

Fabian saß Hanna am Küchentisch gegenüber und drehte sich eine Zigarette. Sie hatte ihm erlaubt zu duschen. Musste sein. Denn sie reagierte wegen der Medikamente, oder wegen der Gehirnerschütterung, oder wegen was auch immer, besonders sensibel auf Gerüche. Und Fabian stank.

Vorhin hatte er plötzlich in ihrem Zimmer gestanden. Sie hatte versucht, ein wenig zu schlafen, nachdem der Riesenpolizist mit den warmen Augen verschwunden war. Sie erschrak selbstverständlich. Dann fürchtete sie einen Moment, es könne eine Halluzination sein.

Mittlerweile wusste sie: Es war der echte Fabian. Dem sie gestern unzählige Botschaften hinterlassen hatte. Der ihr dann als Nachtgestalt noch einmal erschienen war.

Den die Polizei suchte. Der ihr viele Erklärungen schuldig war.

»Hier raucht niemand. Schon vergessen?«, sagte Hanna.

Er steckte die Zigarette in die Tabaktüte, klebte den Beutel zu und hob entschuldigend die Hände. Dann nahm er einen Schluck von seinem Kaffee. Fabian zeigte auf das Foto auf der Titelseite des »Tagesspiegel«.

»Unter den Umständen kein schlechtes Foto. Irgendwie auch ein bisschen heiß«, murmelte er.

»Meine 15 Minuten Ruhm. Ein berühmtes Opfer. Für einen Tag. Oder für Leute mit schwierigen Neigungen eine geile Glatze. Da hast du wohl recht.«

Er umschloss seine Tasse mit beiden Händen. Auf seiner Stirn zeigten sich kleine Schweißperlen. Hanna fand ihn immer noch schön. Aber was von ihm ausging, hatte nichts mehr mit der

Leichtigkeit einer Romanze zu tun. Stattdessen kam es ihr vor, als habe sie einer der anderen Patienten aus dem Krankenhaus nach Hause begleitet. Als müsste sie auf der Hut sein, um gleich nach der Schwester zu klingeln, wenn er plötzlich losröchelte.

»Bist du sauer?«, raunte er der Tischplatte zu.

Hanna schüttelte ungläubig mit dem Kopf.

»Und du, Fabian? Bist du doof?«

Er sah sie ängstlich an und zuckte mit den Achseln.

»Was meinst du denn?«, fragte er.

»Dann ist es jetzt offiziell: Du bist doof«, Hanna sprach nicht laut, aber zunehmend kraftvoll.

Fabian griff sich mit der linken Hand in den Nacken und begann sich achtlos zu massieren.

Hanna legte die Unterarme auf die Tischplatte und lehnte sich zu ihm hinüber.

»Vor ein paar Stunden ist ein Kriminalbeamter in dieser Wohnung gewesen. Der sucht dich. Wir haben uns schon das zweite Mal gesehen. Auch weil er sich um mich sorgt. Aber er sorgt sich, weil ich dich kenne. Weil ich mit dir in Verbindung stehe.«

»Bulle halt«, sagte Fabian matt.

»Dieser Bulle, wie du ihn nennst, sucht die Leute, die hinter diesem Anschlag am Dienstag stecken. Bei dem ich hätte draufgehen können. Bei dem der Mann gestorben ist, neben dem ich stand. Weil ein Sprengsatz in den Pflanzen explodiert ist, die du mit deinen merkwürdigen Bekannten reingetragen hast. Ich bin kein Bulle. Aber selbst mir fällt auf: Mensch, da könnte es doch eine Verbindung geben. Oder sogar: Mensch, wenn da keine Verbindung besteht, dann muss jetzt aber Miss Marple mit einem abgefahrenen Super-Argument um die Ecke kommen, damit ich das glauben kann.«

Fabian spielte jetzt mit seinem Tabakbeutel, ohne das Päckchen tatsächlich zu bemerken.

»Dann spinne ich den Faden mal weiter, mein Lieber. Dann denke ich mir: Was würde ich tun, wenn ich ein knuspriger Bursche wäre und wollte eine Bombe bei einer Preisverleihung platzieren, was würde ich dann tun? Was könnte ich denn Klügeres tun, als die Alte ficken, die für die Organisation dieser Sache zuständig ist.

Als du das entschieden hast, warst du jedenfalls nicht komplett doof. Das steht auch fest.«

Fabian schüttelte mit dem Kopf. Sagte aber nichts.

»Das habe ich mir gestern noch irre romantisch vorgestellt. Ich habe einen kleinen Verdacht, aber dann kommst du und sagst, dass eins und eins gar nicht zwei ist, und alles ist wieder super. Wir bleiben so lange im Bett, bis ich wieder Haare habe. Ansonsten gilt: Schwamm drüber.«

Hanna nahm den Tabakbeutel, öffnete ihn, holte die Zigarette heraus und zündete sie sich an. Sie zog den Rauch tief ein und pustete ihn dann mit der Routine der geübten Raucherin aus.

»Aber jetzt machst du dir bitte Folgendes klar: In dieser Wohnung haben am Montag noch zwei Frauen zusammengewohnt, zwischen denen es eigentlich ganz gut lief. Wir haben uns gut verstanden und haben unsere Sachen gemacht. Heute ist die eine Frau kahlrasiert und musste sich Splitter aus dem Hintern operieren lassen. Ihr Chef ist tot. Und die andere Frau ist verschwunden. Oder wie es der Bulle sieht: Sie hat sich Badewasser einlaufen lassen und ist dann schwer erkältet spontan zu einer dringenden Expedition aufgebrochen. Ich weiß auch keine Erklärung. Aber ich habe Angst. Große Angst. Die wirst du mir wohl nicht nehmen können. Oder vielleicht auch nicht nehmen wollen. Weil du ja selbst mein Glatzkopf-Foto ›ein bisschen heiß‹ findest. Vielleicht kannst du mir ja wenigstens ein paar Dinge erklären.«

Hanna nahm einen weiteren Zug. Er sah sie nur an. Ihr Gesicht hatte er so noch nie gesehen. So wütend. Aber auch so entschlossen.

»Und du solltest jetzt nicht doof sein. Du solltest mir jetzt wirklich was erzählen. Denn es ist ein Telefonat, und dieser Bulle steht gleich wieder hier. Ich habe dich bisher nicht verpfiffen. Aber wenn du nicht mit dem rausrückst, was du weißt, dann findet dich der Bulle hier. Und zwar da vorne an die Heizung gebunden. Hast du mich verstanden?«

Fabian rieb sich mit beiden Händen das Gesicht.

»Verdammt noch mal, Hanna, wir wollten das nicht. Oder zumindest ich wollte nicht, dass in diesem Theater Leute sterben.«

»Wer ist wir?«

»Bitte«, sagte er, »bitte nicht. Ich kann dir nicht sagen, wie die Leute heißen. Es sind Bekannte. Ich war mit denen auf Demos. Da haben wir uns immer wieder von den Bullen zu Brei prügeln lassen. Von deutschen Bullen. Von englischen. Oder von französischen. Ich weiß nicht, ob du schon mal an einer solchen Sache teilgenommen hast. Ob dir so was schon mal passiert ist. Wenn sie dich das erste Mal zusammenschlagen, dann bist du nur wütend. Beim zweiten Mal nimmst du aber schon was mit. Einen Knüppel. Oder Zeug für einen Molli. Und wenn du dann merkst: Moment mal, das ist ja immer so. Die scheißen auf dein Demonstrationsrecht. Von denen will keiner hören, was du zu sagen hast. Die räumen dich einfach ab. Du hast zwar gute Argumente. Aber die interessieren keine Sau. Du nervst vor allem. Du bist im Weg. Also wirst du zusammengedroschen, in ein Bullenauto geworfen und vor der Stadt abgekippt. Wenn du Pech hast, nehmen sie dich noch mal ran, ehe du weglaufen darfst. So funktioniert das. Wenn es dir mit der Sache ernst ist, wenn du wirklich glaubst, es könnte eine bessere Welt geben, dann sind die anderen deine Feinde.«

Hanna nickte: »Das ist ein Missstand. Aber ich sehe den Zusammenhang nicht. Warum müssen deswegen unschuldige Leute auf einer Party in Berlin sterben?«

»Natürlich siehst du die Zusammenhänge nicht. Weil du deine Energie einsetzt, damit sich irgendwelche nichtsnutzigen Promi-Pfeifen gegenseitig einen Bratwurstorden anheften können. Nord-Süd-Gefälle, weltweite Armut, Turbo-Globalisierung, was kratzt dich das? Solange der Limo-Service funktioniert, ist dir doch egal, wenn sich in Indien reihenweise Bauern umbringen, weil sie sich gegen einen Genfood-Multi nicht mehr zur Wehr setzen können. Weil das bisschen, was sie hatten, damit auch den Bach runter ist. Kümmert dich das, Hanna? Hast du davon überhaupt schon mal was gehört? Oder wartest du auf das ›Brigitte‹-Dossier zum Thema, ehe du dich damit beschäftigen kannst?«

Hanna schlug mit der Hand auf die Tischkante und zischte dann:

»Darum geht es hier gerade nicht. Wir sitzen hier nicht in einem Prenzlauer-Berg-Brunch-Lokal und radikalisieren zur Verdauung ein bisschen in der Gegend rum. Wenn ich das richtig verstehe, dann hast du am Dienstag keinem indischen Bauern den Kopf aus der Schlinge gezogen. Sondern du bist an einem Verbrechen beteiligt, dem drei Menschen zum Opfer gefallen sind. Und die Verletzten, die jetzt noch mit Verbrennungen im Krankenhaus liegen, haben wir dabei noch nicht erwähnt. Es ist gut möglich, dass du auch mit dem Verschwinden meiner Mitbewohnerin zu tun hast. Was immer du dir mit deinen Freunden zur Rettung der Welt ausgedacht hast: Ihr seid total auf dem Holzweg. Du nicht, und keiner von deinen Freunden hat das Recht, über das Leben anderer Leute zu entscheiden.« Hanna ließ sich gegen die Rückenlehne des Stuhls fallen. Immer wieder spürte sie das übermächtige Gefühl, sich sofort hinlegen zu müssen. Aber dazu war jetzt nicht der richtige Moment.

»Wo sind deine Freunde jetzt?«

Fabian schüttelte den Kopf.

»Hast du mich mit Absicht kennengelernt? War da ein Plan hinter?«

Fabian zuckte mit den Achseln. Er registrierte, dass sie ihren Blick nicht löste, sondern ihm direkt in die Augen sah. Schließlich nickte er.

»Danke«, sagte sie kühl.

»Hast du Kontakt zu den Leuten, mit denen du alles geplant hast?«

Er blickte wieder zu Boden.

»Nein.«

»Kannst du dir vorstellen, was mit Anne passiert ist?«

Fabian schloss die Augen. Seine rechte Hand war zur Faust geballt.

»Noch mal: Hast du eine Ahnung, was mit Anne passiert sein könnte?«

Fabian sprang von seinem Stuhl auf, ging zur Spüle, ließ das Wasser laufen und rieb es sich durch das Gesicht. Dann drehte er den Wasserhahn wieder zu und stellte sich vor das Fenster. Hanna sah nur seinen Rücken.

»Gut, gut, gut«, sagte er.

Er setzte sich wieder an den Tisch. Nahm seinen Tabakbeutel hoch und sah sie fragend an. Hanna nickte.

Sie hatte ihn nicht oft rauchen sehen. Einmal in die Bettdecke gewickelt. Auf dem kleinen Balkon ihres Zimmers. Damals, vor anderthalb Wochen, hatte aber ein anderer Fabian in der nächtlichen Kälte gestanden. Ein großer Junge. Kichernd und anzüglich. Jetzt saß ein grauer Mann vor ihr. Nur noch restschön, ohne jeden Glanz.

»Das ist nicht gut gelaufen«, er lachte grimmig, »überhaupt nicht gut.«

Hanna ließ die Pause wirken. Fragte nichts. Wartete.

»Ich war mir nicht sicher, ob ich bei dieser ganzen Geschichte mitmachen soll. Aber der … eine Typ, der dabei ist, der hat mich da mehr oder weniger reingequatscht. Das ist eine Art Freund.«

»Was ist ›eine Art Freund‹?«

»Der kann schwierig sein. Aber wenn es drauf ankommt, ist der sehr in Ordnung. Der hat mir über die Jahre immer wieder geholfen. Auch mit Geld. Schließlich hat mich meine Scheiß-Familie total hängen lassen.«

Hanna sah ihn fragend an.

»Was?«, fragte er.

»Du redest zum ersten Mal von deiner Familie. Ich kann also nicht wissen, wie und warum die dich hängen gelassen hat.«

»Das ist zu kompliziert zu erklären.«

Fabian wischte sich mit den Handflächen über die Oberschenkel.

»Ich habe jedenfalls Geld von denen bekommen. Um für sie Sachen einzukaufen«, Hanna wollte fragen, er hob die Hand, um sie zu stoppen, »illegale Sachen. Ich kann dir nicht sagen, was. Das war viel Geld, und ich dachte, ich könnte den Händler ein bisschen drücken. Um alte Schulden zu tilgen.« Er nahm einen tiefen Zug von seiner Zigarette.

»Da habe ich leider falsch gedacht«, Hanna sah Angst in seinen Augen. »Blöderweise habe ich eben einen Teil des Geldes schon an die Leute zurückgegeben, denen ich was schuldete. Und das fehlt jetzt.«

Hanna zuckte mit den Achseln.

»Über wie viel Geld reden wir?«, fragte sie.

»Vergiss es«, sagte er und versuchte ein Grinsen.

»Schlimmer ist aber, dass ich eine Lieferung weitergeben sollte. Ehe du fragst: Drogen. So ein Zauberzeug aus den Staaten. Dabei haben mich die Bullen beinahe eingesackt. Aber ich hatte einen Schutzengel.«

»Was für einen Schutzengel?«

»So ein Typ. Ich kannte den gar nicht. Aber der scheint kein Bullenfreund zu sein. So wie der hingelangt hat. Würde mich nicht wundern, wenn der Bulle das nicht überlebt hat. Nur doof, dass der mir vorher das Päckchen abgenommen hat und ich dann natürlich schnell wegmusste. Wenn Bullen verhauen werden, kommen nämlich ganz schnell Kollegen, und dann geht der Spaß richtig los.«

Befremdend, dieses gehässige Kichern bei ihm, dachte Hanna.

»Wo ist Anne?«, fragte sie.

Fabian drückte die Zigarette aus. Er faltete die Hände vor dem Mund und pustete hinein.

»Ich nehme an, bei den Leuten, die schon länger auf dieses Päckchen warten. Das sind Leute, die mal aus dem Libanon gekommen sind und hier viel Geld mit Drogen verdienen«, Fabian sprach leiser weiter, als wollte er sich selbst nicht hören, »mit Drogen und mit anderen Geschäften.«

Hanna atmete tief aus.

»Was du sagst, bedeutet, dass Anne die fehlende Summe und den Wert des Päckchens in irgendeinem Puff zusammenvögeln muss. Heißt es das?«

Fabian zuckte mit den Achseln.

»Genau genommen haben die überhaupt noch kein Geld bekommen. Denn die Tasche mit den Scheinen liegt bei Anne unterm Bett.«

»Hast du mit der auch …?«

Sie sah die Antwort in seinem Gesicht und schlug ihm im nächsten Moment mit der Faust mittenrein. Sofort stach ihr ein Schmerz bis in die Schulter. Aber das war ihr gleichgültig. Einen solchen plötzlichen Zorn hatte sie noch nie an sich erlebt. Es konnte kaum die Schlagwirkung sein, wahrscheinlich eher die Überraschung: Fabian lag am Boden. Hanna stand auf und trat ihm in die Seite. Sie wollte so gern weiter treten, hielt aber inne.

»Du selbstmitleidiges Schwein«, rief sie und ließ sich wieder auf den Stuhl fallen. Er schnaufte und spuckte. Hanna sah zu ihm hinunter. Sie erinnerte sich an die Grenzsituationen mit ihrem Chef Hogenwarth. Also dem Mann, den sie bis jetzt immer für den schwersten Fall in ihrem Leben gehalten hatte. Genau in diesem ruhigen, keinen Widerspruch duldenden Ton sprach sie zu Fabian:

»Hör mir jetzt genau zu. Denn ich sage dir jetzt, wie es laufen wird. Du nimmst diese Tasche mit dem Geld und suchst diese Verbrecher. Es ist mir scheißegal, wie du es machst, aber wenn Anne morgen früh wieder hier ist, dann vergesse ich, dass es dich gegeben hat. Ich verspreche dir nicht, dass ich sie davon abhalte, alles, was sie weiß, an die Polizei weiterzugeben. Aber ich für meinen Teil halte die Klappe. Höre ich nichts von Anne, dann rufe ich morgen früh den Riesenpolizisten an und erzähle ihm jedes Detail. Das ist aber noch nicht das Schlimmste. Ich weiß noch eine andere Adresse, die deinen Namen nicht kennen sollte«, Hanna ließ eine kleine Pause und dachte an Annes Vater, »und dann, mein Freund, hast du Probleme, die du dir jetzt noch gar nicht ausmalen kannst.«

Hanna stand von ihrem Stuhl auf, ging in den Flur und nahm seine Jacke von der Garderobe. Er hatte sich mittlerweile auf dem Fußboden hingesetzt und den Kopf nach hinten gelegt, damit nicht noch mehr Blut aus seiner Nase lief.

Von der Küchentür warf sie die Jacke in seine Richtung.

»Steh auf, halt die Klappe und hau ab«, bellte sie.

Fabian rappelte sich hoch, nahm die Jacke. Sie gab die Tür frei. Er ging in Annes Zimmer und kam mit der Tasche heraus.

Hanna hatte die Wohnungstür schon geöffnet. Er hielt an und wollte etwas sagen. Sie schüttelte nur mit dem Kopf. Sobald er im Hausflur stand, schloss sie die Tür und riegelte von innen zu.

Sie setzte sich in ihrem Zimmer auf die Kante des Bettes und strich sich über den kahlrasierten Kopf. Unter ihrer Schädeldecke hämmerte es regelrecht.

Als Fabian aus der Haustür trat, stiegen zwei Männer aus einer Mercedes-Limousine. Als er die beiden sah, lief er los. Zwecklos. Nach drei Schritten hatten ihn die beiden eingeholt. Sie hatten lange gewartet. Vor allem aber hatten sie seinetwegen bereits großen Ärger bekommen. Das wollten sie ihn spüren lassen.

17.30 Uhr
Meldung der Deutschen Presseagentur

Unterhaltung / Vermischtes / Persönlichkeiten

»Wetten, dass ..?« findet statt
Gottschalk: ›So weit kommt's noch‹

(dpa) Hamburg/Mainz.
Die ZDF-Unterhaltungssendung »Wetten, dass ..?« wird am Samstagabend wie geplant aus dem Terminal des neu eröffneten Willy-Brandt-Flughafens in Berlin-Schönefeld übertragen.

Nach dem Anschlag auf die Verleihung des Fernsehpreises »Bruno« waren Zweifel an der Sicherheit der live produzierten Fernsehsendung laut geworden.

»Wir verlassen uns auf die Einschätzung der Polizei. Die zuständigen Beamten haben uns versichert, dass es keinen Grund gäbe, sich Sorgen zu machen«, erklärte der Unterhaltungschef des Zweiten Deutschen Fernsehens (ZDF), Norbert Drösser, gegenüber der DPA.

Drösser versicherte, auch Thomas Gottschalk sei mit dieser Entscheidung ganz und gar einverstanden. »Als ich ihm am Telefon sagte, es würde über eine Absage der Sendung nachgedacht, meinte er nur: ›So weit kommt's noch‹.«

Als Höhepunkt der 223. Ausgabe der populären Unterhaltungssendung ist eine Wette angekündigt, bei der ein 49-jähriger Freizeitpilot mit verbundenen Augen eine Boeing 747-400 (›Jumbo-Jet‹) zu starten versucht. Der Mann aus dem nordhessischen Frankenberg hat sich auf diese Aufgabe ausschließlich mithilfe eines Computersimulators vorbereitet.

Als prominente Wettpaten kündigt das ZDF vor allem die Sängerin Lena Meyer-Landrut (21) an, die in der vergangenen Woche ihre Autobiografie vorgelegt hat und im Januar als Kleopatra in der Hollywood-Produktion »Augustus« debütieren wird.

Der Komiker Hinz Kunz hat hingegen abgesagt. Er hatte nach Angaben des ZDF eine schusssichere Kunststoffscheibe vor dem Gästebereich verlangt, wie sie manchmal beim US-Präsidenten zum Schutz vor Attentaten eingesetzt wird.

Die offizielle Eröffnung des neuen Berliner Großflughafens findet am Freitagabend vor geladenen Gästen aus Wirtschaft, Politik und Kultur statt.

Auch an der Sicherheit dieser Veranstaltung gäbe es keinen plausiblen Zweifel, erklärte Innensenatorin Stephanie Clausen (Grüne) heute im Inforadio des Rundfunks Berlin-Brandenburg (RBB).

```
Berlin-Zehlendorf
»Serail Kalif«
17.40 Uhr
```

Anne hatte alles getan. Genau so, wie die Unke es gewollt hatte.

Geduscht. Sich die Beine rasiert. Dieses Parfum aufgetragen, das neben der Dusche stand. Es roch schwer und blumig. Nach alter Frau. Oder eben nach Puff.

Vor allem aber hatte Anne den Tee getrunken. Darauf hatte der Mann bestanden. Die vielen Leberflecken auf dem grau gerauchten Teint ließen den Mann wie eine Kröte aussehen. Eine Kröte mit Schnäuzer und schwarzen Augen. Sie sollte Onkel Zahid zu ihm sagen. Würde sie machen, wenn er es wollte. War auch egal. War alles egal. Klar hatten die ihr was in den Tee gekippt. Irgendeine ›Ist-doch-egal‹-Pille eben. Wegen der Wirkung war Anne gerade eben entgangen, dass sie sich dringend die Nase putzen musste. Eine Rotznase. Wie ein kleines Kind. Egal.

Von den Socken hatte die Unke nichts gesagt. Aber sie fror an den Füßen. Ansonsten war ihr im ständigen Wechsel heiß und kalt. Mit diesem Seiden-Nachthemd konnte das kaum zu tun haben. Nur ein Fetzen. Nichts Wärmendes.

Anne hörte einen sanften Gong. Aha. Essen? Sie hatte keinen Hunger. Ihr war leicht übel. Noch mal der Gong. Ein Licht neben der Tür leuchtete. Zweimal der Gong. Genau. Sie musste die Tür öffnen. Wie es die Unke wollte. Dann würde sie Besuch bekommen. Zu dem müsste sie dann nett sein, wollte die Unke. »Ist nur kultiviertes Publikum bei Onkel Zahid«, hatte er gegrinst. Angefasst hatte er sie nicht. Überwältigen konnte sie die Unke aber beim besten Willen nicht. Ein Kopf größer als sie. Schultern wie drei Bierkästen, unter einem merkwürdig knisternden Sakko.

Anne öffnete die Tür.

Der Mann war Brillenträger. Eine rahmenlose Brille, wie sie

Männer trugen, die forsch, aber klug wirken wollten. Er ging an ihr vorbei. Zog sofort die Jacke aus.

Ein Hemd mit Manschettenknöpfen. Jeans. Kein Hintern. Schwarze Sportschuhe mit Klettverschlüssen. Ausrasierter Nacken. Das aschblonde Haar mit der entsprechenden Creme auftoupiert.

»Warm isses bei dir«, sagte er mit einer knödelnden Stimme und sah sich im Raum um, als müsste er irgendwo eine Steckdose anbringen.

Dann drehte er sich zu ihr um.

»Bin der Torsten, Tachchen«, sagte er und streckte ihr die Hand entgegen.

Sie nahm sie und schüttelte sie schlaff. Sie musste sich setzen, merkte Anne. Drehte sich alles so komisch.

Aber er ließ ihre Hand nicht los.

»Kaltes Händchen. Wird dir schon warm werden, was?«, er lachte unsicher. »Wie heißte denn?«

»Anne«, Anne schüttelte den Kopf, »nee, ich heiße Jennifer.«

Torsten zwinkerte und entließ ihre Hand: »Aha.«

Anne hockte sich auf die Bettkante und schloss die Augen. Nur für einen Moment. »Brauchst du Künstlernamen?«, hatte die Unke gesagt. Jennifer. Warum eigentlich Jennifer? Egal.

»Na, und jetze? Soll ich es mir ma gemütlich machen?«, fragte Torsten und streifte sich bereits die Schuhe ab, ohne die Antwort abzuwarten.

»Die Mäuse hab ich deinen Jungs draußen gegeben. Ist okay, oder?«

Anne nickte. Klar. Kümmerte sie nicht, Geld.

Torsten zog sich das Hemd über den Kopf. Darunter trug er ein weißes T-Shirt. Auf der Rückenseite war ein Autoreifen abgebildet. Darunter stand der Name eines Autohauses in Neuruppin.

Torsten öffnete den Gürtel und nestelte an seinem Hosenbund.

Anne ließ sich nach hinten auf das Bett sinken.

»Genau«, Torsten schnaufte, als er sich bücken musste, um aus der Hose zu kommen. Schwarze Boxershorts. »Genau«, wiederholte er, »mach du dir das schon mal gemütlich.«

Die Socken zog Torsten nicht aus. Auch die Unterhose behielt er an.

Als sich das Gewicht seines Körpers auf der Matratze bemerkbar machte, fühlte sich Anne wie auf einem schwankenden Schiff. Das Kreisen im Kopf wurde sofort stärker. Sie musste noch einmal die Augen schließen. Torsten griff nach ihrer Brust und kniff sie in die rechte Brustwarze.

»Na und? Bist doch bestimmt auch ein bisschen geil, oder?«, fragte er. Torsten griff nach ihrer Hand und legte sie auf die Stelle der Unterhose, wo sich sein Schwanz zur Hälfte aufgerichtet hatte.

»Oder willste erst 'n bisschen mittem Mund, was meinste, meine Süße?«, fragte Torsten und atmete dabei hörbar.

»Ist auch egal«, sagte Anne und richtete sich auf. Das war zu viel. Sie hatte kaum was gegessen. Deswegen klatschte vor allem Magensaft auf Torstens behaarten Bauch, als sich Anne erbrach.

Wien
Café in der Währinger Straße
18.20 Uhr

»Warum treffen wir uns hier?«, fragte Zach.

»Sie verstehen sich doch mit der Bedienung ganz ausgezeichnet. Was gefällt Ihnen nicht?«, Sharahn grinste ihn an.

»Nach der Fahrt mit dem Taxi hatte ich etwas anderes erwartet. Irgendeine Reggae-Bar. Oder was anderes Ethnisches«, er grinste zurück.

»Sie meinen was Schwarzes? Mit einer Schwarzen geht man an einen dunklen Ort, verstehe ich Sie richtig?«

Zach nickte selbstgefällig.

»Sind Sie nur Rassist? Oder auch darüber hinaus ein verbohrter, homophober, rechtslastiger Jude, Mister Lipschitz?«

»Ich werde Ihrem Dienstherrn diesen antisemitischen Ausfall nicht melden. Denn wir wollen Freunde bleiben«, Zach schob seinen leeren Teller beiseite und trennte mit der Gabel ein großes Stück von ihrem Apfelstrudel ab.

Mit gespielter Entgeisterung zeigte sie auf ihren Teller:

»Das ist ein tätlicher Übergriff. Und ich muss leider annehmen, er ist sogar sexuell gemeint. Darüber kann ich nicht hinwegsehen.«

Zach kaute, schluckte und lächelte sie an.

»Ich bin dabei zu vergessen, dass ich mich eigentlich um eine Gang verwirrter deutscher Jugendlicher kümmern muss. Es ist sehr angenehm mit Ihnen, Sharahn.«

»Ist das ein Heiratsantrag?«

»Ja.«

»Bigamist. Sie sind bereits verheiratet.«

»Sie nicht?«

»Selbstverständlich.«

»Woran hapert es bei Ihnen?«

»An meiner Karriere, seiner Untreue und einem Dutzend anderen Faktoren. Und bei Ihnen?«

»An meiner Karriere und dem wenigen Geld, das dabei rausspringt. Aber wenn wir nach der Scheidung Freunde bleiben, darf ich vielleicht einmal auf einem der karibischen Anwesen ihres neuen Mannes Urlaub machen.«

»Und dürfen Sie Ihre 26-jährige Geliebte mitbringen?«

»Ich hätte Sie auf Mitte 30 geschätzt.«

»Ungalant. Aber ich komme sowieso nicht mit.«

»Weil Sie keine Sonne vertragen?«

»Ich finde Idealisten anstrengend.«

»Und warum sind Sie dann hier?«

Sie biss sich auf die Unterlippe, als sei sie ein aufgeregtes junges Ding und im Begriff, etwas Unanständiges zu sagen. Sie schüttelte den Kopf und zog die Transformatoren ihres Lächelscheinwerfers auf 100 Prozent hoch. »Hören wir damit auf, okay?«, fragte sie leise.

»Ich habe keinen Schimmer, was in der Jugend dieser Leute falsch gelaufen ist. Aber ich finde es eine völlig falsche Entscheidung, den Deutschen nicht zu sagen, was wir wissen. Ich bin zwar kein hysterischer Idealist, aber selbst nach einigen Jahren bei der CIA stehen noch Ruinen meines Gewissens. Mache ich das Ganze offiziell, dann gibt es Ärger. Großen oder ganz großen Ärger. Ich kann auch kein Deutsch. Kann nicht in München oder meinetwegen in Berlin einem alten Bekannten bei einer Tasse Kaffee was flüstern. So was könnte ich in Manila oder Jakarta machen. Aber eben nicht hier. Weil ich erst seit drei Monaten in Wien bin. Und nach sehr vielen bösen Männern mit lammfrommen Gesichtern möchte ich hier eigentlich eine ruhige Kugel schieben und mit der Europa-Zulage mein Apartment in Baltimore abbezahlen. Und deswegen trifft es sich gut, dass ich einem FBI-Mann gegenübersitze, der offenbar nichts lieber hat als großen oder ganz großen Ärger.«

»Sie wohnen in Baltimore. Das kann ich kaum glauben. Niemand wohnt in Baltimore.«

»Ich gebe Ihnen Informationen. Nicht den Schlüssel zu meiner Wohnung. Sollten Sie die kommenden Tage überleben, müssen Sie also auch nicht in Baltimore wohnen. Außerdem haben Sie echt keine Ahnung. Sie sind einfach nur ein arrogantes Stück Käsekuchen.«

»Ich kann kochen.«

Sie beugte sich zur Seite, um etwas aus ihrer Tasche zu holen. Nachdem sie den Kuchenteller beiseitegeschoben hatte, legte sie eine bespielbare CD auf den Tisch. Wieder dieses Lächeln.

»Wenn ich nach Hause komme, habe ich meistens keinen Hunger. Aber gelegentlich Appetit auf einen Mann. Können Sie das auch?«

Zach schluckte, zuckte mit den Achseln und war ganz sicher, dass die Stadt Baltimore mindestens eine weitere Chance verdient hätte.

```
Berlin
Fasanenstraße
Rechtsanwaltskanzlei Dr. Gernot Uplegger
19.30 Uhr
```

Sie saßen in der Sitzecke. Auf einer teuer knirschenden Couch. Wenn Georg den Kopf nach hinten legte, konnte er die Einlegearbeiten in der hölzernen Kassettendecke des mindestens vier Meter hohen Raums genießen. Allerdings zog ihm sofort ein stechender Schmerz unter das Schädeldach, als er seinen Nacken überdehnte. Eine Erinnerung an den präzisen Schlag der Zivilpolizistin.

Paula saß auf dem Sessel gegenüber. Ihr Haar fiel mit perfekter Leichtigkeit auf ihre Schultern. Eine Friseurin eben. Der eng anliegende schwarze Rollkragenpullover, der knielange Rock, wahrscheinlich mit hohem Kaschmiranteil, die züchtig angewinkelten Beine in den teuren Strumpfhosen. Allerdings hatte sie die Schuhe ausgezogen. Was zeigte, wie wohl sie sich in diesem Büro des Rechtsanwalts fühlte, den sie ›Ups‹ nannte. Genau wie es Jupp und Wölfchen getan hatten. In Rechtsfragen waren sie seine Klienten. Auf den Reisen nach Sylt oder nach Gomera Freunde. Paulas Gesicht sah allerdings überhaupt nicht nach Wohlgefühl, sondern nach Kummer aus. Und ich bin der Grund dafür, dachte Georg.

Ups schlug mehrere Ordner auf und wieder zu. Paula sagte auch nichts. Sie rauchte. Ihr Blick hing irgendwo am Bücherregal rechts neben Georg fest. Sie wollte ihm nicht in die Augen sehen.

Es klopfte. Juliane Vater betrat den Raum, die Assistentin von Ups. Georg wusste, wie unpassend ein Lächeln in dieser Situation war. Also unterdrückte er es. Aber Juliane Vater, die im Rücken vor allem von Paula stand, musste nichts unterdrücken. Nur schöne Erinnerungen, signalisierte sie ihm mit der amüsiert hochgezogenen Augenbraue. O ja, das war toll, erinnerte sich Georg.

Drei Jahre? Oder war es schon vier Jahre her? Sie hatte ihm vom sogenannten ›Langsprecher‹ erzählt. Einem Raum im Gefängnis, in dem die Insassen ihre Frauen treffen dürfen, um eben nicht nur zu reden. Georg wusste nicht mehr, wie es sich genau entwickelt hatte. Aber irgendwann landeten sie in einem nahe gelegenen Luxushotel, und Georg begegnete mit dieser 27-Jährigen einer reifen Liebhaberin, wie er bis dahin kaum eine kannte. Er verlor regelrecht den Kopf. Konnte nachfühlen, warum manchmal von ›Liebeswahn‹ die Rede ist. Eigentlich war es auch seine Rettung gewesen, als sie ihm nach ein paar Tagen sagte, sie sei in einen viel jüngeren Mann aus einer Schokoladenfabrik verliebt. Auf Georg sei sie nur neugierig gewesen.

Ups bemerkte ihre Anwesenheit erst jetzt und sah von den Unterlagen zu ihr auf.

»Ein Spanier? Oder Franzose?«, fragte Juliane Vater.

Nach den Jahren bei Ups wusste sie, wie wichtig die Entscheidung für den richtigen Rotwein war.

Ups sah Georg und Paula nachdenklich an.

»Die Lage ist ernst«, sagte er dann, »wir müssen sie uns mit einem Bordeaux erleichtern. Aus dem untersten Regal. Und Ihnen rate ich zu einem Rosé-Champagner. Ich brauche Sie wahrscheinlich noch ein Stündchen. Klappt das?«

»Klar klappt das«, antwortete sie entspannt.

Als sie die Tür geschlossen hatte, klappte Ups eine Akte auf, schob die Brille dichter an die Augen und schloss den Deckel gleich wieder. Er sah Georg an.

»Sie trinkt keinen Roten, deswegen habe ich ihr was Prickelndes empfohlen«, der Ernst in Ups' Gesichtsausdruck wäre für eine Todesnachricht angemessen gewesen. Wahrscheinlich hatten sich seine Züge nicht wegen der Schaumweinvorliebe seiner Mitarbeiterin verknotet. Georg musste an einen untertourigen Motor denken, als Ups endlich losbrummte.

»Du bist in einer schwierigen Situation. Und ich fürchte, wenn wir das da besprochen haben«, er zeigte auf den Aktenstapel, »wird dir leider klar sein, dass alles noch problematischer ist, als du es dir in diesem Moment vorstellst.«

Paula zog die Beine hoch und umschloss sie mit ihren Armen.

Was soll ich jetzt sagen? Was erwartet er? Was meint er denn? Soll ich mich jetzt in die Brust werfen und die starke Eiche mimen, die nichts umwirft? Alle im Raum kennen mich seit Jahren, dachte Georg. Oder in Ups' Fall sogar seit Jahrzehnten.

Ups nahm ihm den Druck, etwas erwidern zu müssen:

»Erstens: Du hast zwei Polizeibeamte erheblich verletzt. Leider hast du, bevor ich bei der Polizei eintraf, schon zugegeben, dass du ein Päckchen mit einer illegalen Droge übergeben hast. Ich habe im Moment keinen Schimmer, wie wir das vom Tisch bekommen sollen. Denn du kannst dir sicher vorstellen, dass Berliner Kriminalbeamte vielleicht engstirnig, aber nicht so blöde sind, dir zu glauben, du hättest nicht gewusst oder mindestens geahnt, dass dieses Päckchen problematisch ist.«

»Ich habe nicht gewusst, was in dem Paket ist«, sagte Georg matt. Paula schüttelte mit dem Kopf und steckte sich eine weitere Zigarette an.

»Egal«, erwiderte Ups mit einer wegwerfenden Handbewegung, »völlig egal. Die Staatsanwaltschaft wird dich vor Gericht bringen, und dann brauchen die selbstverständlich Beweise. Die Verletzungen der Polizisten sind allerdings genauso belastend wie die Zeugen, die dich gesehen haben, als du diese Polizisten … beinahe totgeschlagen hast.«

Georg ließ den Kopf sinken.

Ups senkte den Ton, bemühte sich, sanft zu klingen:

»Wir müssen denen sagen, wie sich diese Gewalt erklärt. Und vor allem, wo du das gelernt hast.«

»Das werden die nicht zulassen. Niemals«, sagte Georg.

»Doch«, antwortete Ups, »es sieht gar nicht so schlecht aus. Ich habe vorhin mit diesem Heller Kontakt aufgenommen, mit dem ich damals deine Abfindung glattgezogen habe. Der ist bereits in Frühpension, als Oberst ausgeschieden. Und Frau Vater hat einen Mann ausfindig gemacht, der damals mit dir da unten war«, Ups schob die Brille erneut hoch und sah auf einen Notizzettel, »ein gewisser Tobias Frohloff. Der ist später aus irgendwelchen Gründen unehrenhaft entlassen worden und ist heute Holzhändler. Unnötige Loyalität zu dem Haufen muss man von dem wohl nicht erwarten.«

Nein, muss man nicht, dachte Georg und grinste in sich hinein. Sabotage-Tobi. In Sachen Disziplin ein katastrophaler Soldat. Aber physisch als ehemaliger Turner eine echte Kanone. Vor allem aber ein hochintelligenter Mann ohne Nerven, der als Totalverweigerer gestartet, aber dann durch seine Großmäuligkeit und seinen dem Irrsinn nahen Mut bei den Fernspähern gelandet war. Den sein damaliger Ausbilder fast lebend aufgefressen hätte, als er entdeckte, dass Frohloff seine Maschinenpistole in einer Plastiktüte im Rucksack aufbewahrte. Das ständige Reinigen würde ihm sinnlos erscheinen, argumentierte er in das Geschrei seines fassungslosen Vorgesetzten hinein.

»Worum geht es hier?«, fragte Paula mit einer Stimme, die eskalationsbereit klang.

Ups sah Georg fragend an.

»Um früher«, Georg wusste nicht, wo er anfangen sollte.

Paula wollte offenbar weitere Fragen stellen, aber das entging Ups. Er sprach weiter.

»Sollten sie dich wegen der Schlägerei und/oder der Drogengeschichte einbuchten, kannst du aber auch froh sein. Denn dann hast du wenigstens ein Dach über dem Kopf, wenn du mir die kleine Süffisanz verzeihst.«

»Ich verstehe den Witz nicht, Ups!«

»Dein Onkel konnte ungefähr so gut mit Geld umgehen, wie du es heute kannst. Sein Konto hatte ein nicht zu stopfendes Leck, und zwar sein großes Herz. Vielleicht erinnerst du dich: Dein Onkel hatte einen Neffen in Amerika. Dem allein hat er in den vergangenen zwei Jahren«, Ups schlug die Akte wieder auf und blickte hinein, »rund 47 000 Euro überwiesen. Dieser Neffe war allerdings nicht der einzige Mensch, der glaubte, dass Jupp Schauerte zu viel Geld hat und deswegen gerne etwas davon abgeben möchte.«

Georg sah zu Paula. Die knetete ihre Zehen und sah zu Boden.

»Ich habe jetzt noch nicht jeden einzelnen Forderungsposten überprüft. Aber Jupps Verbindlichkeiten übersteigen eine halbe Million Euro. Um den Laden zu retten, müsst ihr die Wohnung verkaufen. Oder sagen wir: der Bank übergeben, denn das Geld, mit dem Jupp die Wohnung beliehen hat, ist ohnehin schon verblasen.«

So viele Erinnerungen an diese Wohnung waren in Georgs Kopf. Sein Gedächtnis kam ihm vor wie eine Picknickdecke, auf die im Kofferraum des Autos Batterielauge gelaufen ist. Schöne, bunte Flächen, leider mit Löchern, die nach Fraß aussahen. Zehlendorf, die Wohnung von Jupp und Wölfchen, war bunte Erinnerung. Nur bunt. Sein riesiges Zimmer. So viel geküsst, gefummelt und der ganze Rest. Die Bäume um das Haus. Aus denen er mit Jupp ungewollt ein Eichhörnchen herausschoss, nachdem ihm sein Onkel eine Sportbogen-Ausrüstung zum Geburtstag geschenkt hatte.

»Sollen wir morgen weiterreden? Geht es dir nicht gut?«, fragte Ups.

»Nein, nein, alles klar. Warum sprichst du eigentlich davon, dass ›wir‹ die Wohnung verkaufen müssen? Ich bin doch nur ich.«

Ups lächelte.

»Du bist nicht der einzige Erbe. So einfach ist das. Ich darf dir Paula Lambert vorstellen. Sie darf sich mit dir die gesamten Schulden von Jupp Schauerte teilen. Mit einem Unterschied: Sie hat sich schon vor seinem Tod bereit erklärt, das Erbe anzunehmen. Und das hat ihn sehr beruhigt. Das ist eine Option, die dir selbstverständlich noch bleibt. Du kannst das Erbe ablehnen.«

»Ich habe mehr als 80 000 Euro Schulden in den USA. Allerdings kann ich die wegarbeiten, ohne einen ganzen Laden mitschleppen zu müssen.«

Paula schaltete sich erstmals ein: »Mein Eindruck ist, dass der Laden dich mitschleppen müsste, mein lieber Meisterfriseur.«

Die Worte waren schnippisch, ihr Ton war es nicht. Eher matt.

Georg ging darauf nicht ein, sondern wandte sich wieder an Ups:

»Würden die mich in die USA ausreisen lassen? Auch mit der Bullen-Angelegenheit?«

Ups nahm die Brille ab.

»Verstehe ich dich richtig? Du überlegst, ob du das Erbe deines Onkels ablehnst und wieder nach Amerika abhaust? Wäre das der Plan?«

Georg nickte.

»Ich müsste mich erkundigen. Manchmal sind sie bei der Staatsanwaltschaft froh, wenn sie jemanden wie dich einfach so loswerden. Zumal du nicht vorbestraft bist, sondern eine Art gefallener Held«, Ups grinste, »jedenfalls kann ich es so aussehen lassen. Allerdings werden sie bei Gewalt gegen Polizisten meistens sehr fest. Unklare Prognose. Aber anders gefragt: Glaubst du, dass dich das glücklich machen würde? Wartet jemand auf dich in Amerika?«

Mehr Sonne. Mehr Leichtigkeit. Ein Grabstein. Dachte Georg. Sagte aber nichts. Paula presste die Lippen aufeinander und zog sich, warum auch immer, die Schuhe wieder an.

»Ich sehe mal nach dem Wein. Vielleicht könnt ihr beide euch auch kurz austauschen, wie ... wie ... na ja, wie eine solche Erbengemeinschaft aussehen könnte.«

Die Tür schloss sich hinter Ups mit diesem satten Klack, für das mindestens dreimal im Jahr ein Spezial-Tischler zum Justieren der Türflügel kommen musste. Warum hat Handwerk nur bei mir keinen goldenen Boden? Und warum kann ich mich jetzt nicht einfach hinlegen, dann in Washington aufwachen, auf die Mall fahren, mir im Sonnenschein die Prachtbauten am Capitol angucken und nur über die Frage nachdenken, was eigentlich weißer als weiß ist?

Er versuchte Paula über das Knie zu streichen. Aber sie saß so weit weg, dass er nur mit den Fingerspitzen rankam. Außerdem schüttelte sie ablehnend den Kopf. Mir ist nicht danach, sagte alles an ihr.

»Was überlegst du?«, Georg wusste, dass das keine intelligente Frage war.

»Penner, denke ich, Georg. Penner, Penner, Penner!« Immerhin zog sie die Schuhe wieder aus. Sie schlüpfte allerdings nicht friedlich heraus, sondern warf sie im weiten Bogen von sich.

»Gestern Abend habe ich gedacht: Na ja, ein Seefahrer eben, der Georg. Zwischendurch dauert eine Fahrt auch mal ein paar Jahre. Aber er weiß, wo der Hafen ist. Das habe ich gedacht.«

Ihr lief eine Träne über die Wange, aber ihre Stimme war klar und unbeeinträchtigt. Georg fürchtete sich am meisten vor Schluchzen.

»Ich habe mir mich selbst nicht als Seefahrerbraut vorgestellt, aber bitte schön. Dann ist es eben so, habe ich gedacht«, sie machte eine Pause, sprach leise weiter, »wenn es dafür immer wieder so schön ist.«

Sie wischte die Träne von der Wange und weinte keine weitere.

Stattdessen stand sie von ihrem Sessel auf, setzte sich neben ihn und nahm seine Hand. Jetzt lächelte sie ihn an. Georg sah, dass sie sehr traurig war.

»Hör zu, mein Lieblingspenner. Du bist heute den ersten Tag im Laden gewesen. Du hast hinter dem Stuhl nur Mist gebaut. Dann bist du am Mittag abgehauen, ohne ein Wort zu sagen. Und zwar um einem deiner Fickhäschen einen Gefallen zu tun, der dich jetzt in den Knast bringt. Ist das deiner Meinung nach eine positive Bilanz?«

Georg rieb sich mit Daumen und Zeigefinger die Schläfen. Er signalisierte ihr weiterzusprechen. Denn eine Antwort konnte sie auf diese Frage kaum erwarten. Davon abgesehen mochte er es, wenn sie sprach. Sie lullte ihn nicht einfach nur ein, wie sie es mit den Kunden machte, wenn sie im Salon hinter dem Stuhl stand. Georg musste anerkennen: Sie sprach liebevoll.

»Ich möchte den Laden deines Onkels nicht aufgeben. Ich habe ihm versprochen, dass ich weitermache. So lange, wie es irgendwie hinhaut. Also so, wie er es die vielen Jahre über hinbekommen hat. Irgendwie hat es hingehauen. Aber ich will mit dir weitermachen. Auch wenn du bisher immer alles versaut hast.«

»Woher weißt du, dass ich es dieses Mal nicht gleich wieder versaue?«

»Das weiß ich nicht«, sagte sie und umschloss seine Hand etwas fester, »aber ich hoffe es.«

»Ohne Bedingungen?«, fragte Georg.

»Zwei Bedingungen: Du sagst mir irgendwann, aber eher bald, was da eigentlich los war. Worüber ihr vorhin gesprochen habt. Wo ist ›da unten‹? Und was hast du da genau gemacht?«

Georg schnaufte seine Anstrengung aus.

»Das muss nicht sofort sein«, sagte Paula. »Das Zweite muss aber sehr bald sein. Wir haben morgen einen wichtigen Job. Wir arbeiten gelegentlich für das Büro des Regierenden Bürgermeisters. Das ist auch morgen der Fall. Du musst keine Rokoko-Frisur auftürmen, es ist also fachlich überschaubar. Aber eine dicke Veranstaltung. Weil ich Carsten und Sven seit zwei Monaten nicht mehr bezahlt habe, können die das morgen nicht machen. Denn die gehen morgen zu ihrem Geldjob. Da werden viele Polizisten sein. Kannst du versprechen, dass du keinen von denen misshandelst?«

Georg hob die Hand zum Schwur. Das Verlangen, sich hinzulegen, war noch stärker geworden. Erst einmal nur hinlegen. Wenn es ging, dann mit der Hand auf Paulas Bauch. Dann aufwachen und es ein einziges Mal nicht versauen.

```
RBB-Jugendradio Fritz
20.10 Uhr
```

```
Anruferin (Bine aus Berlin-Friedrichshain, 22 Jah-
re alt, Studentin der europäischen Ethnologie):
```
Dann kommt der Bulle und blökt mich an: Weitergehen, Frollein. Dann sag' ich: Nee, Alter, so nich'. Frollein is' nich. Kannste dir gleich ma' abgewöhnen, sag' ich. Und dann er: Fasst mich voll am Arm so, und ich ruf' dann – also ich ruf': Hör' auf damit, du Spasti. Da scheuert der mir eine. Ich sag' mal, wie krass ist das denn? Dass dir so ein Fascho-Polizist eine reinhaut, nur weil ich bei so einem Promi-Lokal mal gucken wollte, ob da mein Star drinne sitzt.

Moderatorin: Na ja, Bine, jetzt musst du ja auch sehen, dass die momentan voll nervös sind, die lieben grünen Männchen. Einen von denen haben wir jetzt hier bei ›Fritz‹. Am Telefon ist Konrad Wolk, Hauptkommissar bei der Berliner Polizei, 39 Jahre alt und gleichzeitig auch der Sprecher der schwul-lesbischen Polizisten in Berlin. Hallo, schön, dass du dran bist.

Wolk: Ja danke, ich freu mich auch.

Moderatorin: Na ja, was sagst du denn jetzt so zu der krassen Geschichte, die uns die Bine gerade eben erzählt hat.

Wolk: Das ist nicht ganz einfach, denn ich war nun mal nicht dabei. Fest steht: Ein Polizeibeamter darf erst einmal überhaupt niemanden schlagen. Für die Ausübung von Gewalt gibt es strenge Regeln. Und an die halten sich die meisten Polizisten auch. Wenn Bine den Kollegen aber einen ›Spasti‹ genannt hat, erfüllt das den Tatbestand der Beamtenbeleidigung. Dafür könnte er sie anzeigen. Aber eben nicht schlagen.

Moderatorin: Na ja, aber ihr seid ja im Moment auch überall, muss man schon sagen. Auf allen möglichen Straßen, ständig wird man angehalten und muss Männchen machen. Vor Hotels. Am Bahnhof, immer gleich mehrere. Alle mit Maschinendings auf Supercop gepimpt. Merkt ihr denn eigentlich auch, dass ihr echt nervt?

Wolk: Ich glaube schon, dass eine Sicherheitsstufe wie die momentane den Bürger nervt. Aber du darfst bitte nicht vergessen: Uns nervt sie auch. Womöglich noch viel mehr als dich oder deine Anrufer. Denn seit Dienstag machen viele von uns Doppelschichten. Dafür bekommen wir kein Geld, sondern Freizeitausgleich, den wir dann in drei oder vier Jahren abbummeln können. Alle Kollegen mussten ihre Urlaube bis auf weiteres absagen. Manche sind sogar aus dem Urlaub zurückgeholt worden. Das ist alternativlos. Aber es nervt.

Moderatorin: Na ja, aber du sprichst jetzt hier so locker im Radio. Du musst heute nicht dein Helmchen aufsetzen, um Terroristen zu jagen?

Wolk: Es ist ein Mützchen. Und das hatte ich heute schon 14 Stunden auf dem Kopf. Morgen Abend werde ich auch nicht auf dem 30. Geburtstag meines Bruders tanzen. Sondern aufpassen, dass in meiner Einsatzgruppe am Flughafen Schönefeld keinem die Augen zufallen.

Moderatorin: Ach so, da ist ja morgen die Bonzen-Eröffnung.

Wolk: Morgen wird der Flughafen Schönefeld für ausgewählte Gäste, also Berühmtheiten aus Politik, Wirtschaft und Kultur eröffnet, richtig.

Moderatorin: Und was meinste: Passiert da was?

Wolk: Bin ich Jesus?

Moderatorin: Nee, bist du nicht. Sonst wärst du ja als religiöse Berühmtheit eingeladen. Und müsstest dir nicht draußen einen Pinn in den Polizistenpopo frieren. Was machst'n da genau?

Wolk: Darf ich nicht sagen.

Moderatorin: Nee, echt jetzt? So wichtig? Was ist denn, wenn was passiert?

Wolk: Dann ›Gute Nacht, Marie‹.

```
Grenzübergang Breitenau
22.10 Uhr
```

Noch eine Stunde und 50 Minuten.

Es reichte ihm jetzt schon.

110 Minuten. Eine Tasse Kaffee würde er im Container trinken können. Vielleicht zweimal pinkeln. Er hatte das Gefühl, permanent zu müssen. Wegen der Kälte. Die kroch ihm durch die Sohlen und die zwei Paar Socken, die er übereinander trug.

Vor der Schicht rieb er sich die Füße mit Rheumasalbe ein. Ein Tipp von Heinz-Dieter. Arme Sau. War schon über fünfzig und musste hier immer noch mit der Flinte in der Kälte stehen. In 26 Jahren bin ich auch fünfzig, dachte Philip. Dann würde er aber nicht mehr doof von einem Fuß auf den anderen hüpfen, während die anderen zu Hause schon das dritte Bier zischten. Zwischendurch glaubte er vom Gewicht der Schutzweste die Bandscheiben regelrecht quietschen zu hören. Auch wenn das Quatsch war: Ihm tat definitiv der Rücken weh. Nicole durfte er auch nicht anrufen. Keine Mobiltelefonate, hatte der Sachsen-Heini von Einsatzleiter gekläfft. Er hatte Nicole mehrfach gesagt, sie solle keinem von den Freunden erzählen, dass seine Einsatzhundertschaft nach Sachsen geschickt worden war. Was würden die sich einen Spaß auf seine Kosten machen, zu Hause in Rostock. Wenn er Sonntagabend ins Billard-Café kam. Selbst Oli, die Gesichtspizza, der es gerade mal zum Busfahrer gebracht hatte, würde doof feixen. Sachsen! Die kacken auf den Strand, war noch das Freundlichste, was sie zu Hause über die Leute hier unten sagten. Und dann auch noch Grenze. »Dafür haben dein Papa und ich 89 demonstriert? Dass unser Sohn heute an der Grenze steht? Ich dachte, du gehst zur Kripo?«, hatte ihn seine Mutter am Telefon regelrecht angeschnauzt. Danke, Mama.

Philip hob die Hand, und der Audi A 6 mit Leipziger Kennzeichen hielt sofort an. Eine dickliche Frau, etwa Ende vierzig, ließ sofort das Handy auf den Beifahrersitz fallen. Na klar, du dumme Nuss, ich ziehe jetzt die Handschuhe aus und verteil hier Knöllchen, so weit kommt's noch. Philip hatte den Wagen nur angehalten, um zu sehen, ob der Audi eine Lederausstattung hatte. Von einem solchen Auto träumte er. Wenn ich meine Nachtzulage von 19,70 Euro spare, bin ich von der Karre auch nur ein, zwei Lichtjahre entfernt, dachte Philip bitter.

Die dicke Audi-Fahrerin zuckte mit den Achseln. Wollte wohl wissen, was los war. »Nichts«, sagte Philip, »fahr weiter, du Klops.« Konnte sie durch die geschlossenen Fenster sowieso nicht hören. Mit einer zu rigoros geratenen Handbewegung bedeutete er ihr, sie möge weiterfahren. Alles mit der linken Hand. Mit der Rechten hielt er die Maschinenpistole.

Nach wem oder was gucke ich hier eigentlich, fragte er sich. Richtig schlau war er aus dem Genuschel des Einsatzleiters vorhin jedenfalls nicht geworden. Der sprach wie ein Einsatzprotokoll. ›Sicherheitslage‹ und ›durchführen‹ und ›erhöhte Wachsamkeit‹ und ›polizeiliche Qualitäten abrufen‹ und ›Einsatzkräfte‹. Alles auf Sächsisch. Leck mich, dachte Philip. Im Mai konnte er sich das nächste Mal in Schwerin bewerben. Das würde er machen. 150-prozentig. War ihm völlig egal, ob Nicole dann immer noch was zu motzen hatte. Er würde nicht bei dieser Einsatzhundertschaft bleiben. Ganz sicher nicht. Heute hier den Sack abfrieren, morgen das Gleiche wieder, Samstagmorgen nach Hause, einen Abend frei und sich am Sonntag mit den Fußball-Assis bei Hansa Rostock rumhauen. Wenn das falsch lief und man an den richtigen Klopper geriet, gab es auch noch was auf die Löffel. Sein Kumpel Marvin hatte vor drei Wochen beinahe ein Auge verloren, als die Schweine plötzlich mit Steinen warfen. Von wegen öffentlicher Dienst, everybody's Arschloch, das sind wir.

Mercedes-Bus mit »DN«-Kennzeichen. Konnte er sich nicht merken, wofür dieses DN stand. Irgendein Kaff im Westen. War aber meistens ein Leihwagen. Zumal dieser Mercedes-Bus ganz offensichtlich nagelneu war und auf der Kennzeichen-Manschette das Logo von Hertz deutlich zu erkennen war. Er machte dem Kollegen, der auf der anderen Seite stand, ein Zeichen. Der trat auch direkt zwei Schritte näher an den Bus und behielt die Fahrerseite im Blick.

Durch das Beifahrerfenster erkannte er eine recht gut aussehende Frau. Ungefähr sein Alter. Philip bedeutete ihr, sie möge das Beifahrerfenster öffnen. Was sie unmittelbar tat. Aus dem Auto kamen ihm Wärme und ein leicht säuerlicher Geruch entgegen. Hinter dem Steuer saß ein älterer Typ, der kernig aussah. Wie ein kerniger Scheißkerl. Irgendwie unsympathisch. Aber die Frau war noch schöner, als er durch die Scheibe geahnt hatte.

»'n Abend«, sagte Philip.

»Guten Abend«, die Frau lächelte ihn an. Wirkte aber auch ein wenig gestresst. Nicht ungewöhnlich. Kontrollen setzten beinahe jeden Autofahrer unter Druck.

»Darf ich die Papiere sehen?«

»Klar«, antwortete sie, drehte sich zum Scheißkerl um, und der reichte ihr sofort eine Mappe.

Weil er gehalten war, die Hand nicht von der Waffe zu nehmen, zog sich Philip mit den Zähnen den Handschuh aus. Nicht cool, dachte er, überhaupt nicht cool.

Das hatte überhaupt keinen Sinn. Mit der linken Hand konnte er die Unterlagen-Tasche nicht öffnen, also auch den Kfz-Schein nicht rausholen. Er ließ die Maschinenpistole unter seinen rechten Arm sinken. Nichts zu beanstanden, der Schein passte zum Modell des Autos.

»Darf ich auch bitte Ihre Pässe sehen?«

»Von allen?«, fragte die Frau.

»Vielleicht können Sie hinten mal die Tür aufmachen. Damit ich sehen kann, wie viele Sie sind«, Philip wollte unbedingt sanft klingen. Wollte der Frau gefallen. Obwohl das hier eine ganz, ganz schlechte Ausgangsposition zum Baggern war.

Die Tür öffnete sich, offenbar elektronisch ausgelöst.

Hinten saßen sich drei Leute auf komfortabel wirkenden Ledersitzen gegenüber. Alle nicht viel älter als Philip. Nur sehr elegant angezogen. Machten wahrscheinlich dicke Geschäfte. Verdienten jetzt schon richtig Kohle. Hatten nicht den Fehler gemacht und sich für die Scheiß-Polizei entschieden. Wach waren nur eine etwas herb aussehende Frau und ein Typ, der rüberkam wie ein

Mamasöhnchen. Mehr im Rückraum des Autos hing der Dritte. Schlief, mit dem Gesicht an die Fensterscheibe gelehnt und mit offenem Mund. Echt kein schönes Bild. Aber ich will nicht wissen, wie ich im Schlaf aussehe, dachte Philip.

»Sie können wieder zumachen«, rief Philip und stellte sich vor das Beifahrerfenster, beinahe so, als könnte er jetzt bei der Schönen endlich eine Tasse Kaffee bestellen. Er nahm die Ausweise entgegen. Tolles Bild von ihr. Guckte nur sehr ernst. Wirklich eine echte Schönheit. Schöner als Nicole, dachte er und schämte sich sofort. Der Scheißkerl war mit einem französischen Pass unterwegs.

»Sind Sie aus Frankreich, Herr ... Herr Benwist?«, fragte Philip.

»Ja«, antwortete der Fahrer und nickte unterstreichend.

Jetzt bitte keine Fremdsprachenblamage, ermahnte sich Philip.

»Und wo fahren Sie hin?«, unerhebliche Frage, aber er wollte sie noch nicht fahren lassen.

»Nach Berlin«, antwortete sie und lächelte ihn wieder an. Immer noch unentspannt.

»Darf ich fragen, was Sie da machen?«

»Ich singe«, sagte sie.

»Echt? In einer Band?«, fragte Philip und war sicher, dass er sich gerade komplett zum Horst machte.

»Nee«, antwortete sie, »eher Oper. Klassische Musik.«

Philip sah noch einmal in das Auto. Der Kollege war vor die Vorderseite des Wagens getreten und sah Philip fragend an.

»Alles klar. Dann mal viel Spaß«, sagte der und nickte dem Kollegen zu. Der ging sofort in Richtung Container zurück. Wahrscheinlich bekam er in der Nähe der Tür etwas Wärme aus dem Inneren der Wachstube ab.

»Danke. Tschüss«, sagte die Frau, während sie bereits das Fenster wieder hochfuhr.

Schade, dachte Philip. Er trat einen Schritt zurück, damit ihm der Scheißkerl nicht über den Fuß fuhr.

Er klemmte sich die Maschinenpistole wieder in die Ellenbeuge und winkte den nächsten Wagen sofort durch. Diplomaten-Kennzeichen. Die durfte er nur mit einem sehr guten Grund kontrollieren. Wahrscheinlich saßen die richtigen Verbrecher in Diplomaten-Autos. Dachte Philip und entschloss sich zu einer Pinkelpause.

Berlin-Zehlendorf
»Serail Kalif«
22.35 Uhr

Der Parfümierte öffnete die Beifahrertür, setzte sich auf den Sitz und zog die Tür wieder zu. Er war drinnen gewesen, in diesem Puff. Als zur Tarnung vögelnder Kundschafter. Fabian unterschied die beiden nach ihrem Geruch. Der Fahrer war für ihn die ›Zwiebel‹.

Wegen der Ausdünstungen seiner Klamotten. Gelegentlich waberte Pfefferminzaroma zu Fabian auf die Rückbank. Immer wenn die Zwiebel die kleine Dose öffnete, um das nächste Bonbon herauszunehmen und es sich wie eine Tablette in den Mund zu werfen. Wahrscheinlich Ex-Raucher, dachte Fabian.

Super, meine Kombinationsgabe, ein echter Watson. Beinahe hätte er übermütig gekichert. Ob er blöde lachte oder einfach wieder heulte, es war völlig wurscht. Fabian war erledigt. Es gab keinen Ausweg. Die Araber um ihre Kohle betrogen. Sofia und die anderen hängen lassen. Und jetzt in einem Auto mit zwei Typen, die wie noch gleich in die Welt der drolligen Anne passten? Wahrscheinlich Jugos. Oder Rumänen. Jedenfalls hatten die Akzentreste selbst bei den wenigen Worten der Zwiebel einen südosteuropäischen Einschlag. Das Schlimme an den beiden war ihre Ungerührtheit. Sie hatten ihn nicht mit Beleidigungen überschüttet. Er hatte nicht den Hauch von Wut in ihren Gesichtern gesehen. Als sie ihn schlugen, trafen sie ihn. So präzise, dass er sofort einsah, wie zwecklos Gegenwehr war. Im Nachhinein war es blöd, ihnen nicht sofort zu sagen, was er wusste. Da ahnte er noch nicht, dass sie ihm mit einer Standard-Kombizange einen Zahn ausreißen würden. Die Blutung stoppten sie mit zwei Päckchen Taschentüchern von Lidl. Die Libanesen, er kannte nur Spitznamen, aber er nannte sie alle. Ihre Lokale und ihre ›Unternehmenszentrale‹, eben diesen Puff um die Ecke, Fabian behielt nichts für sich. Er fuhr immer wieder mit der Zungenspitze über die neue Lücke. Er erinnerte sich an den Schmerz, ohne ihn zu spüren. Sie hatten ihm Wodka gegeben. Es war ihr Auftrag, ihn zu misshandeln. Aber es war nicht persönlich gemeint. Sie waren nur so grausam, wie sie aus professionellen Gründen sein mussten. Wenn er genau überlegte, war ihr Verhältnis zueinander das Ehrlichste, das er in den vergangenen Tagen und Wochen erlebt hatte. Vor allem Sofia war nicht ehrlich zu ihm gewesen. Sie würde sich gewiss nicht mit ihm absetzen, wenn das ›Ereignis‹ vorüber war. Daran hatte ihr Junkie-Bruder in seinen vielen Laber-Flashs keinen Zweifel gelassen. Dabei war Fabian nur ihretwegen dabei. Sie war so überzeugend. Es klang alles cool. So wahr. So richtig. Es war ihm früher niemals falsch vorgekommen, Geld damit zu verdienen, wenn andere Leute sich die Birne wegkoksen wollten. Gutes Koks konnte super sein. Aber diese Sache mit Sofia, die klang nicht nur nicht ganz falsch, sondern wirklich richtig. Einfach mal schocken. Zeigen, was man drauf hat. Wut rauslassen. Jetzt saß er in diesem Riesen-Benz, durchgeklopft wie eine Schweinehälfte. Zittrig, weil er heute nur eine Tasse Tee mit Hanna zu sich genommen hatte. Da vorne saßen zwei Leute, die den Kopf schütteln würden, wenn er ihnen sagte, was sie sich ›Böses‹ vorgenommen hatten. Ein Knabe war er für die. ›Brüderchen‹, immer wieder ›Brüderchen‹ hatten sie zu ihm gesagt, während er auf dieser Baustelle neben dem Gleisdreieck geschrien hatte. Fabian sah seine Beerdigung vor sich. Wie sie da alle sitzen würden. Die Familie, die weitverzweigte Sippschaft, die ganze Bande mit ihren Titeln und in ihrer maßgeschneiderten Trauerkleidung. Das Familienwappen als Standarte auf dem Sarg. Sie müssten wegen ihm anreisen. Sie müssten aushalten, dass das schwärzeste Schaf unter den vielen dunklen im Mittelpunkt stand. Sie müssten sich vor ihm verneigen. Und dazu müsste er nur tot sein.

Der Parfümierte wandte sich an Fabian:

»Vorne sitzt ein hässlicher alter Sack. Kennst du den?«

Fabian nickte. Der Typ war gewissermaßen die Warenannahme. Wenn Fabian Stoff in den Puff brachte oder eine Lieferung für eine Party in Berlin-Mitte abholte, lief die Sache über den hässlichen Bruder des Bosses. Ließ sich von Leuten wie Fabian mit »Onkel Zahid« anreden. Nicht so vordergründig charmant wie der Boss. Nicht so gut angezogen und grobe Bauer-Manieren. Und bewaffnet. Als er an einem Lieferabend zu viel Champagner gekippt hatte, hatte sich Fabian mit dem Geld verzählt. Als er nachzählte, saß ihm allerdings bereits eine Waffe im Nacken.

»Der Typ hat eine Schrotflinte unter dem Tresen.«

Der Parfümierte nickte seinem Partner zu. Der zuckte mit den Achseln, als sei das nun weder ein unerwartetes noch ein besonders großes Problem.

»An dem hässlichen Sack vorbei, etwa zehn Schritte den Flur runter sitzen zwei Typen in einem Raum gegenüber dem Klo«, der Parfümierte redete so unbeteiligt wie ein Zugchef, der den nächsten Halt durchsagt, »mit einem Kampfhund. In so Motorrad-Scheiß-Klamotten. Sehen beinahe aus wie diese Typen da, wie heißen die noch?«

»Das sind Hell's Angels. Oder ehemalige. Allerdings kommen die nicht mit dem Motorrad. Sondern die sind eine Fahrgemeinschaft und benutzen alle den Opel Zafira, der auf dem Hof steht«, meinte Fabian trocken.

Der Parfümierte zeigte die größtmögliche Heiterkeit, zu der sein ungerührtes Gesicht fähig war: Er grinste leicht. Im Rückspiegel konnte Fabian beobachten, wie sich die Zwiebel wohl ausführlicher über Hell's Angels in einem Opel Zafira freute.

Das Grinsen des Parfümierten verschwand so schnell, wie es gekommen war.

»Das Mädchen ist zwischen dem Hässlichen und den Hundetypen. Die erste Tür auf der linken Seite hinter dem Tresen.«

Zwiebel nickte, als würde er sich im Gedächtnis Notizen machen, die er jederzeit noch einmal nachlesen konnte.

»Steig aus«, sagte er zu Fabian und öffnete auch die Beifahrertür. Als er ausgestiegen war, hielt sich Fabian mit der rechten sofort wieder die linke Hand fest. In der Hand war irgendwas kaputtgegangen, als sich die Zwiebel vorhin mit dem Stiefel draufgestellt hatte. Als Fixierung, damit sein Kollege besser in Fabians Mund ›arbeiten‹ konnte.

»Wir gehen ein paar Schritte«, sagte der Parfümierte.

Sie hatten den Wagen so geparkt, dass er sich gut in den Schatten zwischen zwei Straßenlaternen fügte. Wenn sie an der nächsten Ecke abbogen, würden sie nach einigen Schritten vor dem Gartentor des Puffs stehen.

An der Straßenecke faltete eine ältere Frau in einem Mantel eine Plastiktüte auseinander, um das Häufchen ihres Hundes aufzunehmen.

Der Parfümierte wandte sich in die entgegengesetzte Richtung und zündete sich im Schlendern eine Nelkenzigarette an.

»Es läuft folgendermaßen«, sagte er, »du machst den Hässlichen kalt und stellst die Tür auf. Du wartest genau da, bis Vedran kommt«, aha, dachte Fabian, Vedran heißt die Zwiebel. Klang nicht nach einem Künstlernamen.

»Und wie mache ich das?«

Der Parfümierte griff in seine Jackentasche und ließ den Griff eines Revolvers erkennen.

»Damit«, sagte er.

»Ziemliches Vertrauen«, Fabian versuchte auch, ungerührt zu klingen. Ohne dass bei dem Parfümierten der Eindruck aufkommen durfte, Fabian würde ihn parodieren.

Der Parfümierte zog die Achseln hoch.

»Geht so«, sagte er, »da ist genau eine Kugel drin. Du würdest also nur einen von uns erwischen. Der andere würde dir dann klarmachen, dass das keine gute Idee gewesen ist.«

Fabian nickte.

»Und warum braucht ihr mich überhaupt dafür? Das kriegt ihr doch alleine zuverlässiger hin?«

»Zu riskant«, er warf die Nelkenzigarette schon wieder weg, »wenn die einen, oder sogar zwei südländisch aussehende Typen sehen, sind die sehr viel mehr auf der Hut. Außerdem war ich gerade erst zum Ficken drin. Was sollte ich schon wieder wollen? Da riechen sogar diese Pfeifen Lunte.«

Fabian nickte. Mit einem Schuss Onkel Zahid aus dem Spiel nehmen. Vielleicht sollte er als nette Geste bei seinen Verwandten anrufen und ihnen raten, schon mal die Hüte rauszulegen.

```
Berlin-Wilmersdorf
Tanzschule Hinrich Heller
22.35 Uhr
```

Er war niemals unauffällig. Zu groß. Zu breit. Daran hatte sich Carlo gewöhnt. Gerade eben wäre er aber sehr gern einfach unauffällig zur Tür reingehuscht.

Stattdessen brach das Geschnatter von etwa fünfzehn Frauen über fünfzig jäh ab, kaum dass er die Tür hinter sich geschlossen hatte. Sie standen an einem Tresen. In ihren Gläsern befand sich entweder Bier oder ein buntes Getränk, das Carlo nicht mögen würde. Sie sahen ihn an. In dem großen Saal, der sich an den Vorraum mit der Theke anschloss, flackerte eine primitive Lichtorgel. Chris de Burgh sang »Don't pay the ferryman«. Eine Frau, die weiter hinten stand, rief »Kindertango ist morgen, mein Süßer«. Das folgende Lachen war vielstimmig und raucherdunkel. Carlo fiel auf die Schnelle keine Replik, aber vor allem auch kein Ringelnatz ein, mit dem er das Stottern unterdrücken konnte.

Also stand er einfach nur groß und schwer da.

Zum Glück trat hinter dem Tresen ein Mann hervor. Ein eher billiger Anzug, eigenartige weiße Turnschuhe, wie sie Sportler in 50er-Jahre-Filmen trugen. Ein wohl auch vom Alkohol gerötetes, rundliches Gesicht. Auf dem Kopf lichtes Haar. Der Haarkranz wuchs noch gut genug, um einen unpassenden Pferdeschwanz möglich zu machen. Das Wichtigste: Der Mann lächelte sehr einladend.

»Sie müssen Herr Sand sein«, sagte er und bewegte sich in einem tuntigen Tippelschritt auf Carlo zu.

Der nickte.

»Gehen wir in mein Büro«, der Mann zeigte auf eine Tür hinter dem Tresen.

Nichts in dem Zimmer, wirklich überhaupt nichts, erinnerte an die militärische Vergangenheit des Oberstleutnant a. D. Hinrich Heller. Stattdessen hingen an der Wand Wimpel, die an Tanzabende wie das Waldbröler Latein-Turnier 2007 in, wo sonst, Waldbröl erinnerten.

Ein großes Plakat des Films »Billy Elliott – I will dance« hing dem Schreibtisch genau gegenüber. Heller würde immer auf den halbwüchsigen Bergarbeiterjungen gucken, der unbedingt Tänzer werden will, mit diesem Berufswunsch allerdings in seiner nordenglischen Bergarbeiterfamilie aneckt wie eine Saudi-Frau, die im Bikini einkaufen geht.

»Nehmen Sie Platz«, Heller schob ohne ersichtlichen Grund Papiere auf dem Schreibtisch hin und her. Sie wollten über Georg Schauerte sprechen. Dazu brauchte Heller gewiss keine Zettel, sondern nur sein Gedächtnis.

»Darf ich Ihnen etwas zu trinken anbieten?«

Carlo hatte an diesem Tag bestimmt schon zwanzig oder dreißig Tassen Kaffee getrunken. Trotzdem war es nur die Vernunft, die ihn jetzt mit dem Kopf schütteln ließ: »Nein, danke. Ich will Ihnen auch nicht die Nacht rauben. Es ist sehr freundlich, dass ich Sie um diese Zeit noch stören darf. Zumal die Beschäftigung mit den Damen doch bestimmt recht intensiv ist.«

Heller setzte sich auf seinen Stuhl. Die Art, wie er die Ellenbogen auf dem Tisch abstützte und den Rücken durchdrückte, zeigte zum ersten Mal Ähnlichkeiten mit militärischem Gebaren.

»Diese Damen werden schlagartig dreißig Jahre jünger, wenn sie tanzen. Sie würden staunen, Herr Sand!«

»Da bin ich sicher«, Carlo nahm seinen Notizblock aus der Innentasche des Mantels.

»Soweit es ging, habe ich die Informationen überprüft, die Sie mir vorhin am Telefon gegeben habe. Viel war es nicht. Zumal ich unter der Nummer, die ich von Ihnen hatte, nur einen sehr unzugänglichen Unteroffizier erreicht habe.«

»Wissen Sie den Namen noch?«

Carlo sah in seinen Notizblock und blätterte einige Seiten zurück.

»Hauptmann Schank. Sagt Ihnen der Name was?«

»Allerdings«, antwortete Heller, »ein ganz blödes Arschloch. Ein

Katzbuckler und Schleimer. Einer von den jungen Leuten, wegen denen ich die Bundeswehr keine Minute, ach was, keine Sekunde vermisse. Aber was hat er Ihnen denn anvertraut, der verehrte Hauptmann Schank?«

»Dass Georg Schauerte am 1. Januar 1994 aus der Bundeswehr ausgeschieden ist. Dass er eine ›Auslandsverwendung‹ hinter sich hatte. Er sei speziell trainiert worden. Das interessierte mich natürlich sehr. Aber dazu wollte der Mann nun überhaupt nichts sagen. Er hat nur noch erwähnt, wie sehr er Sie schätzt. Ich glaube, er nannte Sie sogar sein Vorbild.«

Heller schüttelte mit dem Kopf, veränderte ansonsten seine Körperhaltung keinen Millimeter.

»Ein Schwätzer«, schnaubte er. »Kennen Sie sich mit der Bundeswehr aus?«

»Ist das die Frage danach, ob ich gedient habe?«

Heller nickte.

»Nein. Zivildienst«, antwortete Carlo.

»Gut«, sagte Heller, »das ist nur wichtig, damit ich weiß, was Sie wissen können. Wenn ich mich in Abkürzungen verliere oder in irgendwelchen Fachausdrücken, unterbrechen Sie mich bitte sofort.«

Jetzt nickte Carlo.

Heller stand von seinem Stuhl auf, klappte eine Spiegeltür hinter sich auf. Ein Tresor kam zum Vorschein. Heller tippte eine Kombination ein, und die Tür sprang auf. Er nahm eine zwei Finger dicke Akte heraus und legte sie vor Carlo auf den Tisch.

»Werfen Sie mal einen Blick hinein. Das ist Georgs Akte.«

Carlo nahm die Akte in die Hand.

»Wenn ich das richtig sehe, ist das eine Akte der Bundeswehr-Verwaltung«, sagte Georg.

Heller nickte.

»Wieso liegt die hier in Ihrem Tresor und nicht in einem Aktenschrank der Bundeswehr? Ist das nicht Staatseigentum?«

»Diese Akte ist meinen Vorgesetzten so unangenehm, dass wir eine Vereinbarung getroffen haben. Die helfen mir unbürokratisch und lassen mich etwas früher gehen. Und ich helfe denen bürokratisch, indem ich die Akte bei mir aufbewahre. So einfach ist das.«

Zuerst viele amtlich aussehende Bögen unterschiedlicher militärischer Stellen. Alle mit dem charakteristischen Schriftbild einer mechanischen Schreibmaschine. Beurteilungen, medizinische Untersuchungen, Urkunden, die mit ›Duplikat‹ bestempelt waren.

Dann wechselte die Größe der einzelnen Zettel, und die Sprache war Englisch. Manche waren mit ›US Army Rangers‹ überschrieben, oder mit, wenn sich Carlo alles auf die Schnelle richtig übersetzte, dem Briefkopf des US-Verteidigungsministeriums. Erst dann kamen die Fotos, die keiner weiteren Erklärung mehr bedurften.

Abzüge, wie sie früher üblich waren. Keine Ausdrucke. Eine verkohlte Leiche. Aus verschiedenen Perspektiven fotografiert. Ein Haufen, den Carlo auf den ersten Blick für übereinandergeworfene Altkleider hielt. Erst mit Verzögerung erkannte er die Körper in den Kleidern. Ein Leichenhaufen.

Dann Detailaufnahmen von mehreren Wunden. Die Körperregionen konnte Carlo nicht zuordnen.

Röntgenbilder. Ganz am Ende handschriftliche Briefe. Offenbar von Georg an Heller, als der noch nicht Oberstleutnant war. Georg schrieb ihn mit »Lieber Hauptmann Heller« an.

Carlo blätterte zurück. Sah sich noch einmal den verkohlten Körper, die kreuz und quer gestapelten Leichen an.

Dann legte er die Akte auf den Tisch.

»Darf ich doch einen Kaffee haben?«, fragte Carlo.

»Selbstverständlich. Mit Schuss?«

Carlo schüttelte ablehnend den Kopf.

Heller kehrte in den Raum zurück und stellte neben die dampfende Kaffeetasse einen kleinen Teller mit Keksen.

Er begann schon, ehe er sich wieder gesetzt hatte:

»Georg Schauerte ist, unter anderem von mir, Anfang der 90er-Jahre zu einem Fernspäher ausgebildet worden. Das sind Leute, die hinter feindlichen Linien abgeworfen werden, um den Feind auszuspionieren. Oder Sabotageakte zu verüben. Beinahe jede Armee hat solche Spezialisten. Das sind Leute, die intelligenter sind als der Durchschnitt. Die aber auch alles Körperliche und Soldatische besser können als die anderen. Beispielsweise mit 35 bis 65 Kilo Gepäck stundenlang marschieren. Zur damaligen Zeit war die

Ausbildung zum Fernspäher eine der ungemütlichsten Sachen, die man bei der Bundeswehr machen konnte. Bei Kälte, bei Hitze, im Regen, im Schnee, diese Jungs waren beinahe immer draußen.«

»Das haben Sie aber keinem von denen vorher erzählt. Oder wie haben Sie sonst Leute gefunden, die das mitmachen?«

»Wir konnten uns vor Freiwilligen kaum retten. Weil die jungen Männer glaubten, sie würden an einer Art bewaffneter Camel-Trophy-Tour teilnehmen. Der Ernstfall war mit dem Ende des Ost-West-Konflikts quasi abgeschafft. Unsere Uniformen hatten damals nichts mit echtem Krieg zu tun, sondern waren eine Art Kutte für den Abenteuerspielplatz.«

An Heller sah jetzt nichts mehr nach Tanzschulen-Heiterkeit aus. Wie ein Zahnarzt-Patient, dem eine Wurzelbehandlung bevorsteht, zog er das Gesicht zusammen.

»Georg Schauerte war ein fröhlicher junger Mann. So fröhlich, dass einige seiner Vorgesetzten den Verdacht entwickelten, er würde Drogen nehmen. Auch ich war skeptisch. Denn unser Training war so nah an der Folter, dass eigentlich jedem das Lachen vergehen sollte. Wenn Sie einen dieser Männer wecken und ihm den entsprechenden Befehl geben, tötet er augenblicklich. Egal, ob mit dem Gewehr, dem Messer, dem Klappspaten oder mit der Hand. Wir haben denen die Bewegungsabläufe so eingebimst, dass sie sie so wenig verlernen können wie Schwimmen oder Fahrradfahren.«

Carlo nahm den letzten Keks vom Teller. Durch die Pause, die Heller machte, fühlte er sich augenblicklich in seiner Gefräßigkeit ertappt.

»Die entsprechenden Bluttests waren negativ. Sehr viel später hat mir Georg von seiner Jugend bei seinem schwulen Onkel erzählt. Das erklärte dann einiges. Wer unter so angenehmen Bedingungen aufwachsen kann, der wird ein sonniger Erwachsener. Glaube ich jedenfalls.«

»Aber was sucht ein so sonniger Charakter, wie Sie es sagen, beim Militär? Wenn ich das richtig weiß, hat sich die Bundeswehr schon damals nicht als reine Gute-Laune-Truppe verstanden?«

Heller zuckte mit den Achseln.

»Auch wenn es schnöde klingt, wahrscheinlich war es der reine

Übermut. Dieses Gefühl, ein unverwundbarer Siegfried zu sein, der es zum Spaß mit allen aufnimmt.«

Heller machte eine kurze Pause.

»Ich kürze es ab. Nach dem Golfkrieg 1991 haben die Nato-Verbündeten der deutschen Regierung deutlich signalisiert, dass die Deutschen nicht mehr länger nur den Verbündeten Geld geben können, damit die Krieg führen, ohne dass einem deutschen Soldaten ein Haar gekrümmt wird. Einer der Gründe, warum wir uns 1993 in Somalia wiedergefunden haben. Im Lager Belet Huen. Als Unterstützung für die UNO-Mission UNOSOM II. Das war zwar keine Klassenfahrt, aber passiert ist auch kaum einem was. Mit Ausnahme von Georg Schauerte.«

Carlo trank von seinem Kaffee und zeigte Heller an, dass er bis hierhin keine Fragen hatte. An diese Somalia-Sache konnte er sich nur sehr dunkel erinnern. Nur ein Bild kam ihm in den Sinn. Wie der damalige Bundesverteidigungsminister stürzt.

»Ist damals nicht der Rühe da irgendwo hingefallen?«

Heller grinste erstmals wieder.

»O ja. Die ›taz‹ hat das Bild auf die Titelseite genommen und als Überschrift ›Erster Deutscher in Somalia gefallen‹ drübergesetzt. Hing in unserer Offiziersmesse. Bis sich irgendein Politiker bei einem Truppenbesuch darüber mokierte.«

Heller schüttelte wieder mit dem Kopf und hatte für einen Moment den Raum in Richtung Erinnerung verlassen.

Abrupt sprach er dann weiter:

»Wir waren vor allem im Kontakt mit den Amerikanern. Die haben uns entweder wie Amateure oder wie übrig gebliebene Nazis behandelt. Bei einem Treffen schlug dann einer von uns vor, dass wir doch ein paar unserer besten Soldaten für ein paar Kennenlerntage zu denen schicken könnten. Die Amis hatten kein Problem damit. Uns interessierte ohnehin, was die anders machten. Und das Ministerium hat es abgesegnet. Zehn Fallschirmjäger und fünf Fernspäher sind dann nach Mogadischu gebracht worden und kamen da in unterschiedlichen Einheiten bei den Amerikanern unter. Darunter auch Georg Schauerte.«

Heller begann mit einem Haarreif zu spielen, den wohl ein Kind in der Tanzschule vergessen hatte.

»Dann kam der 3. Oktober. Die Operation Irene, oder Operation Gothic Serpent, dieses Fiasko hat mehrere Namen. Die Amerikaner jagten dieses Ober-Schwein Mohammad Farah Aidid. Einen Warlord, der ihnen das Leben schwer machte. Die Bilder seiner Festnahme sollten auch eine Trophäe für den damaligen Präsidenten Bill Clinton sein. Können Sie sich alles auch als Spielfilm ansehen, ›Black Hawk Down‹ heißt der Streifen.

Grässlich. Amerikanische Kampftruppen, die im unübersichtlichen Gewirr dieser Albtraum-Stadt von allen Seiten beschossen werden. Und leider, leider mittendrin, unser Obergefreiter Georg Schauerte. Der hat sich bei den Rangers so wohlgefühlt, dass er die irgendwie bequatscht hat, ihn mitzunehmen. Die Amis waren von ihrer Überlegenheit an Mensch und Material so überzeugt, dass sie nichts anderes als einen schnellen Einsatz erwarteten. Und unser Blödmann von einem Jung-Siegfried erwartete sich echte Action. Die hat er dann auch bekommen.«

Heller zog die Akte zu sich und schlug die Fotoseite auf.

»Wie andere von denen auch, ist er zusammen mit einem Army Ranger von der restlichen Truppe abgeschnitten worden. Die beiden verbargen sich in einer Art Verschlag, der bis auf Brusthöhe aus solidem Mauerwerk errichtet war. Wir haben uns Tage später den Ort des Geschehens ansehen können. Die Einschüsse ließen sich beim besten Willen nicht zählen.«

Heller deutete auf die Aufnahmen von den Leichenhaufen.

»Aus dieser Position haben die beiden dann gezeigt, was man ihnen an der Waffe beigebracht hatte. Ein regelrechtes Hasenschießen haben die da veranstaltet. Mit dem voraussehbaren Ergebnis. Irgendwann war die Munition aufgebraucht. Es waren aber noch Feinde übrig.«

Heller blätterte in der Akte um und legte die Hand auf eine Seite mit einem amerikanischen Bericht.

»Sie sind dann dazu übergegangen, die Angreifer mit dem Seitengewehr und ihren Messern abzustechen. Für Schauerte war das irgendwann nervlich wohl schlicht zu viel. Im wirklich allerletzten Moment setzte ein Hubschrauber frische Kräfte ab, die die Angreifer in die Flucht schlugen. Ich habe mit dem Offizier dieser Einheit gesprochen. Sie fanden Schauerte am Boden sitzend, beide Arme um seine Beine geschlungen, vor Heulkrämpfen zitternd. Aus dem, was er zwischendurch schrie, wollen die Amerikaner den Namen seines Kameraden verstanden haben. Ein gewisser …«, Heller fuhr mit dem Finger die Zeilen entlang, »… Sergeant Steve Zeibert, von den 75. Army Rangers. Der hat sich den Angreifern noch entgegengeworfen. Und das da«, Heller zeigte auf ein Foto der verbrannten Leiche, »war dann irgendwann noch von ihm übrig.«

Carlo nickte, als könne er das Geschehene nachvollziehen. Was er tatsächlich nicht komplett konnte.

»Und dann?«, fragte er.

»Die Amerikaner haben sich die Mühe gemacht und nachgezählt, dass Schauerte und sein Ranger-Kamerad 92 Feinde niedergemacht haben. Zu den Feinden zählten allerdings auch Minderjährige, die mit einer Art Knüppel auf sie losgegangen waren. Dennoch konnten sich die Amerikaner vorstellen, Georg Schauerte eine ihrer Tapferkeitsmedaillen zu verleihen. Das konnte sich bei uns allerdings überhaupt keiner vorstellen. Im Ministerium brach regelrechte Panik aus. Die sahen schon Überschriften im ›Spiegel‹ über ein ›Killer-Praktikum‹ oder so was.«

Heller griff wieder zu dem Haarreif.

»Ich hätte mir so viel Flexibilität bei der Bundeswehr nicht vorstellen können. Aber weil es etwas zu verheimlichen gab, war plötzlich Erstaunliches möglich. Ich bin ins Bundeswehr-Krankenhaus hier in Berlin gefahren und habe Schauerte besucht. Der war an Gesäß und Oberschenkel verletzt, sagte aber vor allem über Tage kein Wort mehr. Die hatten damals einen Trauma-Spezialisten, aber der konnte wohl nicht helfen. Ich war geschockt, als ich Schauerte sah. Abgemagert, aber vor allem war die Sonnigkeit definitiv verschwunden. Ich habe ihm dann das Angebot der Bundeswehr unterbreitet: Wir geben ihm eine ordentliche Summe Geld, mit der er sich ein neues Leben aufbauen kann. Dafür hält er die Klappe. Kein Wort zu keinem. Die ganze Angelegenheit hat sich nie ereignet. Er war sofort einverstanden.«

»Sind Sie danach in Kontakt geblieben?«

»Ich habe versucht, ihn einmal im Jahr zu treffen. In der Familie waren viele Friseure. Das passte. Denn er suchte etwas, das vom

Militär so weit weg war wie möglich. Und er machte seine Sache gut. Bei einem unserer Treffen hat er mir mal erzählt, wie schwer ihm der Umgang mit dem Rasiermesser fällt. Weil er dann sofort wieder in diesem Verschlag in Mogadischu sitzt und ein Bajonett in einen Körper rammt. Es ging ihm aber an und für sich gut. Eine gewisse Unrast ist mir wohl aufgefallen. Etwas Dunkles hinter dem Lachen. Aber ich bin kein Psychologe. Das kann ich mir auch schlicht eingebildet haben.«

»Dass er jetzt beinahe zwanzig Jahre später immer noch einen Polizisten halb tot schlagen kann, wundert Sie das?«

»Kein bisschen. Gelernt ist gelernt. Wie Fahrradfahren. Leider auch in diesem Fall.«

Carlo nickte.

»Können Sie sich vorstellen, dass Georg Schauerte aus einer Art Rache am System mit Terroristen gemeinsame Sache macht?«

»Das kann ich mir nicht nur nicht vorstellen. Das ist ausgeschlossen. Wenn Sie den Mann in einen Aggressionsmodus versetzen, spult der das Programm ab, das wir ihm unlöschbar auf die Festplatte geladen haben. Aber einen gewalttätigen Plan, irgendetwas, das ihn auch nur im Geringsten an eine ›Operation‹ erinnert, würde Georg Schauerte niemals ausführen.«

»Ist das bei Ihnen ähnlich gelaufen? Ein schlimmes Erlebnis und dann so zivil wie möglich? In einer Tanzschule?«

Heller sah Carlo an.

»Nichts Dienstliches«, sagte er.

»Sondern?«, wie seine permanente Auffälligkeit war Carlo auch das Weiterfragen zur Gewohnheit geworden.

Heller drehte einen Bilderrahmen zu Carlo um. Eine Frau, deren Haar schon silbrig durchzogen war. Große Mädchenaugen, ein kesses, angriffslustiges Lächeln.

»Christa«, sagte Heller, »wir haben geheiratet, bevor sie mich nach Somalia geschickt haben. ›Soldatenwitwe mit 29 klingt besser als Single‹, das hat mir das Biest damals mit auf den Weg gegeben. Vor drei Jahren habe ich sie gefragt, ob sie so was hätte wie einen letzten Wunsch. Keine Uniform mehr, hat sie gesagt. Aber damit eher meinen Wunsch zusammengefasst, denn ich hatte auf den Laden wirklich keine Lust mehr. Und sie würde mir gerne von oben beim Tanzen zugucken wollen. Das hat sie auch noch gesagt.«

Heller hatte sich wieder exakt hinter seinem Schreibtisch ausgerichtet. Sah aber nicht Carlo an, sondern seine gefalteten Hände.

»Den Dienst habe ich schon quittiert, bevor sie starb«, Heller hob den Kopf und lächelte leicht, »wahrscheinlich hört sich das für Sie verrückt an, aber ich merke jeden Tag, wie sie mir von oben zuguckt und sich freut.«

Blankenfelde bei Berlin
1.07 Uhr

Zach konnte sich selbst riechen.

Nicht sonderlich verblüffend. Nach den Schweißausbrüchen der letzten Stunden. Die Amphetamine hatten seinen Kreislauf hochgejagt. Wie sie es sollten, damit er nicht einschlief. Seine Augen auf die Fahrbahn und auf den Mercedes-Bus vor sich gerichtet. In Wien hatte er gemeinsam mit Sharahn beobachtet, wie die Deutschen das Haus verließen. In eleganten Klamotten. Mit großen Rimowa-Koffern. Auch deutsch, auch teuer, sehr geschäftsmäßig. Sie waren mit einem gewissen Tempo unterwegs, aber äußerlich nicht aufgeregt oder womöglich kopflos. Das Gesicht der Frau in der Gruppe, Sofia Pahl, war allerdings regelrecht starr. Sharahns Stimmung hatte sich deutlich eingetrübt, als sie am Telefon die Nachricht erhielt, dass diese Leute einen österreichischen Polizisten in einem Café am Ring umgebracht hatten. Als wäre sie sein Führungsoffizier, fragte sie Zachs Ausrüstung ab. Er reagierte genervter, als es nötig war.

Die Vorahnungen waren wieder da. Bei einem Mary-J.-Blige-Konzert, das er noch mit Julia besucht hatte, hatten die Boxen unangenehm gebrummt, lange bevor sich auf der Bühne irgendetwas ereignete. So ähnlich brummte es in ihm.

Er wünschte sich, Sharahn hätte ihn begleiten können. Kinderkram. Undenkbar. Vor allem auch unprofessionell. Die Frau war schon viel weiter gegangen, als sie im Interesse ihres Jobs hätte gehen dürfen. Kaum hatte er sich zur Ordnung gerufen, machte er noch eine Drehung und griff nach den Süßigkeiten:

Vielleicht wäre Baltimore gar nicht so übel. Mit ihr.

Nachdem sie Dresden passiert hatten, war Zach sicher, Berlin würde das Ziel sein.

Jetzt fuhren sie auf einer vierspurigen Straße. Tadelloser, glatter Straßenbelag. Schlüssige Ausschilderung. Deutschland eben. In Washington DC rumpelte man dagegen auf Schlaglochstraßen wie in der Dritten Welt. Der Fahrer des Busses, der Legionär, setzte den Blinker rechts und verlangsamte die Fahrt. Sie bogen auf den Parkplatz des Fontane Airport Hotels ein. Das deutlich sichtbare »Best Western«-Logo erzeugte in Zach Heimatgefühle. Die Reste des Aufputschmittels machten auch dieses Gefühl viel zu groß. Denn zu Hause hätte ein »Best Western«-Schild nur zum Weiterfahren aufgefordert, weil sich wahrscheinlich ein besseres Hotel finden ließ.

Zum Glück hatte er eine Weiterbildung besucht, zu der der Selbsttest von Drogen gehörte. Auch wenn es Mühe machte, konnte Zach eine kontrollierende Distanz zu den körperlichen Reaktionen halten.

Er fuhr an dem Hotel vorbei. Sein Navigationssystem zeigte ihm an, dass er auch in die nächste Straße abbiegen konnte, um zu diesem Hotel zu kommen.

Die größte Hürde waren die beiden Grenzübergänge in und aus der Tschechischen Republik gewesen. Keine Ahnung, wie Sharahn das Fehlen eines Autos mit Diplomatenkennzeichen aus dem CIA-Fuhrpark erklären würde. So schnell würde bei dieser Frau aber nicht die Fantasie versagen. Ganz sicher nicht. Zach parkte in einigem Abstand zum Hotel vor einem Mehrfamilienhaus. Er hatte sich mit Sharahn geeinigt, die Gruppe als ›Böse Kinder‹ zu codieren. Sollten die Kinder also die Straße kontrollieren, könnte sich sein Diplomatenkennzeichen zu einem Nachteil entwickeln. Aber darum konnte er sich später kümmern. Er musste so viel wie möglich mitbekommen. Checkten alle in dieses Hotel ein? Oder fuhr irgendjemand weg?

Vor dem Hotel führte eine Brücke über die vierspurige Straße. Zach war mittlerweile komplett schwarz gekleidet. Nicht dick genug, um auf der Brücke mehrere Stunden zu verbringen. Jetzt hatte er den höchsten Punkt der Brücke erreicht. Er konnte den Eingangsbereich des Hotels sehen. Und die beiden Vorderseiten des Gebäudes, die bonbonpink gestrichen waren.

Er sah vier der Kinder in der Lobby. Hinter dem Empfangstresen stand ein Mann mit einer großen Brille. Eine Gestalt lud einen mittelgroßen Rollkoffer aus dem Bus, schlug die Tür zu. Zach konnte sogar das kurze Piepen hören, mit dem die Elektronik die komplette Verriegelung des Autos signalisierte. Zach stellte das Fernglas scharf und erkannte den Milchgesichtigen. Den Geek, wie sie ihn auf der anderen Seite des Atlantiks nennen würden. Der Mann ging in das Hotel. Dann setzte sich die Gruppe in Bewegung. Nach wenigen Minuten konnte Zach erkennen, wie hinter zwei Fenstern das Licht anging. Konnte ein Zimmer sein. Oder auch zwei.

Hinter einem Fenster erlosch das Licht unmittelbar wieder. Ein Fensterflügel wurde geöffnet. Zach sah die Silhouette des Legionärs. Den kantigen Schädel. Er nahm einen Gegenstand hoch. Ein Fernglas. Wahrscheinlich nachtsichttauglich. Zach ließ sich flach zu Boden sinken und bewegte sich nicht.

Er sah auf die Uhr und ließ fünf Minuten verstreichen. Dann robbte er langsam in Richtung der Straßenseite, die dem Hotel gegenüberlag. Eine Lärmschutzwand würde ihm komplette Deckung geben. Mit dem Nachteil, dass er das Hotel nicht mehr sehen konnte.

Als er dort angekommen war, zog er das Mobiltelefon aus der Tasche. Er müsste noch einmal Jarius anrufen. Auf der Fahrt hatten sie schon dreimal telefoniert, sein Partner war über jedes Detail im Bilde. Bei Sharahn war Zach allerdings etwas allgemeiner geblieben.

Nach dem ersten Klingeln hörte er Jarius' Stimme.

»Wo bist du jetzt?«

»In Berlin. Oder in der Nähe. An einem Ort namens Blankenfelde.«

»Buchstabiere«, befahl Jarius.

Dann hörte Zach, wie Jarius 7000 Kilometer entfernt seine Computertastatur bearbeitete.

»Warum seid ihr mit dem Auto gefahren?«, fragte Jarius.

Zach stutzte und verstand kein Wort.

»Was ist das für eine gottverdammte Frage?«

»Du bist ganz in der Nähe des Flughafens SXF. Kleinen Moment, ich sage dir gleich, was das Kürzel bedeutet.«

»Brauchst du nicht, Einstein. Das ist der Flughafen Schönefeld.«

»Na gut, wenn du schon weißt, dass du da hinpinkeln könntest, wenn du den starken Strahl eines schwarzen Mannes hättest, warum rufst du dann an?«

»Weil ich nicht weiß, was ich jetzt machen soll. Ganz einfach«, Zach zischte. Wollte nicht zu laut sein. Denn er stand in der Nähe eines Hauses. Das war zwar komplett dunkel. Einfachste Erklärung: Die Bewohner schliefen.

Zach hörte, wie sich Jarius am Bart kratzte. Das zeigte an, dass er überlegte. Oder, schlimmere Alternative, ratlos war.

»Wir haben einen Kontaktmann in der Botschaft von Berlin. Das ist aber ein republikanischer Politik-Trottel. Der wird sofort kalte Füße bekommen, wenn du ihm andeutest, dass du die Brüder und Schwestern der CIA übergehst. Kannst du vergessen, den Mann.«

»Was dann, Jarius?«

»Kennst du jemanden bei der deutschen Polizei, der nicht gleich mit der großen Trommel über alle Flure läuft?«

»Woher sollte ich?«

»Gut, verstehe. Wen kennst du sonst in Berlin?«

»Nur Georg.«

»Welchen Georg?«

»Unseren Georg. Den Friseur aus Georgetown.«

»Aber der ist doch hier.«

»Nein. Der ist in einer Familienangelegenheit in Berlin.«

»Nun, Bruder, müssen wir uns doch fragen, ob du in der richtigen Situation bist, um über eine neue Frisur nachzudenken.«

»Du bist ein Comedy-Talent. Wirklich. Wenn du Witze machst, klingst du beinahe weiß.«

»Hör zu, Zach. Ich habe hier eine Liste mit drei Leuten, von denen ich zwei kenne. Die sitzen in München und gehören zu uns. Die sind in Ordnung. Für die verbürge ich mich mit meinem guten Namen. Die werde ich jetzt aus dem Bett klingeln und ihnen sagen, dass sie sich zu dir auf den Weg machen und die Schnauze halten sollen. Der Dritte ist in Brüssel. Den kenne ich nicht gut. Das ist die Reserve. Nur wird keiner von denen vor dem späten Vormittag bei dir sein. Das musst du wissen.«

Zach brummte zustimmend.

»Wie nervös oder wie schwatzhaft ist denn dieser Friseur?«

»Keine Ahnung.«

»Egal. Ruf ihn an.«

»Ich habe ein Scheißgefühl«, sagte Zach.

»Das hatte ich bei meiner Hochzeit auch. War aber das Richtigste, was ich bisher gemacht habe.«

»Weil du Rosalie nicht fragst, wie sie mit diesem schweren Fehler lebt.«

»So gefällst du mir, du Scheißkerl.«

»Es ist gut, deine Stimme zu hören.«

»Ich wünschte, ich könnte das Gleiche sagen, Weißbrot. Pass auf dich auf.«

Zach drückte den roten Knopf, der das Gespräch beendete.

Auf der Brücke sah er einen Mann, der sein Fahrrad nur schwer in der Balance halten konnte. Trotzdem ließ er es in voller Fahrt in Zachs Richtung hinunterrollen. Er übersah einen sehr hohen Bordstein und stürzte so laut, dass ein Hund irgendwo in der kleinen Wohnstraße zu bellen begann.

Der Betrunkene rappelte sich hoch und benutzte Schimpfworte, die Zach nicht kannte. Dann schwang er sich wieder auf das Fahrrad und trat mühsam in die Pedale. Durch die Deckung eines Gebüschs sah Zach dem Mann hinterher, der Schlangenlinien fuhr. Als der Hund nicht mehr bellte und Zach überprüft hatte, dass nirgendwo ein Licht eingeschaltet wurde, legte er sich auf den Bauch und robbte die Brücke wieder hinauf.

Hinter den Fenstern waren Vorhänge zugezogen worden, durch die etwas Licht schimmerte.

Nach einer Viertelstunde hatte Zach den Eindruck, auf der Brücke festgefroren zu sein. Er ging in die Hocke und in einem entenartigen Gang zu seinem Auto.

Als er saß, schloss er die Augen. Das tat gut. Was jetzt? Die Gruppe bestand aus fünf Erwachsenen. Nach allem, was er von Sharahn wusste, hatte sich der Bruder dieser Sofia bei dem Mord an dem Wiener Polizisten verletzt. Er wusste nicht, wie schwer. Er wusste nichts über die Bewaffnung der Kinder. Er konnte aber sicher sein, der Legions-Profi würde stets eine Gefahr sein. Gleichgültig mit welchen Waffen. Die bösen Kinder führten etwas im Schilde. Wahrscheinlich etwas Demonstratives, denn ihre Motive waren politisch. Aber was?

Zach war ein Polizei-Handwerker. Ein guter sogar. Im Moment stand er aber ohne jedes Werkzeug da. Er konnte niemanden anrufen, keinen Computer als Helfer einsetzen. Er konnte noch nicht mal die Breitschultrigen eines FBI-Einsatzkommandos bestellen, die sich 15 Kilo Panzerung anlegten und dann mit der Wucht eines Güterzuges dieses Hotel stürmten.

Aus seiner Zeit mit Julia wusste er die Notrufnummer der Polizei. Das amerikanische 911 war hier die 110. Er konnte in irgendeine Wache spazieren. Konnte sogar lustig sein. Leute, ihr sucht seit ein paar Tagen nach irgendwelchen Weltterroristen. Dabei haben ein paar schwierige Studenten ungefragt das Erbe der RAF angetreten. Woher wissen Sie das? Würde ihn vom Wachtmeister bis zum Staatsanwalt jeder fragen. Von der CIA. Ich soll es aber nicht weitersagen. Zach hatte in Kolumbien, in Singapur, sogar in Shanghai gearbeitet. Er wusste, wie es unter Profis lief. Wenn er jetzt die Informationen an irgendwelche deutschen Polizisten weitergab, stand in den Sternen, ob verhindert werden konnte, was die bösen Kinder planten. Aber es würde niemanden geben, der einen Prozess der Vereinigten Staaten von Amerika gegen Zach Samuel Lipschitz verhindern konnte. Wegen Geheimnisverrats.

Er brauchte eine Einbahnstraße. Einen Polizisten, dem er vertrauen und der schnell helfen konnte. Kein Streifenhörnchen. Aber zu hochrangig muss er auch nicht sein.

Konnte er Georg in diese Sache reinziehen? Einen friedlichen Friseur? Einen ganz und gar zivilen Schürzenjäger? Was war die bessere Idee? Noch mehr Amphetamine, damit er sich womöglich einem fahrenden Lastwagen in den Weg stellte, weil ihm die Droge Unsterblichkeit zusicherte?

Er würde eine Münze werfen. Die Münze. Damals in der Bar der Cheecah Lodge in Key Largo hatte er der wunderschönen Frau vorgeschlagen, eine Münze über seinen Heiratsantrag entscheiden zu lassen. Sie hatte zugestimmt, später auch wirklich ›Ja‹ gesagt und wäre im Fall der Fälle immer noch seine offizielle Witwe.

Berlin-Zehlendorf
Nähe »Kalif Serail«
1.36 Uhr

War doch klar, das waren Abkassierer. Irgendwelche Zuhälter. Womöglich Menschenhändler. Für so was hatte Rolf-Dieter Hüttenmüller einen Blick. 39 Jahre in der Sozialbehörde. Da entwickelt man einen Blick für Gesindel.

Aus dem Giebelfenster seiner Dachgeschosswohnung konnte er die Straße bestens einsehen. Von dem Puff in der abzweigenden Milinowskistraße sah er noch die bunten Lichter. 17 Minuten brauchte die Streife nach seinem Anruf. Eigentlich ein Skandal. 17 Minuten! In der Zeit konnten einen irgendwelche Spitzbuben dreimal ans Kreuz nageln. Aber wahrscheinlich wussten die bei der Polizei, dass er die Lage einigermaßen im Griff hatte. Schließlich rief Hüttenmüller regelmäßig an. Nur wenn was vorfiel, versteht sich.

Das Licht in seiner Wohnung hatte er abgedunkelt. Um besser sehen zu können, was auf der Straße geschah. Allerdings war alles schon fast vorbei. Nach dem Eintreffen der Streife mussten sich die beiden Verbrecher aus der großen Limousine mit gespreizten Beinen ans Auto stellen und wurden von den Kollegen durchsucht. Auch wenn er pensioniert war: Für Hüttenmüller waren alle Beamten Kollegen. Dann kam ein größeres Polizeifahrzeug, ein Bus. In den wurden die beiden Verdächtigen geführt. Im gleichen Moment setzten sich die zuerst eingetroffenen Polizisten wieder in ihr Auto und fuhren langsam davon.

Hüttenmüller hatte überlegt, ob er runtergehen und die Kollegen auf den Dritten aufmerksam machen solle.

Der hatte mit den beiden Verhafteten vorher im Auto gesessen. Kurz bevor die erste Streife ankam, war er ausgestiegen und in Richtung des Bordells gegangen. Sah deutscher aus als die beiden im Auto. Recht jung. Zog aber trotzdem ein Bein nach.

Hüttenmüller protokollierte generell die Geschehnisse auf der Straße. Vor allem die Parkvergehen seiner Vermieterin, die das Erdgeschoss und die erste Etage bewohnte. Die wollte ihn seit Jahren loswerden. Mittlerweile versuchte sie es mit einer Klage. Verschätzte sich ein bisschen, die Gute. Rechtsschutzversicherung, alte Bekannte in der Rechtsabteilung des Beamtenbundes, sie bekam es mit einer Allianz zu tun. Der Hüttenmüller-Allianz, freute er sich und trank einen Schluck von seinem alkoholfreien Bier.

Stand alles in seiner Kladde. Die Kennzeichen von ihren Bekannten, die zu ihren Partys kamen. Merkwürdige Künstlertypen. Die waren gehörig laut. Klar gab es bei solchen Partys Rauschgift. So was wusste man doch. Auch wenn er schon 63 Jahre alt war, lebte er ganz bestimmt nicht hinter dem Mond. Im vergangenen Sommer hatte Hüttenmüller am Morgen nach so einem Gelage im Vorgarten weggeworfene Kippen der Besucher eingesammelt. Man wusste ja nie. Für die Fahrzeuge, bei denen der TÜV lange abgelaufen war, kannte er den Rudi von der Verkehrsbehörde. Der war der Protokollführer in Hüttenmüllers Männergesangsverein.

An den großen Wagen dieser Zuhälter war er lieber nicht so nahe rangegangen. Stand doch jeden Tag in der Zeitung, zu was solche Brüder in der Lage waren. Alle bis an die Zähne bewaffnet. Die machten doch vor einem wachsamen Bürger nicht halt.

Hüttenmüller war unschlüssig, ob er nicht lieber warten sollte, bis sich der Dritte noch einmal zeigen würde. Der junge Verbrecher. Dann würde noch ein Anruf bei der Polizei nötig sein.

Andererseits musste er den Wecker auf 6.30 Uhr stellen. Er lag im Streit mit der Berliner Stadtreinigung. Hatte schon mehrere Briefe geschrieben, damit die nicht schon um kurz vor sieben die Mülltonnen leerten. Bei dem Krach konnte schließlich keiner schlafen. Seine Sorgen würden ernst genommen, hatten die ihm geschrieben. Hüttenmüller war mit dem »Trau schau wem«-Prinzip aber auch im Beruf immer am besten gefahren. Deswegen wollte er sich auf die Lauer legen und im Zweifelsfall noch während der Leerung bei der BSR anrufen. Die Nummer lag schon neben seinem Telefon bereit.

Er war noch nicht müde. Er setzte sich an den Schreibtisch, auf dem auch das Fernglas stand, mit dem er die Straße beobachtete.

Schaltete nur die Schreibtischlampe an. Dann konnte er immer noch genug von der Straße sehen und nicht nur sein Spiegelbild im Fenster.

Vor ihm lagen immer noch die zwei Antwortbriefe auf seine Kontaktanzeige in der »Berliner Morgenpost«. Dort hatte er sich als solventer, humorvoller Spitzenbeamter, 63 Jahre, vorgestellt.

Ilse oder Gabriele? Welcher sollte er zuerst auf den Zahn fühlen? Natürlich bestand die Gefahr, dass es beide nur auf sein Geld abgesehen hatten. Das war doch klar.

Berlin-Wilmersdorf
Wohnung von Paula
1.41 Uhr

Er musste los. Er musste sofort los. Es war bestimmt schon hell, und er hatte noch nicht geduscht. Woher kam diese Musik? »Klingklang, du und ich, die Straße entlang«. Wo war er? Er fasste neben sich. Ein Körper. Georg war bei Paula. Und die Musik? Schon wieder »Klingklang, du und ich«.

Sie durfte nicht wach werden. Er konnte seinen Nacken kaum bewegen. Drehte sich komplett auf die rechte Seite und sah sein Telefon leuchten. Daher die Musik. Keimzeit. Zum Ablenken hatte ihm Paula vorhin gezeigt, wie er sich Klingeltöne runterladen konnte.

Georg griff nach dem Telefon, sah auf dem Display eine unbekannte Nummer.

»Hallo?«

Er hörte Windgeräusche. Oder Autos.

»Hier ist Zach. Wie geht es dir?«

»Gut«, Georg sortierte und wusste mit Verzögerung, wer Zach war. Sein Kunde aus Washington, der ihn nach Wien eingeladen hatte.

»Bist du besoffen?«, Georg sprach leise, um Paula nicht zu wecken.

»Nein, leider nicht.«

Georg stieg vorsichtig aus dem Bett. Auf dem Boden stieß er ein Weinglas um. Fiel zum Glück leise auf den Teppich. Hoffentlich hatte er den Rotwein ausgetrunken, denn der Teppich war hell.

Er ging aus dem Schlafzimmer und zog die Tür hinter sich zu.

»Bist du noch da?«, fragte Zach.

»Entschuldige. Musste aus dem Zimmer. Ich bin … in Gesellschaft.«

»Aha.«

»Was gibt's? Langweilig in Wien?«

»Ich brauche deine Hilfe. Und ich bin nicht in Wien. Sondern in Berlin. Bei Berlin.«

»Klar. Na klar. Was soll ich denn machen?«, Georg sortierte sich immer noch. Der furchtbare Tag. Der Wein. Der Trost. Viertel vor zwei in der Nacht. Ein Bekannter aus einem anderen Leben am Telefon.

»Kannst du Auto fahren?«

»Warum?«

»Weil ich dich hier draußen brauchen könnte.«

»Aber wozu? Mitten in der Nacht?«

»Ist zu kompliziert. Kann ich am Telefon nicht erklären.«

Georg durchfuhren Panikwellen. Zach machte einen Beruf, für den er eine Waffe trug. Mehr wusste er nicht. Hatte er niemals wissen wollen.

Wenn er irgendwas nicht gebrauchen konnte, dann eine Verwicklung in eine weitere Angelegenheit, die nichts Gutes sein konnte.

»Ich weiß nicht«, Georg wollte ›Nein‹ sagen. Nein, ganz deutlich Nein. Aber Zach war ein netter Typ. Einer aus dem Land, in dem er ohne die gelegentliche Hilfe von Wildfremden nicht so lange gut gelebt hätte.

Morgen stand ein wichtiger Job an. Für das Büro des Regierenden Bürgermeisters. Paula hatte ihm alles so oft erklärt, als sei er mindestens lernschwach oder eher völlig unterbelichtet. Er musste zu einem Hotel fahren und dort einer Künstlerin die Haare schneiden. Auch den Rest so vorbereiten, wie es die Frau für ihren Auftritt bei der Eröffnung des Flughafens brauchte. Am Nachmittag sollte Georg dann noch einmal direkt zu diesem Flughafen fahren und die Frisur vollenden. Wichtig sei aber zunächst der Termin um 9 Uhr am kommenden Morgen. »Du kriegst das hin. Du kriegst das bestimmt hin. Enttäusch mich bitte nicht«, diese Beschwörungen von Paula vorhin waren ihm beinahe vorgekommen, als wolle sie sein Hirn neu programmieren.

»Weißt du, Zach«, Georg rieb sich mit der freien Hand den Nacken, »es läuft hier gerade nicht so gut. Ich habe morgen einen verdammt wichtigen Job vor mir, und wenn ich jetzt in der Nacht rumspringe, dann könnte das echt schwierig werden.«

»Verstehe«, Zach klang ganz anders, als Georg es in Erinnerung hatte. Drüben sprachen sie nicht Deutsch miteinander. Aber es konnte nicht nur die Fremdsprache sein, die den Mann so ernst klingen ließ.

»Kennst du einen vertrauenswürdigen Polizisten?«, fragte Zach.

»Was meinst du mit vertrauenswürdig?«

»Einen Typen, mit dem du einen trinken gehen würdest. Dem du erzählen würdest, dass du deine Frau betrügst. Oder sie dich. Und bei dem du sicher wärst, dass der das für sich behält. So einen.«

Georg setzte sich an den Wohnzimmertisch und griff in die Schale mit den Kartoffelchips.

»Ich kenne eigentlich überhaupt keine Polizisten.«

»Das klingt nach einem Aber. Pass auf, Georg. Ich würde dich nicht mitten in der Nacht anrufen, wenn ich bloß ein wenig Bauchweh hätte und leider meine Mama nicht erreichen könnte. Es gibt hier eine Situation«, Zach stockte, und Georg hörte jetzt eindeutig einen recht schnell vorbeifahrenden Lkw.

»Wenn dir irgendjemand einfällt, könnte mich das echt nach vorne bringen. Irgendein Schulfreund. Oder ein alter Kunde von dir. Oder der Mann einer Verwandten, der bei der Polizei arbeitet.«

Georg griff zu seiner Geldbörse. Der Gedicht-Freund. Dieser Riese. Hatte der ihm nicht seine Karte gegeben? Georg fand die Karte, wo er sie am Nachmittag hingesteckt hatte.

»Es gibt da einen Mann«, Georg suchte auf der Karte, für welche Abteilung der Riese eigentlich arbeitete. »Der ist beim Landeskriminalamt.«

»Und was macht der da?«

»Der kümmert sich um ... Übergriffe.«

»Was für Übergriffe?«

»Na, allgemein. Ärger mit der Polizei. Solche Sachen.«

»Und den kennst du?«

»Gewissermaßen. Kann ich dir jetzt auch nicht erklären. Aber ich glaube, der ist okay. Bisschen erschreckende Physis. Du darfst dem nur nicht sagen, dass du seine Nummer von mir hast.«

»Klarer Fall. Her damit.«

Georg gab Zach die Nummer von Carlo Sand.

Danach wusste er nicht, worüber sie jetzt sprechen sollten. Für Smalltalk war das Telefonat viel zu seltsam. Zach fiel offenbar auch nichts mehr ein.

»Na dann«, sagte er.

Georg wechselte in sein amerikanisches Englisch.

»Pass auf dich auf, Zach.«

»Du auch. Wir bleiben in Kontakt.«

Ehe Georg auflegen konnte, hatte Zach das Telefonat beendet.

Ich habe einen Freund hängen lassen, dachte Georg. Aber die Frau im Schlafzimmer nicht enttäuscht. Noch nicht.

```
Berlin-Zehlendorf
»Kalif Serail«
1.52 Uhr
```

Fabian zitterte. In seinem Mund blutete es wieder aus der frischen Zahnlücke. Er sollte abwarten, bis kein Auto zu hören war. Hatten ihm die Zwiebel und der Parfümierte eingeschärft. Fabian hielt den Revolver in der unverletzten Hand. Den Schmerz in seiner Linken spürte er im Moment nicht. Er versuchte, seinen Atem zu kontrollieren. Ich habe noch nie auf jemanden geschossen, dachte er. Nur auf die Zielscheiben dieses saubrutalen Jules. Im Wald in Wien. Er solle es mit dem Schießen lieber lassen, hatte der damals gesagt. »Du hast dir einen Zitter gekifft, du Knaller«, Jules' Kommentar war ihm noch im Gedächtnis.

Der hässliche Mann da drinnen würde ihn erkennen. Er würde wahrscheinlich was Persönliches sagen. Noch nicht mal was Aggressives, denn die beiden hatten keinen echten Stress miteinander erlebt.

Auf den sollte er schießen?

Alternativen gab es keine. Hanna würde ihn bei der Polizei verpfeifen. Wenn sie es nicht schon längst getan hatte. Anne war da drin, Fabian war sich beinahe hundertprozentig sicher. Er kannte diese Leute. Die wollten Geld verdienen. Auf welche Art auch immer. Anne spielte hier das Geld ein, um das er diese Typen betrogen hatte.

Wahrscheinlich waren Zwiebel und der Parfümierte schon reichlich ungeduldig. Immerhin sah er die Videokamera rechtzeitig. Stellte sich in einen Winkel des Vorgartens, den das Ding kaum erfassen konnte.

Er musste jetzt losgehen. Fabian spürte, wie es ihm Magensaft die Speiseröhre hochspülte, und schluckte gegen das Würgen an.

»Bitte klingeln«, stand auf dem Türschild.

Fabian klingelte.

Sein Herz schlug heftig. So raumgreifend, dass er fürchtete, keinen Ton rauszubringen. Immer noch keine Bewegung an der Tür. Jetzt hörte er schlurfende Schritte. Einen Riegel, der zurückgeschoben wurde. Die Tür öffnete sich nach innen. Sofort drang der Geruch von Räucherkerzen und Zigarettenrauch nach draußen.

Noch konnte er rennen. Den beiden dunklen Männern in die Arme.

Er wollte nicht mehr weglaufen. Vor den beiden Typen nicht. Vor den Bullen nicht. Vor keinem.

»Ja?«, in der Tür zeigte sich die vertraute Silhouette von Onkel Zahid. »Bisschen spät für Ficken, oder?«, er hängte ein falsches feuchtes Lachen an.

Fabian brachte nur ein mattes »'n Abend« raus und trat durch die Lücke, die ihm der hässliche Mann freigab. Im Licht erkannte ihn Zahid.

»Habe ich nichts bestellt. Ist nichts. Kein Geschäft.«

»Ich weiß«, murmelte Fabian, fasste den Griff des Revolvers fester.

»Was willst du dann?«

»Bisschen Spaß haben. Hast du was Neues?«

Zahid sah ihn kritisch an. Augenringe, gelblich unterlegte Pupillen. Selbst sein Schlucken erweckte bei Fabian den Eindruck, etwas sei nicht in Ordnung.

»Hast du Geld?«

Fabian hatte etwa zwanzig Euro dabei. Damit würde er bei diesem verwarzten Scheusal aber kaum Eindruck machen.

»Zeig!«

»Vergiss es, Zahid. Du bist respektlos. Hab ich dich jemals betrogen?«

Wieder diese undurchdringliche Miene. Schließlich schüttelte Zahid den Kopf.

»Gut. Aber auch du bezahlst vorher. Nicht bei dem Mädchen. Sondern bei mir, verstanden? Dafür zeige ich dir unsere neue Prinzessin!«

Fabian nickte.

»Was ist mit Hand?«, fragte Zahid.

»Ausgerutscht.«

»Aha. Scheiß-Winter«, Zahid wandte sich in Richtung Flur ab. Fabian hörte Männer gedämpft sprechen. Wahrscheinlich die Zafira-Rocker. Der Parfümierte hatte alles richtig beschrieben.

Sie gingen gemeinsam auf die erste Tür zu. Zahid drückte auf einen Klingelknopf. Wenn sich die Tür öffnete, müsste es schnell gehen. Aber nur dann, wenn es wirklich Anne war.

Nur dann würde er schießen.

Er hatte aber auch noch ein zweites Szenario im Kopf.

Doch die Tür blieb geschlossen.

Zahid zuckte mit den Achseln und wandte sich entschuldigend an ihn: »Ist noch sehr neu. Aber ganz zauberhaft. Schön blond. Magst du blond?«

Fabian nickte.

Zahid nestelte einen Schlüsselbund aus der Tasche und öffnete die Tür.

Seine Stimme wurde beinahe samtig:

»Kommst du mal, mein Spatz. Hier ist jemand für dich.«

Fabian trat näher an ihn heran. Näher an den käsigen Geruch, der von Zahid ausging. Aber das war jetzt völlig egal. Er brauchte den Überraschungsvorteil.

Es war Anne. Sie hatten ihr immerhin nicht ins Gesicht geschlagen. Sie blickte nur auf Zahid. Dem war das sichtlich unangenehm, und er deutete auf Fabian. Langsam, wahrscheinlich durch irgendeinen Scheiß verlangsamt, drehte sie ihren Kopf. Sie war sichtlich bedröhnt, aber nicht total weggetreten. Lächelte leicht. Erkannte ihn offenbar. Zum Glück funktionierte ihre Sprache auch nur mit Anlaufschwierigkeiten. Als er merkte, wie sie seinen Namen mit den Lippen zu formen begann, schüttelte er heftig den Kopf.

»Was ist? Gefällt dir nicht?«

Die Kraft kommt nicht aus dem Arm, sondern aus der Verlagerung des Körpergewichts, hatte ihm Jules beigebracht. Wenigstens das war richtig. Fabian verlagerte sein Gewicht auf das rechte Bein, und in der umgekehrten Bewegung schlug er Zahid den Griff des Revolvers mit größtmöglicher Wucht gegen die Schläfe. K.-o.-Punkt. Zahid fiel sofort um. Dabei riss er eine Vase um. Das Scheppern ließ das Gespräch im Hinterraum sofort verstummen.

»Lauf, Anne, lauf«, sagte Fabian entschlossen.

Aber er schien sie kaum zu erreichen. Sie blickte auf den am Boden liegenden Zahid.

Fabian hörte, wie Stuhlbeine schrill über einen Boden kreischten. Dann zeigten sich auch schon die Umrisse eines breitschultrigen Mannes an der Tür. Parallel dazu klimperte eine schwere Kette, und ein Hund bellte vereinzelt. Tiefer Bass. Der beschriebene Kampfhund.

»Scheiße«, rief der Mann, als ihm klar wurde, dass Zahid auf dem Boden lag. Er wollte sich offenbar in Bewegung setzen, als Fabian schoss. Die Kugel schlug irgendwo in der Decke ein. Putz rieselte. Der Knall war noch viel lauter, als er nach dem Üben im Wald erwartet hatte.

Er riss Anne am Arm und schob sie in Richtung Ausgang.

»Meine Tasche, meine Tasche«, brabbelte sie.

»Anne, du musst schnell laufen. Hau einfach ab, lauf weg. Hast du mich verstanden?«, er schrie sie jetzt an. Sie schien zu kapieren.

Als sie an der Tür waren, schrie er ihr noch mal zu, sie solle laufen.

Fabian hielt erneut die Pistole in die Luft und drückte ab. Nichts. Der Parfümierte hatte auch in diesem Punkt nicht gelogen. Eine Patrone. Offenbar kannten die beiden Helden das Geräusch. Er sah wieder zur Tür hinaus, wo Anne auf ihren Schläppchen in eine Art Laufschritt überging. Gleich würde sie nach Hilfe rufen. Spätestens das wäre das Zeichen für seine neuen Freunde aus der S-Klasse, ihn hier rauszuholen. Die hätten eigentlich schon den Schuss als Signal nehmen müssen. Wo blieben die? Da er draußen nichts von seiner Verstärkung hörte, schloss er die Tür. Wenn er die beiden Zafira-Rocker nicht aufhielt, würde Anne in ein paar Minuten wieder in ihrem Zimmer sitzen. Er drückte die schwere Tür mit dem Rücken zu. Der Hund, ein Rottweiler, war mit wenigen mächtigen Sätzen bei ihm. Sein Schlag mit dem Revolver traf nicht. Der Hund wich nur unwesentlich aus und biss zuerst in den Arm, mit dem Fabian geschlagen hatte.

Er spürte den Schmerz, einen regelrechten Blitz sah er allerdings, als er mit der verletzten Hand auf die Nase des Hundes schlug. Dieses Mal traf er. Der Hund jaulte auf, entließ seinen rechten Arm, biss dann aber in Fabians Oberschenkel. Dann traf ihn der Baseballschläger des breitschultrigen Mannes aus dem hinteren Raum am Kopf. Er verlor das Bewusstsein. Der Mann schlug trotzdem weiter. Weit ausgeholte, kraftvolle Schläge. Die Rippen brachen, der Schädel, der Hund schnappte nach Fabians Gesicht. Der Schläger stoppte nur kurz, schob den Hund beiseite, der die Tür blockierte. Sein Partner drückte die Türklinke herunter, zog die Tür auf und lief los.

Fabian war auf dem Weg nach Hause. Sie würden alle seinetwegen kommen müssen.

**Fontane Airport Hotel
Blankenfelde bei Berlin
4.10 Uhr**

»Großer Gott, wir loben dich, Herr, wir preisen deine Stärke. Vor dir neigt die Erde sich und bewundert deine Werke.«

Désirée summte dieses Lied vor sich hin. Ganz leise. Sie trug sogar Pantoffeln, wenn sie über den Flur ging, um keinen Gast zu wecken. Völlig ausgeschlossen, hier laut zu singen.

Sie mochte dieses Lied. Das erste Lied, das sie in der deutschen Kirchengemeinde mochte. Seit anderthalb Jahren waren sie hier in Berlin. Mittlerweile meinte der Herr es wieder gut mit ihnen. Ihr Mann Eric hatte im Institut Français Arbeit gefunden. Nachdem an der Universität alles so schrecklich schiefgelaufen war. Vor allem aber hatte sie jetzt eine Freundin, der sie den kleinen Patrice überlassen konnte. Auch aus dem Senegal. An der Seite von Veronique konnte sie entspannen. Endlich wieder befreit lachen. Deutsch war keine Lachsprache. Die Menschen, die neben ihr in der S-Bahn saßen, würden bestimmt auch gern lachen. Sie konnten aber nicht. Désirée wusste nicht, warum. Wenn sie miteinander redeten, bemühten sie sich, leise zu sein. Am liebsten sah sie zu, wenn die Deutschen mit ihren Tieren redeten. Denn dann wurden sie zärtlich. Sogar zu sehr hässlichen Hunden. Nach denen sie in Dakar Steine geworfen hätte. Denn Hunde brachten Schmutz ins Haus. Manche sogar Schlimmeres. Den kleinen Hunden zogen sie hier sogar Mäntel an. Wenn es regnete oder kalt war. Désirées Fotos von bekleideten Hunden in Deutschland hatten ihre Schwester zu Hause sehr amüsiert.

Désirée setzte wieder an: »Großer Gott wir loben dich«. Ein Stockwerk musste sie noch gehen. Als Zimmermädchen in der Nachtschicht war es ihr verboten, den Aufzug zu nehmen. Auch die Geräusche des Lifts konnten die Gäste im Schlaf stören.

Zimmer 327 brauchte neue Bettwäsche. Die trug sie über dem Arm. Meistens war dann ein Malheur passiert. Die Deutschen tranken gerne Wein, wenn sie im Bett lagen. Wegen frischer Bettwäsche riefen oft Frauen an, die ein Frauenproblem hatten. Oder ein Mann und eine Frau, die im Bett nicht geschlafen hatten. Vor drei Wochen war sie auf das Zimmer von zwei Männern gerufen worden. Der eine trug einen Bademantel, der andere hatte nur eine Unterhose an. Sie grinsten sich die ganze Zeit zu, während Désirée die Bettwäsche wechselte, die sehr, sehr schmutzig war.

Die Deutschen sprachen wohl leise in der S-Bahn, aber manchmal schämten sie sich überhaupt nicht.

Désirée klopfte so sanft wie möglich an die Tür von 327.

Eine junge Frau öffnete. Sie war komplett angezogen. Trug sogar Sportschuhe. Eine hübsche junge Frau. Mit wunderschönem glatten Haar. Eric hatte ihr ein Glätteisen geschenkt. Aber Désirée verzweifelte an ihren krausen Haaren. Die junge Frau war entweder sehr müde. Oder sehr traurig. Oder beides. Désirée roch einen strengen Geruch. Unangenehm süßlich. Der konnte kaum von dieser Frau ausgehen.

»Guten Morgen«, sagte die Frau.

»Sie möchten gern neue Bettwäsche?«, Désirée lächelte sie so strahlend an, wie es ihr um diese Nachtzeit möglich war.

Im Zimmer waren nur die zwei Nachttischlampen eingeschaltet. Auf dem Schreibtisch stand ein Laptop. Erst jetzt erkannte Désirée, dass in dem Bett ein Mann lag. Er hatte beide Augen geschlossen, zitterte aber sichtlich.

»Ist Ihr Mann krank?«, fragte Désirée.

Die Frau guckte unentschlossen. Passierte Désirée häufiger. Sie stellte Unsinnsfragen, weil sich ihr Deutsch verheddert hatte.

Sie erinnerte sich an eine Frage, die sie so ähnlich in ihrem Lehrbuch gesehen hatte. Damit ging sie auf Nummer sicher.

»Geht es Ihrem Mann ungut?«

»Ja«, antwortete die Frau abwesend, »überhaupt nicht gut. Tut mir auch leid, dass Sie jetzt extra noch mal vorbeikommen müssen. Aber es ist wohl nötig.«

Die Frau trat an die rechte Seite des Bettes und beugte sich zu ihrem Mann hinunter:

»Ben, wir müssen dich jetzt einmal bewegen. Aber dann ist dein Bett wieder frisch.«

Der Mann reagierte kaum. Désirée war beinahe sicher, dass der Mann bewusstlos war. Man müsste einen Arzt rufen.

»Wir haben an Rezeption die Nummer von Doktor«, sagte sie.

Die Frau schüttelte energisch den Kopf.

»Nein«, sagte sie, »wir fahren morgen früh in ein Krankenhaus. Und ich habe schon Medikamente von unserem Hausarzt bekommen. Er schläft halt nur so schlecht, und die Wunde ist ein bisschen problematisch.«

Die Frau hob die Bettdecke an. Der süßliche Geruch verschlug ihr beinahe den Atem. Désirée bemühte sich dennoch, ihren Schreck zu verbergen. Unter keinen Umständen die Gäste durch Meinungsbekundungen, Verwunderung oder sogar Missfallensgesten kompromittieren. Ein Lehrsatz aus ihrer vierwöchigen Ausbildung. Die Désirée sehr ernst genommen hatte, weil sie das Geld wirklich brauchten.

Das Laken war von der Hüfte des Mannes abwärts regelrecht blutgetränkt. Auf dem Verband zeigten sich gelbliche Eiterspuren.

Was, wenn der Mann starb? Würde man sie verantwortlich machen? In Deutschland war Sterben schwieriger als im Senegal.

Zu Hause war der Tod viel näher. Vielleicht mussten die Deutschen die Begegnung mit Gott mehr fürchten. Wegen ihrer Sünden. Désirée wusste, dass sich viele Deutsche nicht viel aus Gott machten. Die Frau strich dem Mann zärtlich über die Haare.

»Wir müssen ihn auf die Seite rollen. Können Sie mir helfen?«, fragte sie.

Désirée nickte und fasste sofort an. Eine ihrer Schwestern war Krankenschwester und hatte Désirée mitgenommen, wenn die Zustände auf der Krankenstation zu katastrophal waren. Daher kannte sie ein paar Handgriffe.

Die Frau war sehr kräftig. Der Mann zeigte kaum eine Regung, als sie ihn auf die Seite des offenbar gesunden Beines rollten. Nur das Zittern wurde etwas stärker.

Als sie die Bettwäsche gewechselt hatten, tuschelte die Frau dem Mann etwas zu, was Désirée nicht verstand. Es klang wie bei den Haustieren, also sehr zärtlich.

»Ich kenne ein schönes Lied. Vielleicht gefällt ihm das«, sagte Désirée. Sie begann sofort »Großer Gott, wir loben dich« zu singen. Die Frau sah sie zuerst entgeistert an. Als wolle sie Désirée bitten, sofort damit aufzuhören. Doch dann stimmte sie ein. Sie kannte das Lied. Und sie hatte die schönste Stimme, die Désirée je gehört hatte. So schön, dass Désirée nicht weitersingen konnte. Sie war regelrecht gebannt von dem Gesang der traurigen Frau.

Ohne dass es geklopft hätte, wurde die Tür geöffnet. Ein Mann mit einem kahl rasierten Kopf kam herein. Sichtlich schlecht gelaunt.

»Was ist hier los?«, herrschte er die Frau an. »Wer ist der Schwarzfuß da? Wer ist die?«

»Sie hat mir geholfen, die Wäsche zu wechseln«, die Frau klang jetzt kalt. Désirée war nicht mehr sicher, ob dieselbe Frau gerade eben gesungen hatte wie ein Engel.

Der Mann kam auf eine Weise auf Désirée zu, die ihr Angst machte.

»Sprichst du Französisch?«, fragte er sie auf Französisch. Ohne eine Antwort abzuwarten, gleich wieder, bedrohlich zischend: »Ich habe dich schwarzes Loch gefragt, ob du Französisch sprichst?«

Désirée nickte. Sie kannte diese Sprache. Diesen grässlichen Akzent, den die französischen Soldaten im Senegal sprachen. Die Soldaten mit den weißen Képis, die, wie jeder zu Hause wusste, mit dem Teufel Geschäfte machten. Brutale Männer, deren Seelen für immer verloren waren. Räuber, Vergewaltiger, Menschenquäler, Mörder.

Mit der rechten Hand drückte er Désirées Wangen zusammen.

Er war ihr so nah, dass sie den Alkohol roch, den er getrunken hatte.

»Du hast hier nichts gesehen, hast du mich verstanden, du Nigger-Nutte«, er drückte etwas fester zu, »du hast hier überhaupt nichts gesehen. Du erzählst keinem etwas. Das kleinste Getuschel mit anderen Schwarzfüßen oder mit wem auch immer, und ich spieße dich auf, ist das klar?«, er spie die Worte regelrecht aus.

Désirée würde mit keinem reden. Und sie würde nie wieder dieses Zimmer betreten.

Sie nickte, so gut sie konnte. Es fühlte sich an, als wäre ihr Gesicht in eine Schraubzwinge gepresst. Dann zog er seine Hand zurück und griff grob nach ihrem Oberarm.

Daran schleifte er sie Richtung Zimmertür. Er öffnete und stieß sie auf den Flur.

Sofort hob er warnend den Zeigefinger: »Kein Wort!«

Désirée nickte wieder und sagte dreimal nacheinander »Oui«.

Er schloss die Tür. Dann hörte sie, wie er drinnen auf Deutsch weitersprach. Auch in dieser Sprache klangen die Worte schneidend. Zwischendurch immer wieder Einwürfe der Frau. Was für eine schreckliche Nacht. Désirée machte sich auf den Weg in ihr Bügelzimmer im Keller. Sie würde dort für den blutenden Mann beten. Er sollte in Frieden sterben. Das wollte sie beim Herrn erbitten.

```
Berliner Rundfunk 91,2
5.42 Uhr
```

Moderator: 5.42 Uhr, 18 Minuten vor sechs. Einen wunderschönen guten Morgen in Deutschlands größter Stadt. Das wünsche ich Ihnen, liebe Frühaufsteher.

»Es wird langsam peinlich«, hat der innenpolitische Sprecher der CDU/CSU-Bundestagsfraktion gestern Abend gesagt. Was meinte er damit: Noch immer hat die Generalbundesanwaltschaft offenbar keinen blassen Schimmer, wer am Dienstag die Bombe bei der »Bruno«-Preisverleihung gelegt hat.

Wir wollen auch heute von Ihnen wissen, was Sie von der Sache halten. Gestern hat uns Erich, 56 Jahre alt, aus Berlin-Lichtenberg angerufen und das hier gesagt:

O-Ton: »Da muss mehr dahinterstecken. Sonst wüssten die doch längst was. Die dürfen nix sagen. Das ist meine Meinung. Würd mich nicht wundern, wenn da der Mossad dahintersteckt. Oder dass uns die Amis erschrecken wollten. Damit wir mit denen die Suppe da in Afghanistan und sonst wo in Pusemuckel weiter auslöffeln. Und unsere lieben Politiker werden da doch wieder nur kuschen, muss mir doch keiner was erzählen.«

Moderator: Oder diesen Anruf haben wir bekommen: Noch mal danke an Annette, 43 Jahre, aus Berlin-Steglitz:

O-Ton: »Also ich hab richtig Angst. Ich habe immer zu meinen Freunden gesagt, dass das nicht gut gehen kann. Mit den vielen Ausländern, die in ihren Spelunken zusammenhocken und da wer weiß was aushecken. Aber Deutschland hat sich alles gefallen lassen. Meine Tochter fährt jedenfalls im Moment nicht mit dem Bus zur Schule. Die fahre ich selbst.«

Moderator: So weit Annette. Ihre Meinung interessiert uns hier beim Berliner Rundfunk 91,2. Rufen Sie an. Dann wird auch Ihre Äußerung direkt aufgezeichnet: 0800 und dann dreimal die 912, so erreichen Sie uns. Acht Grad erwarten wir heute in Deutschlands größter Stadt, meistens trocken, höchstens am Nachmittag kann es etwas Nieselregen geben. Jetzt erst einmal locker durchstarten in diesen Freitag, den letzten Arbeitstag vor dem Wochenende mit Perry Como »Papa loves mambo«.

```
B 96a
Zwischen Berlin-Schönefeld und
Blankenfelde
5.52 Uhr
```

Carlo hatte etwas anderes erwartet. Vielleicht sogar ein klitzekleines Lob.

Diese schlimme Frau. Bis halb zwei hatte er am Computer gesessen. Nur um Oma Mullah aufzuschreiben, was er über diesen Georg Schauerte erfahren hatte. Carlo wusste, sie würde, wie eigentlich immer, um spätestens fünf Uhr ihren Dienst antreten. Nach Meinung vieler Kollegen der Grund für ihre permanent schlechte Laune: die Schlaflosigkeit.

Von wegen Anerkennung, das Gegenteil hatte sie ihm aufgeschrieben. Wie immer ohne Anrede: »Völlig falsche Richtung. Abwegig. Sie haben:

1. Ihren Kollegen hängen lassen. Deswegen liegt der jetzt in der Klinik.
2. Ein so miserables Verhör geführt, dass ein dahergelaufener Winkeladvokat den Täter mit nach Hause nehmen konnte.
3. Den Verdächtigen Fabian Rensmann nicht aufgegriffen. Obwohl das, und nur das, Ihr Auftrag war.

Statt Ihre Arbeit zu machen, lassen Sie sich bewegende, aber beim besten Willen nicht geprüfte Lebensgeschichten von Personen erzählen, die unsere Ermittlungen keinen Millimeter nach vorne bringen. Ich bin mir mit Kriminalrat Meyer-Schöch einig, dass wir Sie dringend ersetzen müssen. Für ein Suspendierungsverfahren fehlt mir leider momentan die Zeit. Aber ich weise Sie verbindlich an, sich aus den kriminalpolizeilichen Ermittlungen zu der Schadenslage am Dienstag ab sofort komplett rauszuhalten. Des Weiteren erwarte ich, dass Sie für den Einsatzleiter der Veranstaltung am Großflughafen Schönefeld heute Nachmittag ab 17 Uhr erreichbar sind. Sie werden von ihm mit nachrangigen Wachaufgaben betraut, bei denen Sie keine größeren Fehler machen können. Alles andere überfordert ganz offensichtlich Ihre Fähigkeiten.

Gezeichnet Marie Tillmann, Kriminalrätin.«

Immerhin ging es Hauke besser. Der hatte sich vor einer halben Stunde aus dem Krankenhaus gemeldet. Mit dem Nuschelklang, den seine Gesichtsverletzungen nun mal vorgaben. Aber gut genug bei Trost, um über die Weckzeiten auf dieser Station zu klagen.

Der richtig verrückte Anruf kam aber zwanzig Minuten später. Wenn es in normalen Nächten Tiefschlaf gab, dann war der Moment, in dem Carlos Telefon klingelte, eine Koma-Phase gewesen. Wahrscheinlich war er im Albtraum wieder zur Schule gegangen. Stotterte sich einen ab. Obwohl er immer mehr Antworten kannte als die anderen. Nur kamen die ihm, bevor er Ringelnatz gefunden hatte, nicht über die Lippen.

Irgendwann war er sich sicher, tatsächlich wach zu sein. Trotzdem verstand er nicht, was der Anrufer von ihm wollte. Er sei ein FBI-Mann. Und schlimmer: Er habe Carlos Nummer von Georg Schauerte. Einem Freund aus Washington. Der Typ klang klar, orientiert, sprach mit einem sehr geringfügigen amerikanischen Akzent. Carlo ließ sich eine Rückrufnummer geben, und der Mann war sofort dran. Er erzählte, dass ihm klar sei, wie verrückt allein dieser Anruf auf Carlo wirken müsse. Aber er habe Gründe. Die er ihm nicht am Telefon erklären könne. Er bräuchte seine Hilfe. Und könne ihm dafür vielleicht einen wichtigen Hinweis auf die Attentäter vom Dienstag liefern.

Ich habe nichts zu verlieren, dachte Carlo. Nach der Nachricht seiner Chefin überhaupt gar nichts mehr. Deswegen saß er jetzt im Auto und ließ sich von seinem Navigationsgerät in eine Sackgasse manövrieren. Genau wie der angebliche Ami gesagt hatte. Eine Lärmschutzwand. Rechts führte die Straße zu einem einzelnen Haus. Der Balkon im ersten Stock ließ wahrscheinlich einen Blick über die Lärmschutzwand auf die andere Seite der Bundesstraße zu.

Carlo schaltete den Motor ab.

Er stieg aus dem Auto und tastete im Aussteigen nach seiner Waffe am Hosenbundclip.

Der Verkehr auf der Bundesstraße war noch sehr ruhig, und die Lärmschutzwand tat, wozu sie errichtet worden war: Sie schluckte die meisten Geräusche.

Er sah in Richtung des Brückenaufgangs. Dann in die andere Richtung. Zu dem stockdunklen Haus mit dem Balkon.

»Guten Morgen, Herr Sand«, die Stimme war hinter ihm. Der Mann musste sich mindestens mit dem Beobachten anderer Leute auskennen.

Carlo drehte sich um und winkte grüßend. Unsicher. Regelrecht aufgeregt. Was ihn gleich wieder beschämte und in eine allzu vertraute Klemme führte.

»Könnten Sie mir Ihren Dienstausweis zeigen? Und zum Abgleichen Ihren Pass?«

Zach griff in seine Brusttasche und gab ihm die Papiere.

Auch Quatsch, dachte Carlo. Als ob ich das hier in der Finsternis ohne Lesegerät wirklich auf seine Echtheit überprüfen könnte.

»Danke«, sagte er und gab alles an Zach zurück.

»Ich bin sehr froh, dass Sie hier sind. Sie können sich wahrscheinlich nicht vorstellen, wie froh«, Carlo gefiel das Lächeln dieses Mannes. Zumal ihm, wenn er es genau überlegte, schon lange nichts Freundliches mehr gesagt worden war. Doch, der Tanzlehrer hatte sich sehr offen und zugewandt gezeigt.

»Sollen wir ins Hotel gehen und eine Tasse Kaffee trinken?«, schlug Carlo vor.

»Das ist keine gute Idee. Ich werde Ihnen auch erklären, warum. Für mich gibt es aber vorher eine wichtige Frage zu klären: Sichern Sie mir Vertraulichkeit zu?«

»Wie meinen Sie das?«

»Kann ich mich darauf verlassen, dass Sie Ihren Kollegen nicht offenbaren, von wem Sie welche Informationen haben?«

»Ich fürchte, ich verstehe Sie nicht ganz.«

»Was ich Ihnen erzählen möchte, sind Informationen, die durch nachrichtendienstliche Arbeit von US-Geheimdiensten gesammelt wurden. Diejenigen, die die Recherche verantworten, haben entschieden, dass sie ihr Wissen aus gewissen Gründen nicht mit den deutschen Behörden teilen wollen. Wenn ich das unterlaufe, kann ich wegen Geheimnisverrats belangt werden.«

Carlo war sich nicht sicher, ob sich der Mann nicht vor allem der Wichtigtuerei schuldig machte.

Zach sprach weiter: »Das würde bedeuten, dass ich nicht nur rausfliege, sondern schlimmstenfalls ins Gefängnis müsste und nach meiner Entlassung bei meinem einzig verbliebenen Freund, dem deutschen Kriminalpolizisten Carlo Sand, einziehen müsste. Das können Sie nicht wollen.«

»Warum sprechen Sie so gut Deutsch?«

»Weil ich mit einer deutschen Frau verheiratet bin. Oder war. Freunde sind wir jedenfalls nicht mehr.«

Carlo konnte sich ein Grinsen nicht verkneifen.

»Sie können Ihr Wissen vertrauensvoll mit mir teilen. Ich habe im Berliner Landeskriminalamt so wenig Freunde, dass ich nicht einmal wüsste, wer sich von mir unglaubliche Geheimnisse anhören würde.«

Carlo streckte die Hand vor:

»Vielleicht macht es die Sache leichter, wenn du Carlo zu mir sagst.«

»Danke. Sehr vielen Dank. Zach, freut mich.«

Die beiden wussten für einen Moment nicht weiter. Zach fasste sich zuerst.

»Wie nennt ihr das, wenn man in anderer Leute Haus reingeht, ohne die um Erlaubnis gefragt zu haben?«

»Hausfriedensbruch.«

»Aha. Das habe ich gemacht.«

Carlo nickte.

»Ich bin da vorne in dieses Haus gegangen«, Zach zeigte auf das einzige Haus, das Carlo bisher aufgefallen war.

»Von diesem Balkon aus können wir das Hotel sehen. In dem Hotel sind die Leute, um die es geht.«

Konnte er wirklich noch davon sprechen, seine Karriere würde an einem seidenen Faden hängen, fragte sich Carlo. Oder war seine Polizistenlaufbahn nicht bereits Geschichte? Oma Mullah würde es jedenfalls auf ihre Weise glücklich machen, wenn sie ihn des Hausfriedensbruchs überführen könnte. Dann wäre die Entlassung ein Kinderspiel.

Das Haus gehörte offenbar alten Menschen. Alles, was in Zachs

Taschenlampenschein geriet, sah aufgeräumt und gebraucht aus. Deckchen. Souvenirs, für die es nie einen Grund gegeben hatte, sie zu kaufen. Möbel, die besser mit der Mauer gefallen wären.

Als Zach vor ihm die Treppe hochging, glaubte Carlo unter dem Saum der gesteppten schwarzen Jacke den Lauf einer Pistole zu erkennen. Zweites Vergehen. Denn in Deutschland bräuchte er für das Tragen einer Waffe auch als ausländischer Polizist eine spezielle Genehmigung. Sie erreichten den Raum hinter dem Balkon. Offenbar ein Nähzimmer. In dem aber auch ein Laufband aufgestellt war. Darauf hatte Zach Akten ausgelegt. So penibel, dass Carlo zu vertrauen begann, es wirklich mit einem Beamten zu tun zu haben. Hinter der Balkontür ging Zach in die Hocke. Er öffnete die Glastür behutsam, kroch bis zur Brüstung vor und blieb so gedeckt wie möglich, als er ein Fernrohr auf die Fensterfront des Hotels ausrichtete.

Er beobachtete regungslos etwa drei Minuten. Schüttelte dann mit dem Kopf und setzte sich neben Carlo auf den Boden.

Dann gab er an Carlo alle Informationen weiter, die die bösen Kinder betrafen. Danach wusste Carlo, dass nicht nur sein Job in Gefahr war, wenn er sich nicht sofort in sein Auto setzte und wieder nach Hause fuhr. Er entschied sich zu bleiben.

Berlin-Zehlendorf
Nähe »Kalif Serail«
6.20 Uhr

Randebrock hielt es für möglich, dass er Erleichterung mit Glück verwechselte. Aber auch wenn es nur Erleichterung war, er genoss das Gefühl. Auf dem Sofa, wenige Schritte entfernt, saß seine Tochter. Im Arm ihrer Freundin Hanna. Er hatte Hanna zu Hause abgeholt. Nach dem Anruf des Rentners, dem diese Wohnung gehörte. Er habe die Nummer von seiner Tochter und die bitte ihn, schnell zu kommen, sagte der Rentner.

Eigentlich hatte er auf eine Nachricht von Vedran und Luka gewartet. In dieser Nacht, die so dunkel war wie keine andere zuvor.

Um die beiden Bosnier kümmerte sich einer seiner Anwälte. Der würde sie gewiss aus dem Untersuchungsgefängnis holen. Schließlich hatten die Bullen nichts in der Hand.

Randebrock brachte Dimitri und Marcus mit. Zwei Männer, die mit Vedran und Luka schon aus Militärzeiten gut bekannt waren. In Sachen Kompromisslosigkeit unterschieden sie sich nicht voneinander.

Dimitri und Marcus waren mittlerweile schon wieder unterwegs. Wahrscheinlich auf der Autobahn. Mit vier Leichen in einem gut getarnten Fleisch-Kühlwagen auf dem Weg nach Bosnien. In diesem Bordell, in dem Anne festgehalten worden war, hatten Dimitri und Marcus zwei Schlägertypen getroffen. Diese Männer hatten seine Tochter an Freier verkauft. Für sie konnte es keine Gnade geben. In einem der Zimmer fanden Dimitri und Marcus den Körper eines sehr hässlichen Arabers, der offenbar eigenständig sein Leben ausgehaucht hatte. Schlimm zugerichtet waren die Überreste des jungen Mannes, durch den Anne überhaupt in diese ganze Angelegenheit geraten war. Grässlich. Einfach grässlich.

Ein Ende mit Schrecken. Mit was für einem Schrecken.

Aber heute war ein Ende erreicht. So viel stand fest. In anderthalb Stunden würde bei den Nachrichtenagenturen seine Rücktrittserklärung eingehen. Er musste sich nicht weiter vor der Presse erklären. Auch das unterschied ihn von einem Politiker.

Diese Woche würde für ihn in Florida enden. Das Haus gab es schon. Sorgfältig ausgesucht, in der Nähe von Naples am Golf von Mexiko. Eine Gegend, in der nicht gefragt wurde, wie der Nachbar zur Rechten oder zur Linken zu Geld gekommen war. Dort genoss einfach jeder, was er besaß. Neid, oder Neugier aus Neid, war überflüssig, denn es ging allen materiell gut.

Randebrock würde sich langweilen. Als Q-Tip. Nach dem berühmten Ohrreinigungsstäbchen mit dem kleinen weißen Wattebausch nannten die Amis die weißköpfigen Senioren, die hinter den Lenkrädern viel zu großer Autos saßen. Oder im unvermeidlichen Golfwagen über verschwenderisch gesprengte Wiesen fuhren.

Es wird öde werden. Aber mir ist hoffentlich seltener schlecht, dachte Randebrock. Er würde Anne mitnehmen. Und ihr dringend ans Herz legen, ihr Studium in den Vereinigten Staaten abzuschließen. Die Entscheidung lag, wie immer, bei ihr.

Eine Nacht wie diese heutige dürfte sich aber nicht wiederholen.

Er musste jetzt noch eine Lücke schließen. In der kleinen, extrem aufgeräumten Küche brühte der Rentner einen weiteren Tee. Den Mann schien die Situation in eine Art Übermut versetzt zu haben. Als Randebrock ankam, überzog ihn der Mann mit einer kleinteiligen Schilderung der Ereignisse. Von denen er die wesentlichen zum Glück nicht mitbekommen hatte.

Jetzt zählte er mit aufreizender Akkuratesse die richtige Menge Tee für die Kanne ab.

»Herr ... wie sagten Sie, ist Ihr Name ... ist mir in der Aufregung entfallen, bitte verzeihen Sie.«

»Hüttenmüller. Rolf-Dieter Hüttenmüller. Sie sind Joachim Randebrock, richtig? Kennt man ja, das Gesicht. Aus der Zeitung. Oder auch aus dem Fernsehen. Muss ja komisch sein, wenn einen jeder erkennt, oder?«

»Genau darüber möchte ich mit Ihnen reden, Herr Hüttenmüller.«

Hüttenmüller sah Randebrock fragend an.

»Ich bin Ihnen aufrichtig dankbar. Sogar sehr dankbar. Vor allem dafür, dass Sie meine Tochter förmlich von der Straße aufgelesen haben. Aber jetzt frage ich mich, wie viel es wohl kosten könnte, damit Sie diesen Abend und all seine Beteiligten einfach vergessen. Was meinen Sie?«

Hüttenmüller nahm die Pfeife vom Teekessel und goss das siedende Wasser über das Sieb in die Kanne.

Behutsam stellte er den heißen Kessel wieder auf den Herd.

»Heißt das, Sie wollen mich kaufen?«

»Ich möchte nie wieder irgendwo von dieser Nacht hören oder lesen. Ich wünsche mir vor allem, dass meine Tochter möglichst schnell vergisst, was in den vergangenen Stunden geschehen ist. Bei Ihnen sieht die Lage anders aus. Richtig was passiert. Richtig was zu erzählen, wenn Sie das nächste Mal mit Freunden in der Kneipe sitzen. Deswegen meine Frage: Wie viel kostet es, damit Sie dieser Versuchung widerstehen?«

»Sie sind wirklich so, oder?«, fragte Hüttenmüller.

»Was meinen Sie?«

»Sie gehen davon aus, dass jeder Mensch einen Preis hat. Weil Sie so viel Geld haben, erleichtert das das Miteinander. Denn Sie können beinahe jeden Preis zahlen.«

Randebrock rieb sich mit der rechten Hand das unrasierte Kinn.

»Drücken wir es anders aus, Herr Hüttenmüller. Ich habe schon oft erlebt, dass Menschen ihren Preis nennen, bevor man sein Kaufinteresse aussprechen kann. Und wenn Sie sich jetzt fragen, wie ich es denn selbst gehalten habe, müsste ich Ihnen enttäuschenderweise sagen, dass ich es genauso getan habe. Ich konnte erst mit dem Kaufen anfangen, nachdem ich mich selbst mehrfach verkauft hatte. Und so stehen wir beide hier. Sie beobachten nachts die Straße vor Ihrer kleinen Wohnung. Ich liege schlaflos in meinem riesigen Bett, stehe auf und gucke mir einen schwachsinnigen Zeichentrickfilm an. Oder die verlogene Biografie einer historischen Persönlichkeit, die alles nur durch persönliches Charisma erreicht hat. Wenn Ihnen daran liegt, können wir uns die Hand reichen. Als Altersgenossen. Als Männer, die mehr versaut als gut gemacht haben. Interessiert Sie das, Herr Hüttenmüller? Interessiert Sie das wirklich? Ist Ihnen nach trister Selbsterforschung zumute? Sollen wir uns das antun? So kurz, bevor wir ohnehin die Karten offenlegen?«

Hüttenmüller stützte sich auf der Spüle ab und sah aus dem Fenster. Es dämmerte. Aber durch das kleine Küchenfenster war kein spektakulärer Sonnenaufgang zu sehen. Sondern der Carport und das VW-Zweckauto des Nachbarn.

Randebrock zeigte auf den Block, der auf der Anrichte lag.

»Wenn Sie sich einen Gefallen tun wollen, schreiben Sie einen Betrag auf. Im Laufe des Tages wird jemand kommen, den Sie niemals wiedersehen werden. Der bringt Ihnen genau diese Summe. Wir beide wissen: Das ist nicht mehr als ein kleines Glück.«

Hüttenmüller nickte.

Nachdem sich Randebrock versichert hatte, dass Anne und Hanna bereit waren abzufahren, gab er dem Fahrer ein Zeichen.

Er ging noch einmal in die kleine Küche und riss den obersten Zettel von Hüttenmüllers Block ab. Er sah sich die Summe an, faltete den Zettel zusammen und steckte ihn in die Tasche.

»Leben Sie wohl, Herr Hüttenmüller.«

Der nickte und sah Randebrock an.

»Ich muss Sie nach unten begleiten. Die Tür muss doppelt abgeschlossen werden. Denn hier treiben sich neuerdings gefährliche Gestalten rum. Ordnung muss sein.«

Blankenfelde bei Berlin
Vor dem Fontane Airport Hotel
9.18 Uhr

»Der bringt denen in dem Koffer Sachen, die sie heute Abend brauchen. Da bin ich sicher«, sagte Carlo. Es gab eigentlich keinen Grund zu flüstern, denn in seinem Auto, geparkt hinter der Lärmschutzwand neben der vierspurigen Bundesstraße, konnte ihn niemand belauschen.

Er hörte ein Schnaufen, wie alle Geräusche unangenehm durch das Mobiltelefon verstärkt.

»Ich glaube das nicht, Carlo. Ich kann mir das einfach nicht vorstellen«, Zach war hörbar abgelenkt. Wahrscheinlich justierte er wieder sein Fernglas, um vielleicht doch noch einen besseren Blick auf das Geschehen im Hotelzimmer zu bekommen. Was alles kein Problem wäre, wenn ihnen das komplette polizeiliche Besteck zur Verfügung stünde. Ausgefuchste Abhörtechnik, Infrarot-Geräte statt eines übermüdeten Mannes mit einem Fernglas auf einem sackkalten Balkon.

Carlo konnte sich auch kein Szenario im Kopf basteln, in dem Georg Schauerte ein Komplize von durchgeknallten Linksterroristen war. Aber was suchte der Mann in diesem Hotel?

»Da ist irgendwas los, Carlo«, Zach sprach scharf, klang zum ersten Mal so, als sei er zur Aufregung in der Lage, »ich glaube, die kämpfen.«

»Wer kämpft?«

»Ich meine, es wäre dieser Legionär und Georg. Und die Frau ist auch noch im Raum. Aber ich erkenne fast nichts. Ich meine nur, ich hätte irgendwas in der Hand von Beneviste gesehen. Wahrscheinlich einen Knüppel. Oder ein Messer.«

»Dann müssen wir unseren Plan ändern. Ich schlage vor, dass du den Anruf machst. Ich gehe zum Zimmer hoch.«

»Willst du nicht lieber warten, bis ich bei dir bin?«
»Ich bin nicht sicher, ob Georg Schauerte so viel Zeit hat.«
»Okay«, sagte Zach, »ich rufe sofort an.«

Carlo stieg aus dem Wagen. Er beschleunigte seine Schritte, bis er in eine Art Laufschritt verfiel. Was den großen Mann immer unbeholfen aussehen ließ.

Blankenfelde bei Berlin
Im Fontane Airport Hotel
9.19 Uhr

Das hatte sich dieses Schwein wohl einfacher vorgestellt, dachte Georg. Offenbar wollte er sich in eine Position hinter ihm bringen und ihm dann das Genick brechen oder die Kehle durchschneiden. Der Mann trug Lederhandschuhe. Wusste genau, was er tat. Stark wie ein Pferd. Aber Georg hatte die Überraschung auf seiner Seite. Er ließ ihn hinter sich gelangen, um ihm im richtigen Moment den Ellbogen entgegenzurammen. Leider traf er nicht den Solarplexus. Sondern deutlich tiefer die Leber. Immerhin nahm ihm das für einen Moment die Luft. Jetzt stand er aber schon wieder vor Georg. Hinter sich die Tür, an der Sofia, Frau Pahl, gar nichts tat. Stützte sich einfach nur an der Wand ab. Sonst nichts.

Sein Feind hielt in der einen Hand das Messer, in der anderen den abgebrochenen Hals einer Mineralwasserflasche. Eine solide Waffe, die hässliche Verletzungen machte. Da hier noch keine Flasche zu Bruch gegangen war, musste der Mann dieses Ding immer griffbereit irgendwo aufbewahrt haben.

Der Typ war in Schritt- und somit auch in Trittnähe. Früher hätte Georg dem Mann aus dem Stand unter das Kinn treten können. Dazu war er heute körperlich nicht mehr in der Lage. Der andere war ohnehin besser in Schuss. Viel besser. Aber die Klarheit verdankte Georg seiner Ausbildung. Die Panik schwemmte ihn nicht davon. Der nächste Schlag des Kahlrasierten war so schnell, dass Georg ihn nicht sehen oder seine Richtung voraussahen konnte. Die unebenen Spitzen des Flaschenhalses ratschten durch die Haut seiner rechten Wange. Er sah Sterne. Sein Feind nutzte diesen Moment allerdings nicht. Sondern war offenbar durch irgendwelche Geräusche von außen abgelenkt.

```
Blankenfelde bei Berlin
Im Fontane Airport Hotel
9.20 Uhr
```

Torbens Hand, die den Griff der Pistole umschloss, war feucht. Er stellte sich vor, es würde ein stark schmatzendes Geräusch machen, wenn er die Hand jetzt bewegte. Geräusche waren in Torbens Vorstellungswelt immer sehr laut und drastisch. Wie in den unzähligen Zeichentrickfilmen, mit denen er seine Kindheit zugebracht hatte. Er merkte den Atem von Denise an seiner Wange. Eigentlich gefiel sie ihm nicht sonderlich gut. Aber dieses Atmen machte ihn an. Wie die Silhouette ihres nackten Körpers, die er gestern Abend genauer hatte betrachten wollen, als sie sich auszog.

Aus Sofias Zimmer waren dumpfe Geräusche zu hören. Torben bekam eine Gänsehaut, als er realisierte, dass er und Denise die einzige Verstärkung waren. Ben war völlig außer Gefecht. Was, wenn für Jules da drüben nicht alles nach Plan lief? Verdammte Scheiße, das wäre ganz schlecht.

Von links hörte Torben Schritte. Er signalisierte Denise, unter allen Umständen die Klappe zu halten. Torben öffnete die Tür einen Spalt und hob die Waffe. Ein sehr großer, breiter Mann trat in sein Blickfeld. Offenbar wusste er, welchen Raum er suchte. Und er gehörte sicher nicht zum Hotelpersonal, denn er hielt eine Pistole in der Hand. Der andere Bulle, genau wie Jules gesagt hatte. Torben hob die Waffe, die er in der rechten Hand hielt, und legte die linke oben auf. Der Rückstoß, immer wieder hatte Jules vom Rückstoß gesprochen. Allerdings wohl nicht genug, denn Torben verfehlte den breiten Rücken des Bullen.

Denise stieß ihn augenblicklich zur Seite und traf. Wo, das konnte Torben nicht erkennen. Aber der riesengroße Polizist knickte zusammen.

Blankenfelde bei Berlin
Im Fontane Airport Hotel
9.21 Uhr

Auf dem Flur vor dem Zimmer hörte Georg einen eigenartig gedämpften Aufprall. Als würde ein Sack aus geringer Höhe fallen gelassen. Georg spürte, wie Blut von seiner Wange auf Hemd und Anzug tropfte. Sein Feind hörte das Geräusch auch, wendete den Blick kurz ab. Das war Georgs Chance. Er trat dem Mann mit voller Wucht seitlich gegen das Kniegelenk. Und traf gut. Der Mann folgte einem natürlichen Impuls und ließ sich auf das andere Knie sinken. Das war das Ziel dieses Tritts. Jetzt hatte ihn Georg auf der richtigen Höhe. Er holte mit dem Bein zum Kick gegen den Kopf aus, als er die Waffe in der Hand von Sofia sah. Georg ließ sich neben das Bett fallen, die Kugel durchschlug die Fensterscheibe des Hotels.

Jetzt hörte er weitere Schüsse. Die konnten aber nicht von Sofias Waffe stammen. Denn über ihm schlugen keine Projektile mehr ein. Er musste sich sofort wieder hochrappeln, denn der Kahlköpfige war noch viel zu wach. Auch wenn er mit dem Knie gewiss nicht mehr schnell rennen konnte. Georg wollte sich nicht retten. Georg hatte nur ein Ziel: Er wollte diesen Mann umbringen. In dessen Augen er die gleiche Liebe zur Grausamkeit gesehen hatte wie bei dem Somali mit dem Kopftuch, der Steve abgestochen hatte. Ich kriege dich, dachte Georg. Ich kriege dich, weil noch immer zu viel an mir ist wie du.

Er musste sich beeilen. Weil hier sehr bald viele Polizisten auftauchen würden. Und weil der Kahlköpfige Sofia die Waffe aus der Hand genommen hatte und gewiss nicht danebenschießen würde.

Blankenfelde bei Berlin
Im Fontane Airport Hotel
9.22 Uhr

Zach kroch vorwärts. Hielt sich so eng am Boden, wie er konnte. Als er aus dem Aufzug getreten war, hatte er den liegenden Carlo gesehen und sich sofort hingeworfen. Im nächsten Moment kamen zwei der bösen Kinder aus einem Zimmer auf der rechten Seite des Flures. In der Hand der Frau sah er eine Pistole. Zach hatte keine Wahl und schoss sofort. Er war eigentlich ein guter Schütze, traf aber aus der liegenden Position die Frau leider in den Bauch. Das würde sie wahrscheinlich umbringen. Den Mann traf er in den Hintern, als der sich, regelrecht panisch, zu Boden warf.
 Jetzt jammerte er laut.
 »Carlo, kannst du mich hören«, rief Zach in den Flur.
 »Ja, ich hör' dich«, er klang sehr angestrengt, und die Stimme war belegt.
 »Wo bist du getroffen?«
 »Ich glaube im Bauch, ich kann nicht aufstehen«, Zach sah, dass Carlo ein Stück nach vorne robbte. Weg von der geöffneten Zimmertür. Allerdings befanden sich seine Beine knieabwärts noch auf der Höhe des Türsturzes.
 »Wer ist in dem Zimmer?«, rief Zach. »Ist der Kahle da noch drin?«
 Zach erhielt eine Antwort. Allerdings nicht von Carlo. Sondern von dem Mann, der in der Lage war, Carlos Wade beinahe genau mittig zu treffen. Mit einer ihn anwidernden Faszination sah Zach, wie das Geschoss durch das Schienbein vorn wieder austrat. Carlo schrie auf. Dann rief er aber sofort:
 »Es sind zwei, Zach, sie sind zu zweit!«

```
Blankenfelde bei Berlin
Im Fontane Airport Hotel
9.23 Uhr
```

Jetzt hatte der Kahlköpfige geschossen. Und er schoss noch einmal. Wenn Georg alles richtig ortete, feuerte der Mann den Flur hinunter.

»Rüber, rüber, in das andere Zimmer«, rief der Typ Sofia zu.

Noch immer hinter dem Bett kauernd, hörte Georg zwei Schritte. Das war sie. Sie machte sich fertig. Jetzt würde ihr der Kahle gleich Feuerschutz geben. Den Flur hinunter. Denn von dort mussten die Angreifer kommen.

Der Kahlköpfige schoss, Sofia schien auf die andere Seite zu wechseln. Georg sprang auf und mit einem Schrei, den er von Steve gelernt hatte, auf den Kahlköpfigen zu. Als Georg auf ihn prallte, fiel Jules zu Boden. Georg presste sein Bein auf den Arm, mit dem sein Feind die Pistole hielt. Sofort schloss er seine rechte Hand um den Hals des Mannes, der drückte ihm mit Wucht den Daumen seiner freien Hand ins Auge. Schon wieder ein schriller Schmerz. Georg lockerte den Griff um den Hals und schlug dem Mann mit der geballten Faust immer wieder ins Gesicht. Er spürte, wie das Nasenbein seines Feindes brach, aber er schlug weiter. Dann hörte er hinter sich einen Knall, und beinahe gleichzeitig schlug etwas in seine Schulter ein. Georg fiel auf die Seite, der Feind stand aber nicht wieder auf. Am Boden sah er links von sich neben der Tür einen sehr großen Mann liegen. Er schloss die Augen. Der Schmerz in der Schulter ließ leicht nach. Hinter sich hörte er sehr schnelle Schritte, und jemand schrie »Waffe runter!«. Zwei oder drei Schläge. Ein Ächzen. Das Ächzen einer Frau. Der Schmerz in der Schulter wurde wieder stärker. Er bekam sehr schlecht Luft, spürte den Drang, seine Körperlage zu verändern, und legte sich auf den Rücken. Direkt neben den Feind, der röchelte, eigenartig prustete und dabei Zahnstückchen ausspuckte. Dann sah Georg Zach über sich. Tatsächlich Zach. Aus Washington DC. »Hallo Zach«, wollte Georg wenigstens sagen.

Ging aber nicht. Stattdessen winkte er mit der Hand auf der Seite der unverletzten Schulter. Die andere konnte er nicht heben.

Zach winkte zurück. Er hielt eine Pistole in der Hand. Er hob den Arm, zielte auf Georgs Feind. Als er Jules zwischen die Augen traf, hob sich dessen Kopf kurz an.

Es gab für Georg keinen Grund mehr, wach zu bleiben.

Radio Berlin 88.8
11.12 Uhr

Moderatorin Sarah Zerdick: Es ist eine beunruhigende Woche für Berlin. Am Dienstag der Bombenanschlag im Theater des Westens. Die schleppenden Ermittlungen der Polizei, die bis heute keinen Verantwortlichen benennen können. Und jetzt das:
Vor einer Stunde haben sich mehrere Personen in einem Hotel in der Nähe des Flughafens Schönefeld eine wilde Schießerei geliefert. Dabei hat es offenbar Tote gegeben.
Unser Kollege Arne Pantel ist am Ort des Geschehens. Die Polizei hat sich in den vergangenen Tagen ungewöhnlich sperrig gegeben, wenn es um Informationen ging. Ist das bei dieser Sache anders? Also wie sonst, eher kooperativ?

Reporter Arne: Das kann ich leider nicht sagen. Dabei muss man allerdings wissen, dass hier nicht die Berliner Polizisten mauern. Schließlich kennen wir die aus zum Teil langjähriger Zusammenarbeit, und die sind immer kooperativ. Aber es gibt wohl, nach allem, was ich höre, eine große Verunsicherung, und die lässt dann auch die üblicherweise professionell agierenden Beamten regelrecht verkrampfen.

Moderatorin: Was können Sie uns denn jetzt schon sagen?

Reporter: Wir wissen, so viel ist bestätigt, dass in diesem Hotel zwei Männer gefunden wurden, für die jede Hilfe zu spät kam. Der eine Mann, ein Deutscher, etwa Mitte vierzig, ist der Schießerei zum Opfer gefallen. Ein jüngerer Mann lag tot in einem Hotelzimmer. Der ist aber an einer älteren Verletzung gestorben. Wie ich von einem Notarzt in Erfahrung bringen konnte, ist dieser Mann verblutet. Der Arzt erzählte auch, dass man sich vergeblich um das Leben einer Frau bemüht hat. Die erlag, nach allem, was man jetzt schon seriös sagen kann, einem Schuss in den Bauch. Auch bei den beiden letztgenannten Opfern steht wohl fest, dass es sich um deutsche Staatsbürger handelt.

Moderatorin: Also drei Tote?

Reporter: Richtig. Bei den Verletzten wird das Bild dann aber unklarer. Zu der Identität eines Mannes wurde hier überhaupt nichts erklärt. Dieser Mann war wohl ansprechbar und ist zu der Verblüffung einiger Reporterkollegen von uniformierten Polizisten sehr herzlich begrüßt und regelrecht wie ein Mitstreiter abgeklatscht worden. Es liegt also nahe, dass es sich bei diesem Mann um einen Polizisten handeln könnte.

Moderatorin: Aber dazu hat kein Offizieller irgendetwas gesagt?

Reporter: Nein. Von einer ebenfalls verletzten Frau ist immerhin der Name Sofia P. bekannt gegeben worden. Auch noch unter dreißig, ebenfalls Deutsche. Diese Frau wies keine Schussverletzungen auf, sondern ist, so hieß es, krankenhausreif geschlagen worden.

Wie vom Hotelpersonal zu erfahren war, hat hier eine Sofia P. eingecheckt, die heute Abend bei der Eröffnung des Großflughafens singen sollte. Wenn es keine Namensdopplung gibt, müsste das also die Sofia P. sein, die vor etwa dreißig Minuten mit einem Rettungswagen in die Unfallklinik Marzahn gefahren wurde.

Moderatorin: Gab es noch weitere Verletzte? Womöglich unter dem Hotelpersonal?

Reporter: Nein, vom Personal ist zum Glück niemand zu Schaden gekommen. Da scheint binnen Minuten eine Situation eskaliert zu sein. Und die Mitarbeiter des Hotels waren klug genug, den entsprechenden Flur zu meiden und lediglich die Polizei zu alarmieren. Hier waren sehr schnell gleich zwei Spezialeinsatzkommandos, die sich am Flughafen auf den heutigen Abend vorbereiteten. Da gab es hier zuerst noch Irritationen. Als die in das Haus eindrangen, hörte der erste Kollege, der hier war, nämlich wieder Schüsse. Die sind aber auf einen Vogel abgegeben worden, der wohl durch das zerschossene Fenster in den Raum gelangt war. Von dem Tier dürfte nicht viel übrig sein.

Allerdings gibt es noch zwei weitere Verletzte. Ein junger Mann, der am Hinterteil verletzt zu sein scheint. Wurde bäuchlings aus dem Haus getragen. Offenbar verwirrt, denn er formte mit den Händen das »Victory«-Zeichen.

Der vierte Verletzte ist ein Mann, dessen Identität mit Georg S. angegeben wurde. Dieser Georg S. könnte schon einen Hinweis darauf geben, was hinter der Tat steckt. Denn er ist von der Polizei erst gestern vorläufig auf freien Fuß gesetzt worden. Nachdem man ihn wegen eines schweren Drogendelikts festgenommen hatte.

Moderatorin: Also eher eine Tat aus dem Drogenmilieu, die in keinem Zusammenhang zu dem Anschlag vom Dienstag steht?

Reporter: Danach sieht es momentan aus. Aber sicher ist hier überhaupt nichts. Die Polizisten, die sich dann doch ein paar Sätze entlocken ließen, zeigten sich verwundert über den kompromisslosen Einsatz von Waffen. Denn es ist eine Sache, eine Waffe zu tragen oder auf Pappkameraden zu schießen. Aber wer auf einen anderen Menschen schießt, muss über eine letztlich beruhigende Hemmschwelle hinweg. Diejenigen, die hier geschossen haben, waren wohl völlig ungehemmt. Ein Polizist beschrieb, dass die Etage aussah wie ein Bürgerkriegsgebiet nach einem unbarmherzig geführten Kampf um jeden Zentimeter Raum. Gegen die Drogenbanden-Theorie spricht allerdings die Tatsache, dass das Geschäft mit harten Drogen beinahe komplett in der Hand von Gruppen mit arabischem, insbesondere libanesischem Einwanderungshintergrund liegt. Unter den Opfern oder Tätern hier in Blankenfelde ist aber niemand, der nicht deutscher Nationalität wäre.

Moderatorin: So weit, so ungut. In Blankenfelde bei Berlin sind drei Menschen bei einer Schießerei in einem Hotel ums Leben gekommen. Ganz in der Nähe des Willy-Brandt-Flughafens, der heute Abend vor ausgewähltem Publikum eröffnet werden soll. Von dort informierte uns der Kollege Arne Pantel, der uns selbstverständlich hier auf Radio Berlin 88.8 weiter auf dem Laufenden hält. Vielen Dank, Arne.

Bild am Sonntag

Gesellschaftsseite

Flieger, grüß mir den Willy!
Viele Prominente trotzen bei Flughafen-Eröffnung der Terrorangst

Von Bernadette Schelling

Berlin.
Puh, alles gut gegangen!
Nach der Bombe am Dienstag und dem Geballer in einem nahen Hotel am Freitagmorgen galt die größte Sorge der Sicherheit.
Nervige Kontrollen mit Pass vorzeigen. Überall Griesgram-Grummel-Polizisten mit Riesen-Gewehren. Die Stars feierten trotzdem. Beinahe noch ausgelassener als sonst. Das inoffizielle Motto: Tanz auf dem Vulkan!
»Ich kann mir im Beruf kein zitterndes Händchen leisten, da fange ich hier bestimmt nicht mit Panik an«, sagte Promi-Friseur Jürgen Will zur BamS.
Sein schönster Schopf: Die Mähne von Heidi Klum, die auf dem Kopf ein Lufthansa-Hütchen (1958) und unten ein seeeehr knappes Röckchen trug. Leider musste sich Heidi später noch Sorgen machen: Die beiden Gewinnerinnen aus ihrem TV-Kracher »Germany's next Topmodel«, Vanessa und Ricarda, fielen noch vor Mitternacht um. Blaulicht! Charité! Diagnose: beide unterzuckert und fast ausgetrocknet, schlimm!
Total originell: Für den überraschend zurückgetretenen Joachim Randebrock (Mineralölassoziation) hielt der Chef von Air Berlin, Joachim Hunold, die Festrede und münzte das legendäre Zitat von Berlins Bürgermeister Ernst Reuter (1948 bis 1953) auf heute um: »Völker

der Welt, fliegt auf diese Stadt«. Rede super, aber – autsch – modischer Ausrutscher von Hunold: das Albatros-Kostüm aus dem Disney-Klassiker. Sah aus wie eine schlachtreife Pute. Nächstes Mal wieder besser Anzug, Achim.

Der Mega-Party-Tratsch: Sarah Connor und ihr Neuer! Randeep Shetty (25), Action-Star aus Sri Lanka, ein richtiger Schnuckel. Die beiden sind nicht nur im Nahkampf, verbringen viel Zeit im Tempel: »Ich bin jetzt Buddhistin und durch Randeep wahnsinnig bereichert«, sagt die glückliche Sarah von innen strahlend.

Bisschen öde: der eigentliche Festakt. Gähn-Rede vom Bürgermeister. Dann nicht, wie angekündigt, Gänsehaut-Operngesang – Sängerin krank! Stattdessen die Drag Queen Lillifeelatio im Marlene-Dietrich-Outfit. Hingucker. Aber eben keine Stimme wie die Dietrich, echt Schmerz im Ohr.

Noch dabei: die extra angereiste Schauspielerin Christine Neubauer (dreht gerade in Albanien, spielt Cleopatra in einem Sat1-History-Movie), ihre Kollegin Veronica Ferres (»Ich liebe die Stimmung von Flughäfen, es ist alles so international«), der Sänger Marius Müller-Westernhagen (verbot alle Fotos, schimmernder, malvenfarbener Anzug) sowie der eigentlich nicht eingeladene Lothar Matthäus mit Freundin Ninotchka (18).

Heute ist Besuchertag, mit Gratis-Bratwurst und Freibier für alle (Schienenersatzverkehr beachten!), und morgen landen dann die ersten Brummer, die die Völker der Welt nach Berlin bringen.

SMS von Carlo Sand an
Katinka Patscher

>   Liebe Frau Obi, tut mir leid. Kann heute doch nicht zur Radio-Eins-Party. Muss leider im Bett bleiben. Ist aber nur verschoben. Bitte entschuldige. Viele Grüße, Carlo Sand. Sand, wie im Eimer

Dezember (zehn Monate später)
Langley, Virginia, USA
Später Vormittag

Jarius sah sich um.

Wahrscheinlich würden diese CIA-Paranoiker ohnehin jedes Geräusch auf ihrem Gelände aufzeichnen. Könnte ja sein, dass ein Spionagevogel geflogen kam, der sich am Zwitschern erkennen ließ und dann unter Folter auspackte.

Er griff in die Tasche des Wintermantels. Wieder war sein Mobiltelefon durch das Loch im Taschenfutter in den Saum des Mantels gerutscht. Dementsprechend bot er den Überwachungskameras auf dem Parkplatz der CIA-Zentrale einen bizarren Tanz. Mantel ausziehen kam überhaupt nicht in Frage. Viel zu kalt. Endlich hatte er das Telefon in der Hand und wählte Zachs Nummer:

»Und?«, fragte der, als er direkt nach dem ersten Tuten dran war.

»Ich möchte nicht, dass du meiner Frau Schmuck zu Weihnachten schenkst. Das ist mein Privileg«, knurrte Jarius.

»Aber du bist geizig. Und du hast keinen Geschmack. Und sie ist meine beste Freundin«, Zach sprach sanft, als wolle er Jarius wirklich überzeugen.

»Nur bin ich mit dieser Frau verheiratet. Und von daher dein natürlicher Feind, verstehst du?«

»Gut, kein Schmuck«, Jarius hörte, wie sich Zach an den Bartstoppeln kratzte, »aber Dessous sind doch auch zu deinem Besten, oder?«

»Was hat dieser Legionär in Deutschland nur falsch gemacht? Und warum gewinnen immer die Falschen? Kannst du mir das sagen?«

»Los jetzt, Jarius. Raus mit der Sprache. Wie ist es ausgegangen? Kannst dir vielleicht vorstellen, dass mich das interessiert.«

»Gut. Der Boss von denen hat gesagt, du seist ein nichtsnutziger Scheißkerl. In diesem Punkt musste ich ihm leider in vielerlei Hinsicht zustimmen. Dann kam der übliche Murks, ›typisch FBI‹, ›kompletter Tuntenverein‹ und so weiter, kannst du dir vorstellen.«

»O ja«, sagte Zach.

»Dann hat er noch einmal ein riesiges Drohgerüst aufgebaut. Du hättest die nationale Sicherheit der Vereinigten Staaten gefährdet. Deine Illoyalität sei gefährlich für den Ruf der Sicherheitsdienste. Aber dann bog er irgendwann in die Straße der Vernunft ein. Zu meiner Verwunderung, muss ich gestehen.«

»Und das heißt?«

»Sie verzichten auf ein Verfahren. Es ist ihnen sogar egal, wenn du deinen Rang behältst. Ich weiß es nicht genau, aber ich nehme an, die Deutschen haben sich beschwert, unser Außenminister sah alt aus und hat den Ärger verdreifacht an den CIA-Chef weitergegeben. Und der hat dann die Energie genutzt, um unserem guten Freund Tyler Fitch den Arschtritt seines Lebens zu verpassen. Er hat nur gesagt, er würde dich gerne nie wiedersehen.«

»Den Wunsch werde ich ihm erfüllen können.«

»Wo wir gerade dabei sind: Meine Frau möchte dich gerne wiedersehen. Wo bist du?«

»In Baltimore.«

»Igitt. Was willst du da?«

»Ich habe hier zu tun.«

»In Baltimore? Ist bestimmt was Schlimmes. Dann komm heute Abend vorbei. Rosalie und ich essen was Gutes, und du kriegst die Truthahnreste von Thanksgiving.«

»Reizend, aber ich bleibe wohl noch etwas hier.«

»Wo hier? In Baltimore? Soll ich dich da rausholen?«

»Nein, ist nicht nötig. Ich hänge hier nur in so einer Aktensache drin. Das braucht noch ein paar Stunden.«

»Freut mich. Denn es wird deine Freundschaft zu Rosalie belasten. Und das ist gut für mich. Bis später.«

»Klar, Mann, bis später.«

Jarius nahm das Bild aus der Mappe, die er unter dem Arm trug. Ein alter Football-Kumpel arbeitete hier in der Personalverwaltung. Der hatte Jarius ein Foto der CIA-Kollegin Sharahn Thomas ausgedruckt. An Baltimore ist nicht alles schlecht, dachte Jarius. Und lächelte.

Dezember (zehn Monate später)
WDR2 am Sonntag
10.40 Uhr

Moderatorin Heike Knispel: Mensch mit Fahrrad im Schnee, dann Sporterfolg eins, dann Wetterkatastrophe in Asien, schlimmer Unfall in Deutschland, Sporterfolg zwei, Kinohit, Musikhit, Sporterfolg drei. Und immer wieder dazwischengestreut: Schicksale des Jahres. Schicksal eins, Schicksal zwei, Schicksal drei.

Jahresrückblicke sind zwölf Monate im Schweinsgalopp. Ich sehe mir offen gestanden dann lieber galoppierende Schweine an. Trotzdem gucken wir jetzt zurück. Auf ein paar Tage im Februar dieses Jahres, an die uns eine junge Frau mit einem Buch erinnert. »Daneben« heißt dieses Buch. Guten Morgen, Frau Karelius.

Hanna: Guten Morgen.

Heike Knispel: In dieser Woche damals im Februar hat Deutschland nach vielen Jahren wieder einmal einen Terroranschlag erlebt. Dahinter steckten aber nicht, wie ursprünglich angenommen, irgendwelche islamistischen Fanatiker, sondern deutsche Linksterroristen. Unter anderem eine Frau, die Sie mehrfach im Gefängnis besucht haben. Eine gewisse Sofia P. Was ist das für eine Frau?

Hanna: Sofia wird in einem Monat dreißig Jahre alt. Sie ist eine schöne Frau. Wobei man beinahe sagen muss: Ihre Schönheit ist momentan vor allem zu ahnen, weil einen der Knast nun wirklich nicht hübscher macht. Außerdem ist sie selbstverständlich nach wie vor erschüttert von den Ereignissen im Februar. Von ihren Taten. Dabei sind eine Freundin und ihr Bruder ums Leben gekommen. Speziell der Verlust ihres Bruders ist für sie schwer zu verkraften.

Allerdings muss ich sagen, dass sie sich mir nicht wirklich geöffnet hat. Dazu ist sie eine zu distanzierte Person. Sie wirkt auf mich hochfahrend und apodiktisch. Sie ist im Gefängnis Veganerin geworden. Auch das ist ihrer Attraktivität nicht unbedingt zuträglich. Jetzt kommt meine küchenpsychologische Erklärung: Weil Sofia P. nur ganz oder gar nicht kennt, sitzt sie in diesem Gefängnis.

Heike Knispel: Das Besondere an Ihrem Buch ist, dass Sie selbst Opfer der ersten Tat dieser Gruppe geworden sind. Sie waren im Theater des Westens, als dort während einer Fernsehpreisverleihung Sprengsätze explodierten. Haben Sie mit dem Schreiben dieses Buches nicht dunkle Erinnerungen heraufbeschworen?

Hanna: Nein. Dieses Ereignis war ohnehin permanent in meinem Kopf. Dann kann ich meine Gedanken auch genauso gut sortieren, habe ich mir gedacht. Mittlerweile beginnen sich die Erinnerungen aber auch zu verkapseln. Wenn Sie sich an Kränkungen der Jugend erinnern, dann stehen die Ihnen zwar klar vor Augen. Aber gleichzeitig spüren Sie den zeitlichen Abstand. Den beginne ich jetzt langsam, aber sicher auch zu bemerken.

Heike Knispel: Sie schreiben allerdings im Vorwort von einem sehr einschneidenden Erlebnis, das auch dazu geführt hat, dass Sie nicht länger in Deutschland leben wollten.

Hanna: Ja, das ist richtig. Ich bin mit meiner guten Freundin Anne hier in den Südwesten Spaniens gezogen, in die Nähe von Cádiz. Mittlerweile habe ich auch kein schlechtes Gewissen mehr, wenn ich Ihnen erzähle, dass ich gleich den Adventskranz mit auf die Terrasse nehme und mich dann ausgiebig sonne.

Heike Knispel: Klingt fantastisch. Wie ist eigentlich der Titel »Daneben« zu verstehen? Diese Gruppe hat ihr Ziel nicht erreicht, das ist also danebengegangen. Ansonsten schreiben Sie so neutral, dass man gar nicht genau weiß, ob Sie die Taten der Gruppe daneben finden.

Hanna: Doch. Selbstverständlich. Die finde ich völlig daneben. Am Ende dieser Woche waren sieben Leute tot. Warum mussten die sterben? Darauf kann es keine Antwort geben, die mir einleuchtet. Wer eine Situation anrichtet wie die, die ich im Theater des Westens erlebt habe, kann niemals gute Absichten verfolgen. Auch deswegen habe ich dieses Buch geschrieben: Bitte nicht wieder Legenden zusammenkleben. Erinnern Sie sich, wie aus dem nuschelnden Proleten Andreas Baader eine Figur wurde, an dessen Worte wir uns dreißig Jahre später erinnern sollen. Oder Gudrun Ensslin, das verschreckte, drakonische Pfarrerstöchterchen, das glaubte, das Recht zu töten zu haben. Sofia P., aber auch die anderen in ihrer Umgebung, taugen nicht zur mythischen Verklärung. Sie sind normal begabte junge Leute, die aus der Spur geraten sind. Deswegen »Daneben«.

Heike Knispel: Kann sein, dass Ihnen das jetzt zu persönlich ist. Aber ich interessiere mich immer sehr für die Widmungen, die Autoren und Autorinnen einem Buch voranstellen. Ihr Buch ist einem Fabian gewidmet. Mein Tipp: Sie haben sich an den Fabian von Erich Kästner erinnert, der als Moralist startet, aber dann mehr und mehr zum Realisten wird.

Hanna: Das ist eine sehr schöne Spekulation. Aber Fabian hieß ein Kater, der mir sehr ans Herz gewachsen war.

Heike Knispel: Vielen Dank, Frau Karelius.

Hanna: Ich danke Ihnen.

```
Dezember (zehn Monate später)
SMS von Katinka Patscher an
Carlo Sand
```

> Das war toll. Ab sofort kommen für mich nur noch Frührentner mit Loch im Bein in Frage. Schaffst Du bestimmt nicht gleich noch mal. Aber ich freu mich auf Dich heute Abend. Katinka

```
Dezember (zehn Monate später)
Nationalfriedhof Arlington
Nachmittags
```

»In flagranti? Kannst du dir das vorstellen? Dass mir so was passieren würde?«, Georg schüttelte den Kopf. Zog dann die Mütze etwas tiefer, um sich vor dem scharfen Wind zu schützen.

»Ich habe mir das nur kurz angesehen. Die runtergeschobene Strumpfhose, den Rocksaum auf Bauchhöhe und die alte Sau dahinter. Na ja, kannst du dir ja denken. Aber dann habe ich auf dem Absatz kehrtgemacht. Und du weißt, was früher von diesem Knilch übrig geblieben wäre!«

Georg grinste. Das war wirklich eine neue Situation für ihn. Als Gehörnter. Zuerst war die Sache für ihn klar gewesen. Kein Wort mehr zu dieser Schlampe. Ließ sich allerdings nicht durchhalten. Schon allein des Geschäfts wegen nicht. Selbstverständlich hatte er sich das Recht eingeräumt, schon mittags mit dem Trinken zu beginnen. Am Abend brach er im Vollsuff die Absätze von Paulas teuersten Schuhen ab. Richtig bereuen musste er aber nur die Sache mit der Praktikantin. Viel zu jung, zu unbeholfen, zu sehr noch Mädchen. Ganz schrecklich.

Zum Glück gelang es Georg, sie sehr bald in einem anderen, viel exklusiveren Laden unterzubringen.

Georg lächelte Steves Grabstein an:

»Paula hat einen Mordszauber veranstaltet. Kleine Geschenke hingelegt. Angerufen. Immer wieder angerufen. Sogar reuige Briefe hat sie mir geschrieben. Ehrlich gesagt: Sehr viel besser als die vielen Briefe, die ich an die ein oder andere Dame schicken musste.«

Georg nahm das Feuerzeug mit dem Rangers-Emblem in die Hand und zündete sich die Zigarette an.

»Es ist ein klarer Fall: Ich bin noch kein Jahr in Deutschland, und schon betrügt mich das Ferkel. Aber weißt du was? Das ist jetzt sechs Wochen her. Ich bin häufiger nachts wach geworden und habe auch schlecht geträumt. Aber es ist keiner abgestochen worden. Den Typen habe ich vor mir gesehen, wie er da hinter ihr steht. Oder sie, wie sie wer weiß was mit dem veranstaltet. Aber kein Killen mehr, Steve, keine Leichen. Ist doch super, oder?«

Er nahm einen genüsslichen Zug.

»Momentan lasse ich sie schmoren. Sie weiß, dass ich hier rübergefahren bin. Ich soll zurückkommen, hat sie mir auf den Anrufbeantworter gesprochen.«

Georg steckte die freie Hand tiefer in die Tasche seiner Jacke aus windfestem marineblauen Filz.

»Ich war in der vergangenen Zeit ein Ekelpaket. Habe gejammert und geklagt, vor allem aber viel gemotzt. Weil die Sache mit der Schulter nicht besser wurde. Sie war betrunken. Der Typ hat ihr gefallen. Oder bin ich zu weich?«

Er hustete. Auch wenn die Wunde gut verheilt war, löste diese ruckartige Bewegung des Oberkörpers immer noch einen kurzen, stechenden Schmerz in der Schulter aus.

»Ich glaube nicht«, beantwortete er sich die Frage selbst.

Er beugte sich hinunter, legte die linke Hand auf den Grabstein und tastete mit der rechten nach dem Aschenbecher. Er drückte die Zigarette aus und ging in ein beinahe flüsterndes Murmeln über.

»Ich fahre zurück nach Deutschland, Steve. Ich möchte gerne mit dieser Frau leben. Die ist genauso schlimm wie ich, und das finde ich gut. Vor allem habe ich nach den sechs Wochen eine Wahnsinnslust, ihr das ganze Programm anzubieten. Kopf, Bauch und Füße. Obwohl ich sie nicht mehr erobern muss. Kannst du dir das vorstellen?«

Georg legte die Hand flach auf den Grabstein, wie er das schon so oft getan hatte. Er zog sich die Mütze vom Kopf, weil er das für einen solchen Abschied für angemessen hielt.

»Ich weiß, was du denkst. Das denke ich auch. Ich habe jetzt mindestens einen gut gegenüber der lieben Paula«, Georg atmete durch, »aber deswegen muss ich auch nach Hause zurück. Wünsch mir Glück, alter Freund, bitte wünsch mir Glück.«

Georgs Knie knackten, als er sich erhob. Er sprach das ›Vaterunser‹, setzte die Mütze auf, winkte kurz mit der rechten Hand und ging.

Dank

Wenn Ihnen diese Geschichte nicht gefallen hat oder Sie Fehler gefunden haben, ist das allein meine Schuld.

Diejenigen, die mir vorbehaltlos und uneigennützig geholfen haben, sind nicht verantwortlich.

Auch wenn ich Ihnen jetzt namentlich, vor allem von Herzen danke:

Helge Malchow, der mich schon vor mehreren Jahren auf die Reise geschickt hat. Zu meinem sehr großen Vergnügen.

Dem kompletten Team des AVEDA-Friseursalons, Kurfürstendamm 26a in Berlin. Das mich eine Woche als Praktikant erduldete, obwohl ich bis zum Schluss nicht begriffen habe, wie man sich schwarz anzieht.

Frank Thadeusz, Hai-Anfasser und großherziger Bruder, dessen journalistische Arbeit ich für dieses Buch plündern durfte.

Veronika Engelke, die einen schlimmen ersten Satz verhindert hat.

Franziska Drohsel, für die vielen Details von politischen Demonstrationen und einen sympathisierenden Abend im verzauberten Sommergarten der Majakowski-Gaststätte, Majakowskiring, Berlin-Pankow.

Sophia Oppermann, die als Krimifreundin in ihrer leidenschaftlichen Neugier nicht nachgelassen hat. Und politisch zum Glück immer Streit sucht.

Stefan Frohloff, Unterstützer, Freiräumer, Verbündeter, Leser und Freund.

Kriminalhauptkommissarin Heidrun Gessner und Polizeioberrat Dieter Herrig, für sehr viel großzügig hergeschenkte Zeit. Und beeindruckende Details aus einem Beruf, der nicht Schmähung, sondern Anerkennung verdient. Und an Bernhard Schodrowski, der nicht mehr in der Pressestelle der Polizei arbeitet, aber auch dort ein Glücksfall war.

Anja Goerz und Stephan Clausen, die Recherchen umrahmten, wie sie attraktiver nicht umrahmt werden können.

Professor Michael Tsokos, für spannende Schilderungen aus seiner Zeit als Fernspäher der Bundeswehr. Auch wenn er auf die »Verstecken und Petzen«-Tätowierung verzichtet hat.

Steve Hoffman, für einen beeindruckenden Vormittag auf der Andrews Air Force Base, Maryland, und die Einweisung in den »One-two-three-Autopilot«.

Antje Sina, der an einem heißen Sommervormittag in Washington fröstelte, als sie Jules Beneviste kennenlernte.

Kristina Jean Hays, für unverzichtbare Informationen aus der Welt des Gesangs. Und für die Königin der Nacht, der eine mitternächtliche Hexe im Weg stand.

Katrin Brinkhoff, die zuhörte und zu meinem Entzücken psychologisierte.

Sandra Pietz, die manchmal wirklich schlimm berlinert, aber nur auf diesem Weg zu einer sprachlichen Institution werden konnte.

Alexandra Föderl-Schmid, die das Umschauen in Wien kompetent unterstützt, aber auch kulinarisch erheblich gefördert hat. Die Fremdsprachenberatung war ebenso wichtig.

Ruth Schink, die ebenfalls im Wienerischen aushalf und sogar noch auf Feinheiten im Steiermärkischen hinwies.

Dieses Buch würde es allerdings ohne das Zutun zweier Frauen gewiss nicht geben.

Nicht ohne den Langmut, das Einschätzungsvermögen, die freundschaftliche Beratung und die moralische Autorität meiner Lektorin Helga Frese-Resch.

Und nicht ohne die Geduld, die Euphorie, die trotz vieler Nervereien immer noch liebevolle Unterstützung meiner lebenslangen Gefährtin Anna Engelke.

Danke. Nochmals Danke.

Jörg Thadeusz
Dezember 2010